4분의 1의 나와
4분의 3의 당신

나남
nanam

김승희 (金勝熙)

1952년 광주에서 태어나 서강대 영문학과를 졸업하고 같은 학교 대학원 국어국문학과에서 "이상 시 연구: 기호적 코라의 의미작용"으로 박사학위를 받았다. 1973년 〈경향신문〉 신춘문예에 시 〈그림 속의 물〉이, 1994년 〈동아일보〉 신춘문예에 소설 〈산타페로 가는 사람〉이 당선되었다. 시집으로 《태양미사》, 《왼손을 위한 협주곡》, 《미완성을 위한 연가》, 《누가 나의 슬픔을 놀아주랴》, 《어떻게 밖으로 나갈까》, 《세상에서 가장 무거운 싸움》, 《빗자루를 타고 달리는 웃음》, 《냄비는 둥둥》, 《희망이 외롭다》 등이 있고, 문학선으로 《흰 나무 아래의 즉흥》이, 소설집으로 《산타페로 가는 사람》, 장편 《왼쪽 날개가 약간 무거운 새》가, 산문집으로 《33세의 팡세》 등이 있다. 제5회 소월시문학상과 제2회 고정희상을 수상했으며, 현재 서강대 국문학과 교수로 재직 중이다.

나남산문선 · 79
4분의 1의 나와 4분의 3의 당신

2014년 8월 1일 초판 발행
2014년 8월 1일 초판 1쇄

지은이_ 金勝熙
발행자_ 趙相浩
발행처_ (주) 나남
주소_ 413-120 경기도 파주시 회동길 193
전화_ (031) 955-4601 (代)
FAX_ (031) 955-4555
등록_ 제 1-71호(1979.5.12)
홈페이지_ http://www.nanam.net
전자우편_ post@nanam.net

ISBN 978-89-300-0879-2
ISBN 978-89-300-0859-4(세트)
책값은 뒤표지에 있습니다.

김승희 산문선

4분의 1의 나와
4분의 3의 당신

나남
nanam

거울에서 유리창 사이의 이야기

이 책은 초기의 산문집에서부터 최근까지 쓴 산문들 중에서 '여성의 자아'와 연관된 글들을 뽑아 모은 산문선입니다. 젊은 시절부터 산문 장르를 무척 사랑하여 산문 쓰기를 계속해 왔는데 이렇게 뽑아놓고 보니 여러 가지 감회가 새록새록 합니다.

삶이라는 것을 한때 자아를 찾는 과정으로 생각하기도 하였습니다. 자아라는 것이 어디 히말라야나 파리나 뉴욕이나 안데스고원이나 캘리포니아 해변가에 있는 것으로 상상했던 그런 극단적인 시대가 있었고, 그런 탐색의 사람들이 있었고, 자아를 찾기 위해 그런 곳에 실제로 가고, 거기 살았던 사람들의 글에 많은 사람들이 심취하기도 했던 세월이 있었습니다. 젊음은 늘 극단적이니 현재도 그것은 진행형입니다.

그러나 거울을 보면 자아가 거기도 있겠지요. 비록 허구적 영상이긴 하겠지만요. 거울은 '나로 꽉 찬 나'를 보여줍니다. 일부 천재들, 이상이나 모차르트나 베토벤이나 이사도라 덩컨 같은 이들은 '나로 꽉 찬 나'를 살았던 대표적인 사람들일 것입니다. 그러나 그들이야말로 바깥세계와의 대화에 최고로 성공한 사람들이었다는 아이러니를 잊을 수는 없겠지요. 삶은 '나로 꽉

차 있어서는 내가 될 수 없다'는 것을 가르쳐 주는 과정이었던 것 같습니다. 삶에서 성숙을 얻는다는 것은 나와의 피투성이 싸움이 필요하겠지만 사실은 거울의 뒷면에 발라진 수은, 즉 은분(銀粉)을 지우고 거울을 유리창으로 만들어가는 과정일 것입니다. 거울 속에서는 나밖에 안 보이지만 거울을 유리창으로 만들어 가면 바깥과의 대화가 열리기 시작합니다. 세계의 희로애락들이 있고 타인들의 말과 땀과 꿈과 눈물이 펼쳐지는 바깥의 세계입니다. 그렇게 내 안에 바깥의 타인들이 관통하도록 열린 유리창과 같은 투명한 매개가 뚫려야 세계 내 존재가 될 수 있다는 생각이 들기까지 삶은 거울 앞의 몽유 – 독백일 수 있습니다. 몽유 – 독백도 아름답지만 '4분의 1의 나와 4분의 3의 당신'이 늘 내면에서 조화롭게 대화하여 새로운 하나의 삶이 이루어지기를 바랍니다.

머리에서 심장까지의 길이가 가장 먼 거리라고 누군가 말했지만 거울 앞에서 유리창 앞까지의 거리도 지상에서 가장 머나먼 거리라고 말하고 싶습니다.

분에 넘치는 애정을 보여주시고 여러 가지 노고를 아끼지 않으신 나남출판사 조상호 회장님과 방순영 편집장님, 그리고 편집부의 정다솔 님께 감사드립니다.

2014년 7월
김 승 희

김승희 산문선

4분의 1의 나와
4분의 3의 당신

《벼랑의 노래》 1984

야시장

나만큼 장터를 사랑하는 사람이 또 있을까? 시골에서 자라나서 아직도 촌티를 못 벗은 탓인지는 몰라도 나는 슈퍼마켓이나 백화점의 편리한 문명을 몹시, 아주 몹시 싫어한다. 우리가 장터에 가는 것은 물건을 사는 그 이상의 의미가 있는 것이다. 그러나 백화점이나 슈퍼마켓에선 물건을 산다는 것 그 이상의 의미를 느껴볼 수가 없다. 깨끗하고 우아하게 진열된 상품들 사이로 우아하고 깨끗하게 흘러 지나가며 고급한 손끝으로 귀족적으로 물건을 골라 바구니에 넣고, 그리고 계산대로 간다. 그것이 끝이다. 목적이 완료되었으니까.

그러나 장터는 다르다. 물건을 산다는 것은 목적이라기보다는 장터로 가기 위한 수단(핑계)에 불과하고 목적은 다른 데 있다. 보다 정신적이고 보다 원초적인 인간의 본질에 닿아 있는 것인지도 모른다. 그래서인지 나처럼 기억력이 부실한 사람도 슈퍼마켓에 가면 필요한 물건을 정확하게, 하나도 빠짐없이 다 사온다. 그러나 장터에 갔다면 살 것은 하나도 안 사오고 모조리 잊어먹고 와도 오히려 배가 부른 듯이 여유 있는 기분이 된다. 돈도 마구 낭비한다. 그래도 힘이 솟구치는 것이다.

하루 종일 원고에 지친 날이라거나 공부에 생명이 삭막해졌을 때, 지성적인 사람들 때문에 피곤해졌을 때, 아이한테 시달려 목구멍이 바싹 바싹 말라붙었을 때 나는 마치 피에 굶주린 드라큘라백작처럼 황급하게 우리 동네 모래내의 밤시장으로 달려간다. 남편의 밥상을 들고 나오기가 무섭게 '여보, 해인이 좀 보세요. 나 장에 좀 갔다올 테니' 하고 나서면 남편은 신문을 읽다말고 '또 발작시간이 왔구나ー' 하는 표정으로 선선히 응낙한다. 나는 비호와도 같이 현관문을 나서 황혼이 내리는 모래내 길가로 들어선다. 아, 황혼. 여기서 해는 난지도 위로 떨어진다. 나는 희랍의 황혼을, 인도의 황혼을, 이집트의 황혼을, 네바다사막의 황혼을 아직 본 적이 없지만 나는 감히 말할 수 있다. 세상에 황혼은 많지만 난지도 위로 떨어지는 해가 물들이는 모래내의 황혼만큼 절묘하겠는가. 목을 놓고 울고 싶어서, 아ー 애통하여서 언젠가 황혼에 나는 이런 시를 쓴 적이 있다.

난지도 부근에서 하늘을 본다,
벌써 西山
붉은 감이 뚜욱뚝 지며
황혼은 붉다,

타오르는 것들
오래오래 같이 타오르고,
西山을 배경으로
조용조용 헤어지는 백골 같은 연기,

묻어버려

꿈같은 허파,
돌아다보면 아침부터 저녁까지
도무지 꿈 아닌 것 없고
낡아빠진 풍금 위에
조용히 잘려진 손목,
난지도는 고개를 흔든다
무엇이 삶이겠느냐고,
허허벌판 쓰레기 터
가냘픈 연기들 매워 매워
두 눈 닦으며
난지도는 묻는다,
어허 무엇이 사라지겠느냐고,

— 김승희, 〈난지도 부근〉

난지도의 황혼을 등지고 나는 모래내 기찻길을 달려간다. 이곳에서 기찻길은 수색역으로 달리고 있기 때문에 노변엔 나무와 관목들이 무성하고 호박밭과 배추밭과 깻잎과 고추밭이 한참 싱싱하다. 그 꼴 보기 싫은 빌딩도 쇼핑센터도 이곳엔 들어설 수가 없다. 이곳은 문명의 금지구역이다. 어디나 철길가는 조금 황야가 남아 있고, 조금 산하가 남아 있고, 조금 원시가 남아 있다. 그것이 내가 이곳에 줄곧 사는 이유이다. 약간의 황야와 약간의 원시와 약간의 나무그늘, 그리고 사람들이 하도 다녀서 저절로 포장도로처럼 굳어진 하얀 흙길. 아마 이 정취는 아무리 광신적인 개발붐이 서울에 분다 해도 아무도 어쩌지 못할 것이다. 기차들이 분주하게 러시를 이루는 철길가이기 때문에, 나는 그렇게도 철도를 고마워한다.

나는 황혼이 스민 철길가의 흙길을 걸으며 숨이 점점 벅차게 높아지는 것을 느낄 수 있다.

모래내 야시장터— 나의 성지순례. 하루 종일 압력솥의 내부처럼 빠져나갈 구멍 하나 없이 부글부글 끓고 있다가 이제야 압력솥의 뚜껑이 조금 트여오는 것 같다. 숨이 휴우— 증기처럼 빠져 나간다. 나는 모래내 철길가를 걸으며 그토록 그리운 것들을 생각해 본다.

그리운 것들이여. 그리운 사람들이여. 그리운 추억이여. 그리운 젊음이여. 그런 것들을 하염없이 잃어버리고 우리는 왜 그리움의 반대켠으로만 가는 길을 걷고 있어야 할까. 그 길 위에선 이런 생각들이 난다.

그리운 아들이여, 저승은 어디일까, 그리운 북망이여, 그리운 피안이여. 우리 다시 만날 때 그곳은 어디일까. 우리 다시 만난다면 미래란, 어딘가에 죽음이 숨어있는 미래란 그렇게 나쁜 것이 아닐지도 모르겠다. 우리 다시 만날 때, 우리 다시 만난다면.

땅거미가 으슬으슬 철길 위에 지고 있다. 나는 목이 메어, 옷고름을 미친 듯이 찢어버리고, 한판 낭자하게 울고 싶다. 멋쟁이 여자들이 엉덩이를 날씬하게 조이기 위하여 둔부에 코르셋을 하듯이 우리도 하루 종일 가슴에 코르셋을 하고 살아가는 것이다. 못 이길 슬픔을 조이기 위하여, 못 견딜 분노를 누르기 위하여 터져나갈 것 같은 그리움을, 오오, 무엇보다도 폭발할 것 같은 오장육부의 발광을 짓누르기 위하여.

"너의 시는 내란이야."

누군가가 말했다.

"네, 그래요. 발광이죠. 그러나 진짜로 발광하지 않기 위하여 하는 발광이라는 것은 아시겠죠?"

그가 말했다.

"너는 참 괴로운 인물이야. 네 속에선 오장육부가 서로 싸우고 있어. 심장과 위장이 싸우고 비장과 폐장이 싸우고 게다가 또한 머리와 가슴이 싸우고 뼈와 살이 싸우고. 너는 왜 그렇게 흩어져 있니? 골육상쟁이 그 것 아니야? 왜 자신을 좀더 조화롭게 사랑하지 못할까?"

난 그를 보며 막연하게 웃었다. 그런 분열이 없는 사람은 이 세상에 단 한 사람도 없을 것이기 때문이었다.

그런 발광 직전의 가슴에서 코르셋을 벗고 울고 싶을 때 그대여, 당신은 어디로 가는가? 교회로 가는가, 성당으로 가는가, 혹은 심산유곡의 절간으로 가는가, 어머니의 슬하로 돌아가는가?

목을 놓아 울고 싶을 때 나는 갈 곳이 없다. 슬픔의 코르셋을 벗어젖히고 싶을 때 나는 갈 곳이 없다. 그래서 야시장터로 헤매어 가니 그대여, 야시장터는 얽매이고 짓눌린 사람들의 성지가 된다. 예루살렘이고 메카다. 거기엔 지식의 기만과 위선도 없으며, 거기엔 눈이 시린 허영도 없고, 거기엔 무엇보다도 권위의식에 찌든 냉정한 이기주의도 없고 통렬하게 아니꼬운 속물근성도 없다. 모든 것은 한판 여흥으로 어우러져서 아아, 그곳엔 신명이 있다. 피처럼 진한 원초의 신명이 꿈틀거린다. 싱싱한 야만이 있다. 그리운 원시가 있다. 한판 생명의 원색적인 사물놀이가 있다. 나는 시를 부르며 모래내 야시로 간다.

갈수록 울 곳이 없어지고 있어, 친구여
이젠 네 방에서 울 수도 없어,
어머니의 피를 뽑아 몽땅 칠해논 것 같은
하늘— 하늘— 황혼 아래 서면

죽도록 매맞고도 절름대며 가고 있는
더러운 그리움 하나 보이니,
머릿속으로는 물이 떨어지고 있어,
핏물 같은 것이 머릿속에,
뚜껑 닫힌 냄비들은 아파아파
풍로 위에서 길길이 뛰고
냄비뚜껑은 또한 얼마나 큰 힘으로
헛되이 냄비의 머리통을 짓누르고 있는지,

친구야, 우리가 이토록 길을 헤맴은
한 번만 울 곳을 찾아가는 거란다,
한바탕의 울음— 무릎— 마당—
너는 마당을 찾았느냐—
말 못 할 것들만 벌건 滿月의 화농 흐르는
장바닥에 질펀히 싸구려로 누워,

오다— 오다— 울음에 들려 사는
사람들이 모여 술렁여 목청 뽑아
오다— 오다— 공포를 모르는 벅찬 배고픔으로
빈 뼈 짚으며 돌아다니는
젯날 白鬼의 흥청임으로
봇짐을 풀고 또 풀면
처처에 묻어드는 어허, 죽음의 俗樂들

살아 있던 허파는 이미 메말랐고

살아 있는 허파는 냄비 속에 타고 있다.

말이 아닌 울음, 울음 아닌 울음들,

한 덩이 소리되어 이제 만신으로 흥 지피니

가다— 가다— 긴 허리 황토의 드넓음 속에

가다가다 여위어 못 돌아오는

배고픈 메아리같이— 머리 싸맨 부나비들

객사할 불을 향해— 소리— 소리

조용히 뛰어드는 흥겨운 한마당

— 김승희, 〈야시장터에서 · 1〉

　저기 아직도 사람들이 바글거리고 카바이드 호롱불들이 그 다정한 눈빛을 성대하게 뜨고 있는 장길이 보인다. 아, 정말 카바이드 호롱불들이 흐득이듯 웃고 있는 장길만큼 따뜻한 게 또 있을까? 그것은 온정의 불빛이고 잃어버린 따뜻함의 불빛이다. 등대다. 온돌이다. 마치 제삿날 밤 초저녁부터 잠에 빠졌다가 깊은 밤 갑자기 어머니의 손에 깨워져 네 개의 긴 촛불이 활짝 꽃핀 제상 앞에 끌려가 웃음소리와 이야기소리 속에서 맛있는 음식을 잔뜩 먹었던 그런 추억처럼 야시장터는 따뜻하다. 성대하게 따뜻한 것이다. 하늘은 어둡지만 땅엔 불빛이 밀려 오가는 사람들은 길가 난전에 펼쳐진 과일이랑 옷이랑 야채랑 그릇들을 다 볼 수 있다. 아니, 오히려, 대낮보다도 더 잘 볼 수 있다. 모든 것들이 대낮보다 더 선명하고 대낮보다 더 생생하며 대낮보다 더 분명하게 보인다. 상인들의 얼굴은 생활에 지쳐 찌그러진 얼굴이라기보다는 신명에 오른 굿판의 얼굴이고 아니면 흥타령에 휘영청 취한 사당패의 얼굴들이다. 아— 인간의 감정들이 이렇게 피를 흘리듯이 선명하게 보일 수가 있을까. 아— 인간의 핏줄들이 이렇게 흥겹게 서로 뒤얽힐 수가 있을까. 아무런 기만이나 포즈도 없이.

나는 문득 나 자신에 놀라게 된다. 나야말로 소박한 사랑을 믿지 않는 사람에 속한다. 나는 우리의 모든 문제들을 넘어서서, 아니 모든 문제들에도 불구하고 '소박한 사랑만이 해결책이 되리라'는 너무나 진부하고 통속적인 견해를 믿을 만큼 순진한 사람은 아니다. 오히려 사랑이 해결책이 되기는커녕 모든 문제의 시작이라고 믿는 사람인 것이다. 인간끼리의 소박한 사랑을 믿지 않는다. 왜냐하면 인간이란 너무나도 끔찍스런 모순덩어리기 때문에 '소박하게 사랑한다는 것은 불가능에 가깝다'는 것을 인생의 여러 골목에서 너무나도 자주 부딪쳐 보았기 때문에. 소박한 사랑을 아직도 믿는 사람이 있다면 그는 너무나도 소박한 사람일 것이라고 나는 생각한다. 그리고 그것은 저주에 가까운 신의 농담에 지나지 않는다고.

그런데 이상하게도 이 장터의 골목에 들어서면 나는 언제나 너무나도 강렬한 '소박한 사랑'을 느끼고는 당황하게 된다. 장터의 아주머니, 아저씨들, 그리고 주름살 진 할머니와 사과장수 할아버지까지 너무나도 소박하게 사랑하게 되는 것이다. 인간에 대한 회의와 아이러닉한 감수성이 사라지고 그들이 모두 나와 피를 나눈 혈친이기나 한 듯이 반갑고 정겨워진다. 달려가 부둥켜안고 싶을 정도로 정겨워지는 것이다. 그러나 나는 이것이 하나의 지속적인 사랑이 될 수 없다는 것과 단지 하나의 강력한 충동에 지나지 않는다는 것을 알고 있기 때문에 자신을 비웃기도 하는데 또한 그런 '자기조롱' 때문에 나는 결코 행복한 사람이 될 수 없다는 것조차 알고 있다. 지성의 악마라고 했던가. 그런 마귀에 끊임없이 뜯어 먹히면서도 나는 야시장터에서만은 '소박한 사랑'에 빠지고 장터의 사람들에 빠지고 장터의 신명에 부나비처럼 홀리는 것이다. 아아 — 야시장터에 나서면 나는 언제나 첫사랑처럼 홀린 사람이 된다. 반한 사람이 되는 것이다. 인생에 반하고 인간에 반하고 세상에 반한 사람 — 갑자기 마음이 아름다워진 사람이 되는 것이다.

"싸구려요! 싸구려! 참외가 한 보따리에 천 원!"

"떨이요! 떨이! 펄펄 뛰는 고등어가 기차게 싸요!"

"몽땅 드립니다. 몽땅. 가지 오이 호박 배추 한 무더기가 몽땅 천 원!"

그들의 외침소리는 절박한 생존의 목소리라기보다는 취기가 도는 타령조에 가깝고 밤 불빛 아래 그들의 얼굴은 가난에 찌든 마구살이들의 얼굴이라기보다는 하회탈처럼 허허 웃고 있는 흥취의 너그러움에 가깝다. 용서하는 얼굴들. 그리고 쓰다듬는 얼굴들. 자비가 슬픈 것이라면 바로 이들처럼 가난하고 바닥에 버려진 사람들이 자비로울 때일 것이다. 용서가 고결한 것이라면 바로 이들처럼 가진 것 없고 잃어버릴 것조차 없는 사람들이 용서할 때일 것이다. 그리고 신명이 신비한 것이라면 이들처럼 빼앗기고 망가진 사람들이 무한히 너그럽고 넉넉한 신명을 보일 때인 것이다. 부유하고 행복한 자가 자비롭고 용서하고 신명에 취하기란 너무도 쉬운 일일 것이다. 그래서 그것은 값싸고 꼴사납게 보인다. 전혀 고결성을 느낄 수가 없다. 그러나 이들처럼 바닥에서, 그늘에서, 잊힌 곳에서 자비롭고 넉넉하고 신이 나기란 오히려 준열한 용기에 가까운 것이 아니겠는가.

나는 싸구려 옷을 파는 난전 앞에 넋을 잃고 서 있다. 젊은 남자 둘이 여자 원피스를 입고 디스코를 추며 손님들을 끌고 있다. 나처럼 밤바람 난 여자들이 많은지 많은 아주머니들이 옷을 걸쳐보고 만져보고 면밀히 불빛에 비쳐보며 마냥 꾸물거리고 있다. 남자들의 춤에 흥이 나서 마냥 떠나기를 미루는 것이다. 남자들은 타령조로 사설을 뺀다. 외설에 가까운 말들도 간혹 끼어든다.

"자─ 자─ 멋진 드레스가 한 벌에 3천 원. 이 옷은 나훈아가 김지미 주려고 일류 양장점에서 맞춰놓은 것인데 이혼하는 바람에 팔려고 내놓은 것이요─ 자, 또, 이것은 남진이가 임을 주려고 미국땅에서 사온 것! 막 팔아요, 싸구려! 골라잡아 3천 원!…."

여자들은 살림걱정도 자식근심도 잠시 잊어버린 듯 망연히 서서 남자들의 놀음에 넋을 빼앗기고 있다. 그들은 대낮의 이악스럽고 극성스럽게 살림에 매달리던 그 여자들이 아니다. 마치 어린 시절, 유랑극단이 마을에 흘러들면, 미남배우에 넋을 잃고 광대놀음에 꿈을 팔아 한없이 멀리로 도망가고 싶던 그런 촌색시의 멍한 표정들을 짓고 있다. 흘려든 것이다. 여자들은 비밀스럽고 신비에 깃든 표정들을 하고 멍하니 구경에 넋을 잃고 있다. 모두들 난장에 홀린 듯하다.

인간의 희로애락들이 이렇게
싱싱할 수가 있을까요,
싱싱한 동맥들이 굽이치는 것 같은
장길입니다

여기저기 카바이드 호롱불들이
단청의 사천왕상처럼
우뚝우뚝 지키고 서 있습니다
여간해서는 바래지 않을 것 같은
원색입니다

지치고 오그라든 나의 눈동자가
회오리풍으로 격렬해집니다.
여기저기 태평스런 난장이 있습니다.
멸치 한 움큼 미역 한 바리,
그리고 싸구려 헌옷들이
자못 퇴폐적인 욕망으로 뜨겁게
물결치고 있습니다

쭈그러진 목청에서 기름진 흥타령이
솟구쳐 나옵니다,
아저씨 아주머니 할머니 할아버지까지
누추한 인생은 잠시 벗어두고
여기, 한마음의 신명에
휘어잡혀 있습니다

멸치 한 움큼 미역 한 바리
그리고 싸구려 헌옷들은
모두 그들의 분장입니다
팔아도 팔아도 안 팔리는 한마음의
신명을 위하여
여기 서투른 분장을 하고 수줍게 서 있습니다

회오리풍의 눈동자로
나는 그들의 흥타령을 힘껏 들이마십니다
수혈을 받고 병원을 나설 때처럼

혈액순환이 넉넉해집니다
친정집에 간 것처럼
오— 한판 크게 울어보았지요

— 김승희, 〈야시장터에서 · 4〉

그러고 보니 우리는 모두 밤시장이라는 유랑무대에 등장하기 위해 한 가지씩 배역을 맡아서 나온 배우들 같은 생각이 든다. 여기에서 시장은 상품을 사고파는 현실적인 장소가 아니라 하나의 신명이나 어떤 환상의 힘을 파는 신화의 공간으로 변화하는 것이다. 모두들 야시라는 유랑굿 판에 한판 끼어들고 싶어 상인을 가장하여 멸치와 배추와 싸구려 옷들을 소도구로 삼아 무대에 살풋 끼어든 사람들 같다. 힘을 다하여 애썼지만 대낮에 다 못 판 한 마음의 신명을 팔려고, 한 마음의 슬픔과 한 목숨의 외로움을 팔려고 장터에 나와 그토록 소리소리 흥정을 붙이는 것이다.

'흥정'이란 말— 얼마나 좋은 말일까? 슬픔의 흥정들, 외로움의 흥정들, 그리고 울음의 흥정들이 야시장터에 질펀히 신명으로 번진다. 야시 장터가 아니라 야시굿판이라고나 해야 할 것 같은 신명의 한마당. 나는 여기저기 마치 배고픈 귀신처럼 끼어든다. 야시굿판의 흥겨운 흥청거림은 그야말로 나의 귀중한 먹이다. 배부른 음식이요 소중한 링거요 그야말로 강력한 생명의 마약인 것이다.

허망하고 재미없고 지친 사람들이여, 야시장터로 나가보시오. 거기 생명의 성찬이 피처럼 뛰고 있으니 가서 흥정의 굿판에 뛰어들어 넋을 담그시오. 영혼을 목욕하시오. 일상을 씻으시오. 나는 솟구치는 열정에 이끌려 한없이 이 골목의 눈부신 놀이판에 넋을 빼고 있었다.

시간이 얼마나 되었을까? 나는 원래 장터에만 들어서면 시간을 초월해버린다. 그것은 아마 모든 여자들의 속성이리라. 살림에 쪼그라든 여자들은 장터에 들어서는 순간 만날 흑백 영화만 보던 사람이 갑자기 총천연색 영화를 처음 보게 된 것처럼 가슴이 열렬해지고 감정이 힘차게 솟구치게 되는 것이다. 장터에서 자식의 손을 잃어버려 보지 않은 사람이 있겠는가? 구경에 홀리고 흥취에 홀려 가장 소중한 자식의 손목을 자기도 모르게 놓아버리는 일이 발생할 정도이니 시간 따위야 따져서 무엇 하랴.

모든 장터는 〈아라비안나이트〉에 나오는 신기한 장소와 다름없다. 거기에 놓인 사과는 왜 그렇게 탐스럽게 붉은가? 집에 돌아와서 보면 그리 하찮은 한 알의 사과일 뿐인데도 거기 카바이드 불빛 아래 놓인 사과는 요염하고 풍요하며 신기하기까지 하다. 그것은 이브의 사과도, 트로이 전쟁을 일으킨 비너스의 사과도, 빌헬름 텔의 사과도 무엇도 다 될 수 있어 보인다. 비현실적인 사과인 것이다. 비밀에 싸인 사과인 것이다. 귤은 남태평양 섬의 여신처럼 황금빛이고 물미역은 전설의 구렁이 같고 홑이불은 귀신들의 의상 같다.

아, 여기저기 파시가 시작될 때 야시장터를 돌아 나와 본 사람이면 안다. 하나하나 좌판들이 거두어지고 카바이드 불빛이 사그라져 어둠이 비처럼 질척질척 땅을 적시는 장길을 늦게 돌아 나오는 사람은 안다. 왜 그렇게도 파시는 아우성 소란인지를. 그것이 누구의 외침소리인가를.

파시가 시작될 때 장 골목에는 힐끗힐끗 그림자 같은 것들이 보이기 시작한다. 가장 비현실적인 일들이 가장 현실적인 공간에서 순식간에 이루어지는 충격을 누구나 경험해 보았으리라. 파시에 장터를 돌아 나와 본 사람들이라면. 이제 장터는 이 땅에도 이 땅의 사람들에게도 속하지 않는 어떤 비현실의 공간으로 또 한 번 변화하고 마는 것이다.

여기저기 어둠이 고인 장터는 마치 그림자들의 세계에 순식간에 속하게 된 것 같은 무서운 기분을 준다. 장사치들은 어느 사이 난전을 거두어 보따리 보따리 짐을 싸기 시작하고 카바이드 불빛은 군데군데 꺼지고 장타령도 시들하게 숨을 거두었다. 단지 아직도 장을 떠나지 못한 여인들만이 이토록 섬뜩한 느낌으로 변화한 장터의 모습에 마음이 아연해져서 말없이 숙연히 파시의 길목을 흘러 지나간다. 하얗게 질린 얼굴로, 시장 바구니를 팔에 걸고서. 이곳은 어디인가. 방금까지 흥청망청 솟구치던 장타령 흥타령들은 다 어디로 갔는가. 신명에 오른 굿판이며, 사당패들은 다 어디로 갔는가. 원색의 무대는 어디로 치워졌는가.

나는 그때 문득 저편에서 걸어오는 한 무리의 여인들을 보았다고 느꼈다. 어두운 길목 저편에서부터, 환각인가, 한 무리의 그림자 같은 여인들이 조용히 조용히 걸어 나오고 있는 것이다. 어디선가 곡성 같은 것들이 어렴풋이 묻어 나오고 상여꽃 냄새, 향냄새 같은 것들도 스며져 나오고 있었다. 누구인가, 저들은. 파시도 거의 끝나갈 무렵 장터에 무리지어 걸어 들어오는 저 흰옷 입은 여인들의 행렬은 무엇인가.

그때 나는 너무도 분명하게 그들 중의 한 얼굴을 알아볼 수 있었다. 아— 나의 죽은 이모의 얼굴이었다. 스물일곱의 젊은 나이에 아이를 낳다가 죽은 나의 이모였다. 그녀는 그때의 얼굴 그대로 젊고 고왔으며 기다란 흰옷을 입고 있었다. 그리고 가슴엔 피투성이 갓난 아들을 보물처럼 안고 흘러 지나가고 있었다. 이모! 이모! — 나는 여인들의 무리를 불러 세우려고 하였으나 여인들은 밀랍으로 빚은 듯 싸늘하게 단지 그림자처럼 움직일 뿐이었다.

나는 어떻게 해서든 이모를 불러 세워야 했다. 해야 할 말이 있었기 때문이었다. 내가 한때 사랑과 방종에 빠져 매우 거친 세월을 보내고 있을 무렵 어느 봄날, 이모는 전주에서 죽었다. 그러나 나는 그날 밤 외박하

24

였기에 이모가 죽었다는 것을 전화로 들었으면서도 식구들과 함께 장례식에 내려가지는 못했다. 나와는 둘도 없이 각별한 사이였고 나와는 한 살 차이의 거의 동갑내기 친구였다. 지금 생각해도 그것은 한이 되어 나는 이모의 장례식에 가보지 못한 나 자신을 격렬하게 혐오하면서 이모에 대한 죄의식과 엄청난 수치를 한시도 지울 수 없었다.

결코 용서를 받고자 하는 것은 아니었다. 용서라니? 세상에는 결코 용서받을 수 없는 일이 있는 법이고 나는 감히 용서를 구하는 마음은 가질 수조차 없었다.

너는 그날 밤 무엇을 하였던가?

전주의 대학부속병원에서 한 여인이 아이를 낳다가 피투성이가 되어 아이와 함께 죽어갈 무렵 너는 어디에서 무엇을 하고 있었던가? 그리고 그 여인이 끝내 소생할 수 없어 갓난아들과 함께 병원 시체안치실에 누워 있을 무렵 너는 무엇을 하였던가.

그토록 사랑했던 정다운 이모가 한 구덩이 황토흙을 파고 남원의 어느 골짜기에 묻힐 무렵 너는 그 여인의 마지막 얼굴을 보지도 않았고 관 뚜껑에 흙 한 줌, 꽃 한 송이 바치지도 않았다. 너는 그때 어디에서 무엇을 하였던가?

여인들의 무리는 나의 그리운 하소에도 불구하고 마치 강물이 흐르듯 지나가고 있었다. 피안의 여인들이었다. 저승의 오필리아들이었다. 오오— 모두들 이승이 그리워 떠도는 유랑의 무리들이었다.

장터여, 이곳은 무슨 땅인가. 마치 저승의 마당처럼 파시의 길목은 끈끈하였다. 피안의 문지방처럼 그곳은 창백한 유령들이 출몰하였다. 이승과 저승을, 산목숨과 죽은 목숨을 분리시키기가 힘든 혼용의 땅이었다. 곡두들의 유랑 무대였다.

나는 넋을 잃고 여인들의 무리가 지나가는 뒷모습을 한없이 바라보고
있었다.

눈을 씻고 봅니다
분명 현실적인 시금치, 현실적인 배추,
현실적인 주단과 현실적인 생선들인데도
왜 이리 비현실적으로 바라보입니까,
곡두들의 마당처럼
나는 그저 홀리우기만 합니다.

아줌마— 하고 손목을 부여잡아
과일 파는 여인의 생사여부를
알아보고 싶어집니다
피곤하게 먼지묻은 사과와 귤감들이
왜 이리 은성합니까,
제상 위에 놓인 백자항아리처럼
그것은 풍염하게
저 세상과 닿아 있습니다

시장바구니를 든 여인들의 인파가
유령의 물결처럼 굽이집니다
아, 한 여인이 갓난둥이를 안고
서서히 유영하듯 지나가고 있습니다
이모— 아, 나의 죽은 이모입니다
갓난둥이를 낳다가 힘이 다해 가버린

그리운 나의 이모를 만난 것입니다

그러나 여인의 얼굴은
흰 창포꽃처럼 싸늘합니다
어디선가 진한 종이꽃 향내가
풍겨오는 듯도 합니다
이산가족들이 화면에서 하듯이
그렇게 부둥켜안고 울고 싶습니다

곡두들의 하얀 마당—
바람난 여인처럼 시장바구니를 들고서
오늘밤도 나는 야시장터를 헤매이며
어떤 계시 혹은 신기를 찾아
마음껏 그리움을 마셔보는 것입니다

— 김승희, 〈야시장터에서·5〉

　　나는 장길을 걸어 나오며 한없이 여인들이 느릿느릿, 나와는 반대편
으로, 시장의 안쪽으로 걸어 들어가는 것을 뒤돌아본다. 아, 이모— 이
렇게 또다시 작별인가. 마음속 맺힌 말을 하지도 못하고, 죽은 내 아들
의 저승인사도 물어보지 못하고, 한마디 이 땅 식구들의 안부도 전해주
지 못하고 이렇게 우리는 작별의 흐름에 파묻혀서 제각기 자기의 길로
떠밀려야 하는가. 나는 가슴속의 대운하가 무너진 듯 무섭게 소리를 내
어 울기 시작하였다. 미치도록 통렬한 울음이었다. 한바탕의 고해와 같
았다. 한바탕의 난리와 같았다. 나는 소리 내어 울면서 아아, 인간이란
'상처의 대운하'와 같다고 느꼈다. 단지 누구나 상처와 슬픔의 대운하가

자기를 집어삼키지 않도록 가슴과 내장에 단단히 코르셋을 조이고 살 뿐이다. 이토록 코르셋을 풀어 놓는 시각이면 상처는 인간을 범람하여 대운하의 홍수를 일으킨다. 통곡을 하는 인간의 마음이여, 상처의 대운하여. 우리는 때때로 통곡요법이 필요하다. 나는 병원에서 의사의 지시에 충실하게 따르는 양순한 환자처럼 절실하게 아주 절실하게 통곡요법을 믿는다. 홍수가 지나가면 다시 새로운 것들이 생겨나듯이 그렇게 한바탕의 통곡을 하고 나면 마음은 깨끗한 힘을 얻는다. 그것이 바로 내 통곡요법의 효험이다. 한바탕 원색으로 울고 났을 때 나의 눈에는 이모, 그 그리운 여인의 눈빛이 흘깃 보였다. 그녀는 무리지어 흐르는 유령들의 행렬 맨 끝에서 나를 흘깃 돌아다보았다. 그리고 입술이 무언가를 말하려는 듯 조금 달싹였다. 나는 그녀의 하얀 입술을 계시를 받으려는 선지자처럼 경건하게 응시했다. 그녀는 새처럼 이해할 수 없는 말을 하는 듯했다. 나는 열렬히 더욱 열렬히 그녀의 흰 입술을 바라보았다.

Memento Mori!

그녀는 젖은 음성으로 말하고 있었다.
Memento Mori! ― 죽음을 기억하라고.
그것으로 충분하였다. 용서도 참회도 더 이상 아무 의미도 없는 것일 뿐이었다. 그 말 한마디면 충분하였다. 나는 벅찬 힘이 솟구쳐 마치 페가수스(天馬)처럼 힘찬 날갯짓을 하며 집으로 돌아가고 있었다. 내일도 또다시 장이 열리리라. 그리고 또다시 흥청이겠지. 또한 이악스런 생존의 싸움도 인간들이 있는 한 영속하리라. 그러나 한마디 잊지 말자. Memento Mori! 장터의 유랑무대, 한판 신명의 눈물 나는 굿판에서도 결코 잊어버리지는 말자. Memento Mori! 우리 생명의 잔을 더욱 벅차게 열정으로 가득 채우기 위하여.

행복의 탕진

~~~~•••❯❯❰❰••••~~~~

이상한 일이지만 나는 한 번도 행복에 대한 꿈을 꾼 적이 없었다. 가령 행복하게 되어야겠다는 의지나 기대, 아니면 최소한 남에게만은 행복한 척해 보이고 싶다는 허영심조차 나는 한 번도 가져본 적이 없다. 그러나 그것이 나의 불행이라고는 또한 생각지 않는다.

언젠가 그야말로 나에게 고통스러운 비극이 생겼을 때 나의 친구가 해준 말이 생각난다. 친구는 식음을 전폐하고 누워 있는 나의 몸을 부둥켜안고 울면서 말했다.

"애야. 너보다 더 불행한 사람들을 생각해 봐라. 세상에는 너보다 더한 불행을 겪는 사람들이 너무나 많단다. 그들을 생각하고 힘을 찾아야해. 나는 나 자신이 저주스러울 정도로 불행했을 때 어떻게 했는지 아니? 흰 노트에 나보다 더 불행한 사람들의 경우를 적어 내려갔단다. 계속 몇 페이지고 적어나갈 수 있다는 것에 나는 놀라서 결국 이렇게 외치며 펜을 내던지고 말았어. 내가 이렇게 행복하다니! 하면서 말이야."

그녀의 말을 들으면서 내 찢어진 가슴은 오히려 냉담한 거부를 느끼고 있었다. 나는 완전히 바스러진 몸과 마음속 어디에 아직도 그런 힘이 남아 있었는지 그녀에게 아주 차가운 응수를 하고 말았다.

"타인의 불행을 보고 위안될 수 있는 불행 같은 것은 아무것도 아니지 않을까? 세상에는 어떤 것이 큰 불행이고 또 어떤 것이 작은 불행인지 그 크기가 본시부터 정해진 것은 없어. 단지 그것을 받아들이는 사람의 마음이 그 크기를 결정할 거야. 그리고 타인이 나보다 더 불행하다고 해서 내 불행이 작아질 수 있을까? 그리고 타인의 불행을 동정한다고 해서 그 동정에서 참다운 힘이 찾아질 수 있을까? 나는 불행이란 그런 상대적인 것일 수는 없다고 생각해. 그것은 절대명제고 타인과의 비교에 의해서가 아니라 자기 자신의 절대 노력에 의해서 극복되어야 옳은 것이지 않겠어?"

친구는 위로한답시고 울면서 한 말이 나의 감정을 상하게 하자 입을 다물고 아예 침묵하였다. 자신을 남의 불행이나 디디고 서서 행복을 느끼는 천박한 사람으로 내가 몰아세우고 있다고 생각하여 기분이 상했을지도 모른다.

또한 어떤 스승은 나에게 '감사해야 할 일'을 적는 수첩을 항상 가지고 다니면 불행으로부터 멀어질 수 있다고 충고를 해주시기도 하였다. 왜냐하면 감사하다는 것을 일단 의식하게 되면 그것은 '지금이 얼마나 행복한가'하는 것을 이해하는 연습이 되는 것이라고. 그것은 상당히 설득력 있게 들렸다. 그러나 그때의 나는 나에게 감사해야 할 일이 한 가지라도 있다고 느껴지지 않았기에 그 수첩에 결코 한 줄도 적지 못했다. 도대체 누구에게, 무엇을 감사한단 말인가?

그러는 동안 불행은 마치 신앙과도 같이 나의 습성이 되어버렸다. 나는 거의 언제나 나를 '불행하게' 만드는 일만 열심히 생각하는 악습에 빠지게 되었다. 그런 일들은 우리의 주위에는 거의 무한대로 깔려 있는 것이기에 나는 결코 행복해질 겨를이 없었다. 아니다. 나는 내가 살다가 아무리 좋은 일을 만난다 해도 결코 다시는 행복해질 수 없으리라고 자기죄면 내지는 자기암시에 걸려들었기 때문에 행복을 냉소하고 행복한 사람들을 경멸하였던 것이다. 마치 드라큘라백작의 자손들이 십자가의 자손들을 부러워하고 질시하면서도 마음껏 원수 보듯이 배척하고 인정하지 않으려는 것과 같이.

그렇다고 해서 내가 무슨 영웅전에 나오는 인물처럼 '사람의 불행이란 그 사람의 위대함을 증명하려는 것'이라고 믿은 것은 결코 아니다. 나는 단지 불행이 익숙한 옷처럼 편했을 뿐이다. 행복이란 불확실한 것이고 있는지 없는지조차도 알 수 없는 것이지만 불행이란 적어도 내게는 확실한 것이 아닌가. 나는 하나의 이미지처럼 황당무계한 행복을 찾아서 방황하느니 차라리 분명한 불행을 택하여 사는 데서 안이한 만족을 구하고 있었는지도 모르겠다. 그러는 동안 불행은 점점 나와 인간적인 정이 들었다. 나는 행복해 보이는 사람, 혹은 행복한 척하는 사람은 마치 역병처럼 회피하고 싶었다. 마치 사교를 믿는 신도가 정통파 종교를 믿는 사람들을 비실비실 피하듯이 말이다.

그러는 동안 나는 불행이라는 단벌옷을 빨아 입지 않고 너무 오래 입어서 그 옷에서 악취와 벌레들이 스멀대는 것을 느끼게 되었다. 나의 편히 쉴 지붕 같았던 불행은 삶에 대한 영원한 페시미즘, 황무지, 단조로움, 의욕상실, 허망감 따위를 낳았다. 나는 불행 속에서 썩어가고 있었다. 희망도 절망도 없이 단지 기계적으로 살아가는 황무지의 삶이 있었다. 아무것도 소망할 수 없고, 어느 것도 공허하며, 무엇도 절망인 그런 황폐한 땅.

우리는 쥐가 다니는 골목에 있는 것 같아.
그곳은 죽은 자들이 뼈를 잃어버린 곳이지.

— 엘리엇, 〈황무지〉 중

죽음도 아니고 삶도 아닌 '정신적 불임의 땅'에 마치 질병처럼 머물러 있으면서 나는 내가 무엇을 상실하고 있는가를 점차 알아갔다. 나는 '삶'을 상실하고 있었던 것이다. 나는 속이 비고 영혼이 없는 인간으로 변해가고 있었던 것이다. 그리고 아주 편한 인간이 되어 안이한 불행의 악습에 젖어 있었다.

왜냐하면 불행이란 고통과는 다르기 때문이다. 고통이란 불행한 상태로부터 벗어나려는 움직임의 에너지이고 갈등의 힘이다. 그러기에 고통 속에는 기쁨이 작열할 수 있다. 고통은 힘찬 돛이 될 수도 있다. 고통이야말로 정신의 해방자, 혹은 신의 총애의 표지가 될 수도 있지 않겠는가. 적어도 그것은 머무르지 않으려는 강렬한 에너지, 준엄한 비상의 힘이 될 수 있다.

그러나 불행은 게으르게 머무르는 것, 불행을 불행의 닻에만 꼭 매어잡아두려는 물귀신의 접착적 속성을 지닌 것이다. 황무지의 표지다. 말하자면 인간다우려는 의지의 결핍인 것이다.

나는 불행 속에서 자기만족과 자기기만에 차서 삶을 걷잡을 수 없이 상실하고 있었던 것이다. 아름다운 감정들, 시간의 무늬들, 참다운 사랑, 혹은 긍정의 감각들을. 그리고 나는 깨달았다. 인간이란 불행이 없어서 행복해지는 것이 아니라 불행하기 때문에 의식적으로 행복의 촉각을 기르는 것이라고. 불행하기 때문에 의식적으로 행복으로 가는 역동적 힘을 더듬는 것이라고. 왜냐하면 삶다운 삶을 상실하지 않기 위하여. 행복을 찾는 역동적 힘이야말로 '살려는 의지', 바로 그것이니까.

어느 날 나는 어느 책에서 어떤 비참한 남자의 지혜로운 충고를 읽게 되었다. 그는 늙어 병에 시달리며 거의 죽어가고 있는 형편이었는데 이런 말을 하는 것이었다.

"인생에 있어서 가장 큰 낭비는 사람들이 행복할 때를 모르고, 좋은 행운을 가졌을 때도 그것을 마음속에 간직하고 즐길 줄 모르고, 인생이 끝날 때까지 기다렸다가는 놀라움에 찬 마음으로 과거를 돌아보고는 '참 그때가 행복했구나. 왜 내가 그것을 몰랐을까. 다만 알기라도 했더라면' 이라고 말하는 것이랍니다. 알아야 합니다! 알지 못하면 그것은 너무나 큰 인생의 낭비입니다. 그리고… 그런 행복의 탕진이란… 한 번밖에 없는 인생에 대한 죄악이랍니다."

돌이켜 보면, 지난 서른세 해 동안, 나는 행복의 탕진이란 죄를 나 스스로에게 지어온 것은 아닐까? 천성적으로 행복에 아예 소질이 없는 사람이 있는 것은 확실하다. 그러나 그것이 한 인간이 불행해야 될 이유는 되지 않는다. 행복의 탕진에 대한 벌은 한 인간이 끊임없이 자기황폐에 직면하면서 의욕상실과 단조로움과 삶의 피폐한 무력감에 괴로워해야 한다는 것이다. 나는 끔찍하리만큼 그런 황무지를 겪어보았기에 이제 좀 늦었지만 혼잣말로 '나는 행복하고 싶다'고 중얼거려 본다. 더 이상 인생을 낭비해서는 안 되리라. 우리는 행복에 대한 도덕적인 탐험을 일상 속에서 해나가지 않으면 안 된다. 행복의 감각에 거름을 주어야 한다.

나치스의 유태인학살을 피하며 다락방에서 몇 년을 숨어 지낸 안네 프랑크는 그 엄청난 불행의 상황 속에서도 이렇게 쓰고 있다.

천국이란 절망의 구렁텅이냐— 라는 괴테의 말이 절실히 생각납니다. 딴 유태인 어린이와 비교해 여기 있는 우리들은 얼마나 행복한가를 생각한다면 나는 이 세상의 천국에 있는 듯한 생각이 들고, 오늘처럼 방문객이 와서 자기 딸의 하키 클럽 이야기, 카누를 타고 한 여행, 연극 이야기를 하고 가는 날이면 그만 절망의 구렁텅이 속에 떨어지고 맙니

다. 이런 때는 다시 한 번 아주 재미있는 일을 하며 배가 아프도록 웃어
봤으면 하고 느끼지 않을 수 없습니다. 누가 옷깃에 바람을 묻혀 추운
듯이 밖에서 들어오면 우리는 언제나 신선한 공기를 마실 수 있을까?
하고 문득 생각에 잠깁니다. 이럴 때엔 담요나 뒤집어쓰면 잊어버리긴
하지만 나는 담요 속에 머리를 묻어서는 안 됩니다. 반대로 머리를 높
이 들고 용기를 내지 않으면 안 됩니다. 그것은 싫은 음식을 먹어야 할
때도 마찬가지입니다. 접시를 내 앞에 두고 퍽 맛이 있는 것처럼 상상
하면서 될 수 있는 대로 그것을 보지 않고 먹으면 어느 틈에 그 음식은
다 없어지고 맙니다. 절망의 구렁텅이를 그렇게 해서라도 우리는 감사
의 마음을 가지고 견뎌나가지 않으면 안 됩니다. 그러나 아무리 감사의
마음을 잊지 않는다 하더라도 당신은 당신의 감정만은 죽일 수 없습니
다. 그러나 나는 이 감정을 나타내선 안 됩니다. 우리들 여덟 사람이
자기를 불쌍히 여기고 불평스런 낯을 해본들 무슨 소용이 있겠어요. 나
는 이따금, 유태인이건 유태인이 아니건 간에 나는 다만 유쾌한 행복이
필요한 일개의 소녀에 지나지 않는다는 것을 아는 이가 있을까? 하고
자신에게 물어볼 때가 있습니다.

안네야말로 행복에 소질이 있는 사람이었다. 행복의 감각이 아주 만
져질 듯 예민하였다. 피신처의 다락방에서 아무 희망도 빛도 없는 숨은
생활을 하면서도 어둠의 벽에 영화배우의 사진을 수집해 붙여놓을 정도
로 자잘한 행복을 꾸밀 줄 알았다. 그토록 불행의 조건들이 많은데도 안
네는 때때로 행복한 순간을 체험하였다. 그리고 그것은 그녀의 삶의 비
밀이었다. 그런 은신처의 생활 속에서 행복이란 곧 용기였고 투철한 저
항이었다. 아무도 행복을 디자인해 가는 안네의 섬세한 촉각을 아주 잘
라버리지는 못했던 것이다. '나는 될 수 있다면 아주 많은 아이를 낳고

행복하게 살고 싶다'는 말을 남긴 안네는 나치스의 무의미한 광기의 폭력에 희생된 한 가련한 소녀 이상의 광채와 의미를 던진다. 그녀는 어떤 순간에도 행복의 프리즘을 포기하지 않는 하나의 인간, 그 행복의 프리즘을 통해 삶의 빛이 순수하고도 경이롭게 흘러가게 만들 줄을 안 참으로 희귀한 인간인 것이다.

우리는 '행복한 지금의 순간'을 이해할 수 있는 힘을 길러야 한다. 불행을 느끼는 데는 그다지 큰 수양이 필요하지 않으나 우리는 우리가 행복하다는 것을 이해하기 위해서는 큰 수양과 수련이 필요하다는 것을 느끼게 된다.

행복의 탕진— 그것은 삶의 상실, 바로 그것이 된다. 인생의 가장 큰 낭비가 바로 그것인 것이다. 정말 '감사해야 할 일'을 적는 수첩을 항상 가지고 다녀본다면 어떨까? 혹시 우리는 시시각각 자신이 감사해야 할 일이 너무 많은 행복한 사람인 것을 깨닫고 이렇게 햇빛의 홍수 속에서 외칠지도 모른다.

"행복의 메모를 시작한 순간부터 삶은 거룩하도록 행복의 낱말들로 가득 찬다. 행복의 마술이, 행복의 기적이 있을 수 있다는 것을 우리는 최초로 체험하게 된다. 불행의 메모를 시작하면 또한 똑같이 불행의 기적이 일어난다. 그러나 우리들은 생각하여야 한다 — 결국 시지푸스는 행복한 사람이었다고."

필요는 발명의 어머니라고 했던가? 만일 행복이란 것이 땅 위에 존재하지 않는 것이라 해도 우리는 행복이 필요하기 때문에 그것을 발명이라도 하지 않으면 안 된다. 저 다락방의 행복의 창시자— 착한 안네처럼.

선한 죽음을 위한 기도

집안에 중환자가 계셔서 나는 가끔 종합병원에 가게 된다. 종합병원의 입원실이란 마치 '질병의 박람회장'과 같아서 인간의 몸이 찌그러질 수 있는 온갖 양태의 찌그러짐이 한눈에 볼 수 있도록 모두 한자리에 전시된 공시장과 같은 기분을 준다. 머리가 깨진 사람, 뇌가, 오장육부가 깨진 사람, 뼈가 아픈 사람, 핏속이 병든 사람, 육신이 마비된 사람, 정신이 마비된 사람 등 병의 종류도 많고 병의 양상도 가지가지다.

종합병원의 중환자실에 들어가 본 사람이면 누구나 놀란다. 이토록 작은 인간의 육신이라는 세계에 그토록 많은 질병의 종류가 있을 수 있다니! 그리고 세상에는 그토록 많은 질병이 있는데 자기 자신은 그럭저럭이라도 아직 무사하다는 사실이 기막힌 느낌으로 다가오는 것이다. 그것은 안심이 아니다. 광대한 공포에 무방비한 상태로 내팽개쳐져 있는 자신의 소름끼칠 정도의 연약함에 대한 어찌할 줄 모르는 경악이다. 수줍은 공포이다.

사실 우리의 세계를 하나의 거대한 병원으로 보고 있는 엘리엇의 견해는 옳다. 그는 말했다.

"우리는 누구나 어떤 면에선 병들어 있다. 병의 증세를 찾지 못했을 때 그것을 건강이라고 부를 따름이지. 건강이란 상대적인 개념에 불구하거든.”

병원에 가보면 세상의 모든 사람들이 다 병자로 보인다. 거기서 우리는 묻게 된다. 과연 나는 건강한가. 교도소에 가보면 모든 사람들이 죄인으로 보인다. 거기서 우리는 묻게 된다. 과연 나는 저들보다 죄가 적은가.

물론 병원이란 병을 고치기 위해 있는 것이겠지만 나는 슬프게도 그곳에서 회복이나 치유에 대한 희망보다는 영원히 음울하게 흘러가는 파멸의 징후들을 더 많이 냄새 맡게 된다. 그것은 아마도 나 개인적으로 가까운 사람의 죽음을 많이 경험한 때문인지도 모르겠다.

부서져 가는 육체의 음산한 혼성곡. 아우성치는 살점들의 염세적인 신음소리. 죽지 않으려는 망가진 육신들의 마지막 안간힘이 삐걱거리고 있는 병원복도를 지나가노라면 우리의 마음속에서부턴 마치 한숨처럼 깊숙이 ‘아— 어떻게 죽을까’ 하는 하나의 덧없는 물음이 솟구치게 된다. 이토록 많은 질병의 덫을 피하여 우리는 어디까지 무사히 가게 될 것인가. 언젠가는 결국 말려들고 말게 될 때 어떻게 죽는 것이 아름다울 것인가. 아— 어떻게 죽으랴.

나는 지금 감기나 몸살 따위 회복이 확실한 병이나 암처럼 죽음이 확실한 병을 이야기하는 것이 아니다. 죽지도 살지도 못하는 병을 이야기하는 것이다.

어느 젊은 여자는 잠시 계단에서 삐끗하는 동안 골반의 뼈가 부서졌다. 원래 골수계통이 허약했으나 골반이 망가지고 보니 움직임 자체가 불가능하게 되어 집안 살림과 아이돌보기 등 일상생활을 해나갈 수 없게 되었다. 서른 살의 젊은 나이에 그녀는 골반에 깁스를 하고 병원침대에

누워 있었다. 대소변조차 남이 가려주어야 했다. 아마 현대적인 의료기
술에도 불구하고 앞으로 정상적인 삶은 불가능하리라고 한다. 또한 어
느 젊은 여자는 뇌세포에 종양이 생겼는데 계속 귓속에서 앰뷸런스 달리
는 소리가 들린다. 그녀는 병원복도를 미친 듯이 쫓기는 걸음으로 뛰어
다녀 환자들의 욕을 먹고 있었다. 뇌일혈을 일으켜 중풍으로 반신불수
가 된 어느 할머니, 결핵성 뇌성마비로 육신이 마치 우무처럼 흐물흐물
움직이는 젊은 청년— 이들은 모두 죽음으로 가는 기나긴 우회로를 걷는
고통을 겪고 있었다. 죽지도 않고 살 수도 없는 병— 이것만큼 무서운 병
이 또 있을까. 그들의 병은 모두 그들을 삶에서 격리시키고 일상생활을
못하게 하면서도 고통의 만병통치약이라고나 해야 할 '끝'조차 빼앗아버
렸다. 살지 못하는 고통과 죽지 못하는 기대 사이— 시간은 원수처럼 흘
러갔고 가족들은 자신들이 더욱 많이 감당해야 할 생활의 몫에 짓눌려
점점 비참한 꼴이 되어갔다. 한 사람이 소유한 기나긴 병이 한 가족을 어
떻게 어둡게 지배하고 한 가족의 삶을 어떻게 오래오래 파괴하는가 하는
것을 많이 보아왔다. 이 죽음의 너무 늦은 우회로인 기나긴 병을 바라보
고 있노라면 엘리엇의 〈황무지〉 앞에 실린 에피그라프가 생각난다.

> 쿠마에서 한 무녀가 독 안에 매달려 있는 것을 나는 보았다. 그때 아이
> 들이 '무녀, 당신은 무엇이 소원이오?'하고 물었다. 그녀는 '난 죽고 싶
> 다'라고 말하였다.
>
> — 엘리엇, 〈황무지〉 중

죽지도 못하고 살 수도 없는 텅 빈 삶들. 기막힌 저주들. 어떤 사람은
이를 신의 섭리라고 말한다. 실제 어느 수녀원에는 30여 년을 중풍으로

앓아누워 일체 움직임을 못하는 아주 늙은 수녀 한 분이 계신데 그 수녀는 자기가 반신불수의 몸이 된 것은 신이 자기에게 오직 '기도함으로써만 삶의 전체로 삼으라'는 소명을 내린 것으로 알고 모든 시간을 인류와 국가와 이웃을 위해 기도하는 데 바치고 있다고 한다. 그녀의 삶이란 오직 기도뿐이고 그녀의 목숨이란 '신께 바치는 기도를 위한 도구'라는 것이다. 그녀의 호흡 하나하나는 모두 인류를 위한 기도의 봉송이며 자비한 영혼의 음악이라는 것인데 신의 섭리가 그러하다면 삶이란 얼마나 잔인한 것이며 신의 사랑을 받는다는 것은 얼마나 무서운 일이랴.

병원에는 그런 느린 저주들이 천천히, 아주 끈기 있게 버티고 있다. 환자는 환자대로 지쳐서 지리멸렬하게 괴로워하고 있고, 수난을 받는 환자가족들은 가족들대로 자신의 삶들을 미루고 오직 그 병의 지배에 시달리고 있는 것이다. 긴 병에 효자 효녀가 있을 리 없고, 오래 끄는 불치의 병상에 공경과 우의가 길게 갈 수 없고, 조만간 그 병은 모든 사람들을 파탄에 몰아넣고 마는 것이다. 인간의 파탄과 아울러 재산의 파산까지를 안겨주기조차 한다. 빚더미에 올라앉은 병자가족들은 생활고와 마음의 시련이라는 이중의 멍에를 지고, 마치 유배지로 걸어가는 회색의 죄수들처럼, 오래오래 사슬에 묶여 다함께 삶의 형장을 향해 걸어가야 하는 것이니— 참답게 산다는 것이 아무리 어렵다한들 참답게 죽는 것만큼 어려울까 하는 생각이 저절로 들게 된다.

종합병원의 중환자실 복도에는 그러한 절망적인 사슬의 음악이 터벅터벅 한없이 둔중하게 울리고 있다. 그건 마치 아주 육중한 괘종시계의 초침이 걸어가는 소리와도 같고, 어찌 들으면 관 뚜껑의 못을 뺐다 박았다 하는 흐린 소리와도 같다. 릴케의 말이 아니더라도 우리는 모두 태어날 때부터 죽음의 씨앗을 몸 안에 잉태하고 태어나는 것이지만 그 죽음의 씨앗을 각자가 어떻게 거둘 것인지는 누구에게도 하나의 미스터리일 뿐이다. 두려운 미지이다. 아무도 자신의 죽음의 방법을 선택할 수 없고 (자살하는 사람만은 예외가 되리라) 아무리 돈이 많은 사람일지라도 가장 멋진 죽음의 패션을 어느 디자이너에게 맞춰 입을 수 없는 노릇이다. 어떻게 죽을까. 운명의 탓으로 돌려야 하나? 아니면 불교의 용어를 빌려 악업이 많기 때문으로 받아들여야 하나? 팔자의 모양새랄까. 결국 하늘에 돌려야 하는가.

옛날 조상들도 죽음의 방식을 걱정했던지 오복으로 '수(壽), 부(富), 강녕(康寧), 유호덕(脩好德)' 다음으로 '고종명'(考終命)을 들고 있다. 고종명이란 살 만큼 살다가 죽을 때에 맞춰 떠나는 것을 이름이다.

얼마 전 TV에서 외화를 보는데 여주인공으로 분한 캐더린 햅번의 말이 재미있었다. 그녀는 베니스의 여행지에서 한 남자를 사랑하게 된다. 그 남자는 결혼한 남자였고 아들이 있었고 그러나 두 사람은 사랑을 멈출 수 없었다. 사랑은 마치 장렬한 크레셴도로 타오르면서 질주하는 음악처럼 점점 커지고 있었다. 그리고 그 불꽃이 가장 큰 지점에 이르렀을 때 그녀는 돌연 떠날 결심을 하며 말한다.

"옛날에는 파티에서 언제 떠나는 게 가장 좋은지를 몰라 파티에 오래 머물곤 했지요. 그러나 이제는 알아요. 파티에서 언제 떠나는 것이 가장 좋은지를."

그리고 그들은 헤어진다. 남자의 만류에도 불구하고 그녀는 단호히 떠나는 것이다. 가장 아름다운 시간에 가장 아름답게 떠날 수 있는 사랑은 아름답지만 죽음이란 파티장을 나서는 문제와는 다르다. 제 뜻대로 되는 것이 아니어서 조상들은 오복에 '고종명'을 끼워 넣었는지도 모르겠다.

나는 〈닥터 지바고〉의 마지막 부분을 언제나 잊지 못한다. 사랑하는 라라를 전차의 유리창으로 본 유리 지바고가 전차 정류장에서 뛰어내려 라라의 모습을 잡으려고 뛰어갈 때 그는 갑자기 심장마비로 쓰러져 죽게 된다. 라라는 유리 지바고의 죽음조차 모른 채로 그 우수에 찬 머리칼을 펄럭이며 무심히 걷고 있다. 유리 지바고는 그리움의 절정 가운데서 숨이 멎었다. 행복한 멈춤이다. 아니 그것은 멈춤이 아니다. 블랙홀 현상과 같은 하나의 에너지의 폭발이다. 생명의 작약이다. 나는 그렇게 죽고 싶다고 꿈꾼다. 사랑하는 사람에게조차 죽음이 끼치는 지리멸렬한 수고를 주지 않고 그렇게 홀연히 멈춰버린 삶. 아니, 시 같은 죽음. 느낌표 (!)로 끝나는 죽음. 그런 죽음을 가질 수 있다면 얼마나 좋으랴. 끝없는 쉼표와 끝날 등 말 등한 마침표와 괄호로 묶어지는 죽음 말고 하나의 빛나는 느낌표 같은 찬란한 죽음을 맞이할 수 있다면 유리 지바고처럼, 노상의 햇빛 아래서 쓰러진 까뮈처럼, 힌두의 더러운 수도승들처럼!

부자가 되기 위해서는 돈을 벌어 모으면 될 것이다. 고등고시에 합격하여 청운의 뜻을 펴려면 공부를 열심히 하면 될 것이다. 그러나 착한 끝 (善終)을 맺기 위해선, 좋은 죽음을 갖기 위해선 어떻게 할 것인가. 거기에 왕도는 없겠지만 결국 삶의 모습이 죽음의 모습을 결정짓는 것은 아닐까? 모르겠다. 그것만은 결코 불가사의다. 미스터리다. 그렇더라도 결국 한 가지만은 분명한 것이 있어야 할 것이니 결국 최선을 다해 살았던 사람만이 최선의 죽음으로 맞으리라고 생각한다면 지나치게 틀리지는 않을 것이다. 최선을 다해 살자. 그리고 최선을 다해 죽어야 한다. 그것만이 선종에 이르는 길이다.

임종의 자리에서 플라톤에게 한 친구가 물었다. 결국 당신의 필생의 대작인 《대화편》을 한마디로 요약한다면 무엇이 되겠는가 하고. 플라톤은 웃으며 대답하였다. '그것은 임종의 연습이었지'라고. 그리고 말하였다. 당신의 죽음을 살게나(Living your dying)!

그것만이 최선의 길일지도 모르겠다. 항상 임종처럼 사는 것. 끝을 아는 겸손으로, 끝에 선 열정으로, 끝을 맛본 것 같은 진짜 성실함으로 순간순간을 산다면 선종할 수 있을지도 모르겠다. 그건 결국 악업을 짓지 않고 수도정진하여 반야를 깨우치면 열반에 든다는 불교의 죽음관과도 통하는 것 같다. 선종하고 싶다. 한 사람을 알려면 관 뚜껑을 덮어보아야 한다고 한다. 죽음이 가진 양태까지도 삶의 양태로 포함시켜 한 인간의 생애의 모습을 보라는 뜻이다. 추하게 살면 추하게 죽는가. 시적으로 살면 시적으로 죽는가.

나는 종합병원 중환자실 복도 앞에서 긴긴 근심에 빠져 있었다. 그것만이 진실한 근심이라 해도 지나친 말은 되지 않을 것이다. 모든 피붙이를 괴롭히면서 오래오래 죽어가고 싶지는 않다. 불처럼 살다가 불처럼 소멸하는 것— 그런 은총은 그러나 아무에게나 주어지지는 않는 모양이다. 최선을 다하여 자기답게 살면 최선의 죽음에 이르는가. 선종하는가. 반드시 죽음이란 비참한 것이 아니며 단지 어떤 사람의 죽는 방법이 때때로 비참할 뿐이라는 생각이 든다. 누가 유리 지바고의 죽음에서 비참을 보겠는가. 비참하고 누추한 것은 제대로 살지도 못하고 죽지도 못하는 그런 지리멸렬한 죽음의 고문에 있다. 빈약한 종말에 있다.

나는 병원을 걸어 나오며 현대인의 값싼 죽음, 제대로 값을 받지 못하고 존엄성과 위대성을 상실해버린 현대인의 기성품적인 죽음에 대해 이야기했던 라이너 마리아 릴케의 말을 되새겨보고 있었다.

옛날에는 누구든지 과일 속에 씨가 있듯이 인간은 모두 죽음이 자기의 몸뚱이 속에 깃들어 있는 것으로 알고 있었다. 아이에게는 작은 아이의 죽음, 어른에게는 커다란 어른의 죽음, 부인들은 뱃속에 그것을 간직하고 있었고 사내들은 두드러진 가슴속에 그것을 담고 있었다. 어쨌든 죽음을 모두 갖고 있었던 것이다. 그것이 그들에게 이상한 위엄과 조용한 자랑을 주고 있었던 것이다.

— 라이너 마리아 릴케, 〈말테의 수기〉 중

그러나 오늘날엔 그것이 사라져버렸다. 모두들 기성품의 값싼 삶을 살고 기성품의 값싼 죽음을 대량으로 죽어간다.

죽음마저도 소비되는 것이다.

나는 하늘을 바라보며 릴케의 기도를 생각하였다.

오, 주여, 각자 자기에게 고유한 죽음을 주시옵소서. 자신의 삶에서 우러나오고 그 속에 사랑과 뜻과 슬픔을 가진 죽음을!

— 라이너 마리아 릴케, 〈말테의 수기〉 중

자연사(自然死)가 두렵다. 그러기에 나는 아침저녁으로 릴케의 이 기도를 꼭 명상하곤 한다. 주여— 각자에게 고유한 죽음을 내려주소서— 그리고 우리 모두 부디 선종하게 하소서.

《성냥 한 개피의 사랑》 1986

불멸
위협 속에서
전라도

불멸

⋯⋯⋯⋯⋯⋯⋯⋯

내 방의 벽 위엔 석고로 된 베토벤의 데드마스크가 하나 걸려 있다. 유리창 위의 벽이기 때문에 나는 하루에도 몇 번씩 그 데드마스크를 올려다보게 된다. 인간이란 아무래도 창이 있는 쪽을 바라보게 되어 있기 때문이다.

그리고 유리창 밖에는 야산이 하나 있다. 산과 나무와 바위. 창으로는 그런 자연이 불멸하게 사계절을 멈추지 않고 형형색색으로 흐르고 창 위의 하얀 종이벽 위엔 불멸의 음악가인 베토벤의 데드마스크가 걸려 있는 것이다. 나는 그리하여 내 방 속의 그 유리창이 있는 벽을 '불멸의 벽'이라고 부른다. 다함이 없이 흘러가는 계절의 변화가 아름답고 날씨의 흐림과 밝음에 따라 분위기가 달라지는 대기가 고맙고 아침 낮 밤으로 표정이 달라지는 붉은 바위의 빛깔이 감격스럽다.

그렇다, 그것들은 언제나 감격스럽고, 그런 창밖의 풍경을 배경으로 거느리고 벽 위에 매달려 있는 베토벤의 데드마스크는 언제나 원통하리만큼 성스럽다. 그렇다, 모든 성스러움에는 언제나 처절한 원통스러움이 깃들어 있는 것이 아닐까. 원통스러움이 없는 성스러움, 혹은 영웅스러움을 우리는 어찌 생각할 수 있을까.

산다는 것이 억울해지고 문득 보이지 않는 두려움으로 모가지가 졸리는 것 같을 때 나는 그 '불멸의 벽'에 이마를 파묻고 소리 내어 운다. 이스라엘 백성들이 '통곡의 벽'이라는 것을 만들고 그것에 머리를 파묻고 울며 역사의 상처를 되새기려 하는 것처럼 나도 내 작은 집 속에 '불멸의 벽'을 하나 만들고 그 벽에 기대어 울면서 예술에의 각오를 새롭게 하는 것이다.

불멸. 소멸할 수 없는 어떤 것.

죽음으로서도 지우지 못할 어떤 영원의 흔적. 유혈의 반야꽃들.

이런 것을 위하여 살고 싶다고 생각하면서도 사실 우리의 삶을 이어가는 것은 거의 언제나 일상적인 누더기고리 같은 것이다. 오히려 우리의 시간을 이어가는 것은 보다 구체적인 흔들림이나 망가짐 같은 것이며 보다 통속적인 으깨짐 같은 것이 아니던가.

늘상 부딪치고 깨어지고 망가지고 으깨지면서 우리는 거의 모든 시간을 인간과 인간이라는 수평적인 차원의 고뇌의 선상에 살아가도록 되어 있는 것 같다. 그러나 인간과 인간이라는 수평적인 차원의 고통을 무가치한 것이라고 말하지는 말자. 인간과 인간이 살고 있는 인간세상에서 인간끼리의 고뇌 역시 중요한 부분을 차지하는 것은 사실이겠으나 그러나 바로 그 수평적인 고뇌의 선상에만 붙잡혀 있다 보면 단지 '불멸'이란 태어나지 못할 것이라는 것이 두려울 뿐이다.

사람으로부터 해침을 당하고 사람으로부터 흔들거리며 현실에 의해 망가지고 통속적으로 으깨짐을 당하면서도 살아가야 하는 것이 인간세상의 삶이라고 할 때, 어떻게 생각해 보자면 '불멸'이라는 수직적 차원에서 빛나는 별이 없다면 어떻게 살아갈 수 있을지 암담해진다.

그러나 좌우를 잘 살펴보면 '불멸'이란 관념이 없이도 인간이란 얼마든지 잘 살 수 있는 것이 아닌가 하는 회의가 엄습하는 적 한두 번이 아니며, 아니 오히려 불멸이란 관념이 없을 때 인간은 땅 속에 깊이 뿌리박고 건강하게 번성하며 힘차게 발전할 수 있는 것이 아닐까 하는 생각이 든다. 불멸이란 어딘가 얼빠진 인간, 어딘지 현실적으로 부적응하는 인간 덜 떨어진 패배자들이나 생각하는 것이라는 풍조가 분명 우리 시대의 중심사조가 되었다고 말한다한들 과히 틀린 말이라고는 할 수 없을 것이다.

예술가들조차도 너무나 현실적이다. 현실적인, 너무나 현실적인 물신(物神)의 시대에서 예술가들조차도 현실적이고 싶어 너무나 현실적이고 싶어 현실적으로 성공하고 싶어 불멸은커녕 제 작품조차 안 믿는다. 오직 관심은 명예와 보이는 지위일 뿐이다. 큰일 났구나 싶다. 예술가들이 속물 못지않게 속물이 되어 수지타산이나 하고 선정적인 광고문안에 편승하여 인기관리까지 하는 예술풍토에서 신성한 불멸이, 진정한 독창성이, 진정한 개성이 어찌 나올 수 있으랴. 무섭다. 점점 더 무서워진다. 나조차도 슬며시 그렇게 살고 싶어서 욕망을 느끼지 않았을까. 시 때문에 외로워하지 않고 그런 척도 때문에 외로워한 적은 없었을까. 시 때문에 고뇌하지 않고 혹시 그런 부귀영화에 끼지 못해 고뇌해 온 것은 아닐까.

만일 나의 외로움과 나의 고뇌가 그런 것에 바쳐진 통속적인 것이었다면 불멸에 대한 나의 신앙 역시 명예욕이나 소유욕의 위장된 모습이라고 생각해 볼 수밖에 없을 것이다. 그건 위장이다. 가짜 고뇌며 가짜 외로움인 것이다. 그건 변형된 세속적 욕구 이외의 아무것도 아니다. 우리는 그것에 스스로 속지 말아야 한다.

내 방의 '불멸의 벽'에 이마를 파묻고 아득히 있으면 그런 가짜 고뇌, 가짜 외로움이 사라진다. 그리고 '어리석어질' 용기가 생긴다. 제발 예술가들이여, 좀 어리석어지자. 세속의 지평선만 좌우로 살펴보며 지상의 대가 받지 못함에 상투적으로 외로워하고 고뇌하지 말고 진정한 독창성과 진정한 개성 없음에 좀더 외로워하고 고뇌해야 한다. 보들레르의 알바트로스처럼 날개가 너무 크기 때문에 땅 위에 질질 끌리고 그로 인하여 야유와 조롱을 한 몸에 받더라도 그것쯤은 불멸에의 세금으로 알아야 한다. 오히려 두려운 것은 알바트로스가 세상의 칭찬을 받으려고 본색을 변형하여 애교를 피우고 그로 인하여 명예와 귀여움을 탐하는 그것이 아닐까?

작년 연말 늦은 오후 문득 걸려온 전화가 생각난다. 언제나 내가 사심 없이 숭배하는 X 선생님의 전화였다.

"어제 텔레비전에서 한 〈해바라기의 환상〉 봤어? 반 고흐가 왜 탄광의 막장 속으로 들어갔는지 알겠어? 빛 한 틈 없는 탄광의 막장 속에 들어감으로써 비로소 해바라기의 환상이 꿈꾸어졌다는 것을 우리 시대의 마라푼다적인 사람들이 이해할 수 있을까? 대체 막장 속의 고뇌 같은 것 없이 불멸이 태어날 수 있을까? 포즈가 아니고 진짜로 말이야 ···."

나는 전화를 끊고 내 방 속의 '불멸의 벽' 앞에 가서 이마를 파묻었다. 진실로 올해에는 상대적인 외로움이나 비교급적인 뒤처짐 때문에 외로워하거나 고뇌하지는 않겠다. 고뇌라고 하여 다 가치 있는 것은 아니다. 시 때문에 고뇌하고 문학 때문에 외로워해야지 시류에 편승하지 못하여, 각광받지 못하여 괴로워하는 것은 진정한 고독이나 고뇌가 될 수 없다.

불멸을 겨누는 고뇌— 그것만이 나의 고뇌가 되기를 간절히 기도한다.

나 역시 20세기의 한 속물이기 때문에.

위협 속에서

우리는 어쩌면 자기 자신이 하나의 위험인지도 모른다. 그래서 삶이란 흘러 떨어지는 유성들의 위험스런 곡예 같은 것. 그것이 아름다운 것은 일순 빛을 발하다가 암흑 속으로 묻힐 존재이면서도 개개의 유성들이 쉽게 잊히지는 못할 목숨의 꿈을 가지고 있다는 것. 시한폭탄들이 꿈을 가지고 있다는 어떤 엉뚱한 새삼스러움.

정말 쉽게 익히지는 못해— 목숨이라는 것. 나의 목숨이 여기 있다는 것에 놀라 잠에서 벌떡 일어나 독약과도 같은 어두운 커피의 밑바닥을 물끄러미 들여다보는 것.

산다는 것이 뜨거운 맷돌처럼 가슴을 눌러 오는 밤 — 왜 몹시도 그리성이 나서 괴로워야 하는지. 마음속엔, 흘러 떨어지는 유성들의 히스테리도 함께 존재한다는 것을 서럽게 긍정하며 절교를 선언했던 친구에게 자꾸만 본능처럼 내밀어지는 팔목을 아예 잘라버리는 것. 시간과 공간을 초월하여 그토록 엄숙하게 존재하는 불멸의 고전(古典)들이 무서워 꿈속에서 수천 번 수만 번 대학 도서관에 성냥불을 그어 대는 것. 정말 그런 것은 쉽게 잊히지 못한다.

언제나 마음의 배면(背面)에는 능금처럼 아름다운 책을 쓰고 싶다는 욕망과 아울러 저 동양의 기막히게 무서운 광인 황제 진시황의 분서갱유 같은 어두운 욕망이 매끄러운 회충처럼 길게 몸속에서 요동치던 것을. 저녁 9시의 무교동의 가로등 아래서 마치 나를 기절시켜 줄 남자를 기다리듯 무작정 삶을 기다리던 것. 그때 삶은 다른 데서 나를 기다리고 있었기 때문에 그와 나는 엇갈렸다는 전설이 있는 가운데서 계속 절망의 돌진을 멈추지 못했다. 그래도 최선이란 쉼 없이 움직이는 것이라고 생각했기 때문에.

그런 것은 말 없는 가운데서 이루어지고 중지한다. 그런 것들이 꿈속에서 떠올라 한 장의 선명한 스냅으로 건져질 때 밤은 검은 해면처럼 축축한 흡반으로 커지며 내 몸을 삼키기를 원망하는 것만 같다. 기어이 한 번은 잃어버릴 이 몸. 가까이 오라, 좀더 가까이 — 라고 말하면서 결국 나는 몸이 벽에 닿을 때까지 계속 뒷걸음질 쳤다. 소멸이 무서웠다기보다는 아직 전천후의 그 스냅 한 장을 완성하지 못했다는 자의식 과잉의 실없는 욕망 때문에.

그리고 나는 어떤 꿈에선 언제나 김포공항을 떠나려는 순간 간첩으로 판명이 나서 붙잡히고야 만다는 것을 어떻게 이해하면 좋을까. 열려진 생 앞에 닫힌 마음 — 혹은 닫힌 생 앞에 열려진 마음엔 목마름이 있다. 곧 흘러 떨어지고야 마는 유성들의 히스테리. 그 히스테리가 나라는 자아이며, 그 히스테리의 집합이 우리라는 공동체이며, 그 공동체가 시대의 책상 앞에 모여 어떻게 하면 그 초조하고도 불편한 집단 히스테리라는 위험을 조금이라도 와해시킬 수 있을까 — 구수회의를 열고 있다.

정말 쉽게 편해질 수야 없지. 늑대의 입 같은 어둠의 인화지 위에서 경기(驚氣)를 일으키듯 울고 있는 금빛 별들을 보면, 그리고 나의 황량한 머릿속엔 천애고아와도 같은 난폭한 울부짖음이 생을 좀더 달라고 조르고 있기에.

나는 결코 인격(人格)을 완성시키고 싶다는 생각을 해본 적이 없다. 차라리 어떤 예술격(藝術格) 같은 것. 나의 자연의 흐름에 몸을 맡겨 그것에 저항하지 않고 그것이 하자는 대로 형성되고 표현하고 싶다는 욕구 — 아무와도 결코 의가 좋을 수 없지만 세상에서 최소한 자기 자신과만은 의가 좀 좋고 싶다는 단순한 욕구를 가졌다. 그 작은 길도 그토록 험난함에야! 왜냐하면 인격이 되는 것과 마찬가지로 예술격이 되려 함에서도 자기의 자연과 끊임없이 싸워야 한다는 것을 알았으므로. 그렇게 일상은 흐트러지고 본능은 조야한 촉수를 가진 채 호시탐탐 우리가 자신을 극복하지 못하도록 시비만 걸고 있는 것이기에.

이웃사랑이 무슨 전염병같이 된 세상에서 이런 '자기 투쟁만을 끝없이 주제로 삼고 있다는 것' 자체가 과연 온당한 일이 될 수 있을까— 때때로 의심하게 된다.

그 의심은 거의 몇 년 전부터 별 진전도 없이 내 머릿속에 살고 있다.

그런데 이 세상엔 사회정화에 앞서 끝없이 자기정화만을 문제 삼고 있는 족속이 있다는 걸 이해해야 한다. 우리는 세상과 대결하고 있는 존재임과 동시에 자기 자신의 생과 대결하고 있는 존재이기도 하니까. 때때로 후자의 성향이 강한 사람들이 나타난다. 나는 이상(李箱)의 삶을 그런 식으로 이해하고 싶다. 내가 전혀 행복하지 않은데 어떻게 감히 이웃의 행복을 거론할 수 있을까. 내가 나를 사랑할 수 있는데 어떻게 또한 타인들을 사랑하는가.

그러나 세상엔 내가 행복하지 않기 때문에 이웃의 행복을 생각하고 내가 자신을 사랑할 수 없으므로 하여 타인 사랑을 생각해 보는 사람들이 또한 있는 법이다. 그것을 잘 이룩한 사람들을 '큰사람'으로 여기게 되는 이유는 그 역설적 회로 자체가 엄청난 위험을 내포하고 있는 것이기에.

그것을 잘못 이룬 사람들— 히틀러, 파시즘의 신봉자들, 스탈린 등.

그것을 잘 이룬 사람들— 시몬스 베이유, 간디, 만해 등.

그러나 요람에서부터 무덤까지 자기 자신과만을 이를 악물고 싸워나가는 사람도 온당치 않은 것은 아니리라. 나 같은 위인은 나의 위험을 지키는 것만으로도 벅찬 소인인데 — 그것 그대로도 혹시 좋은 것은 아닐까. 도대체 자기 분수를 안다는 것 자체만으로도 혹은 좋을지도 모른다.

나의 위험을 지키기 위하여 공부하고, 나의 위험을 지키기 위하여 이런 말더듬 비슷한 조각물을 쓰며, 나의 위험을 지키기 위하여 맷돌 사이에서 날아오르는 사고의 연습을 하는 것일 뿐.

기차를 타고 한없이 남으로 가면서 나는 사람들이 건널목 앞에선 반드시 멈춰 기다리는 것을 보았다. 그리고 기차가 돌진하고 있을 땐 반드시 건널목 앞에서 기다려야 한다는 것도 새삼스레 알았다. 자기의 위험을 지키기 위하여 사람들은 멀찍이 기차의 속력과 돌풍의 힘을 비켜서 객관적으로 서 있었다. 마치 객관을 잃으면 속력의 회오리가 자기를 삼켜버릴 것만 같아서.

때때로 마음속에 그 회오리가 지나간다. 그런데 두려운 것은 마음속 그 회오리 앞에는 어떤 건널목도 존재하지 않는다는 것이다. 그래서 마음속에서 기차가 달리고 그 회오리가 일어나면 모든 것이 제물로 삼켜지는 것이다— 사랑도, 은혜도, 최소한의 예절도, 미덕도, 신뢰도, 기대도.

그런 날이면 문득 성당에 가고 싶다. 신이라는 건널목을 마음속에 설치하고 그 건널목을 단단히 부여잡고 싶다는 본능에서.

"고양이를 믿지 못하듯이 난 생을 믿을 수 없는 것 같아."

나의 한 여자친구가 같이 밤샘을 했을 때 나에게 말했다. 야수이자 가

축인 고양이, 가축이자 기막힌 야수일 수도 있는 고양이. 생성이면서 파괴인 생. 은혜이면서 동시에 저주이기도 한 생. 정말 쉽게 잊을 수야 없어. 흐린 물망초빛의 호동그란 눈동자 속에 어찌 유혹과 냉혹이 함께 불타고 있는지. 손짓과 거절이 왜 같이 있는지.

고양이는 멋진 몸짓으로 슬쩍 창을 뛰어넘어 들어왔다가는 사람의 마음속에 한 떨기 제 그림자를 박아 놓고는 어느 사이 담 위에서 서쪽의 지평선을 향해 돌아서 있는 것이다. 아무도 그 변덕의 폭력에 왈가왈부할 수는 없다. 단지 이해하고 노력하는 집요한 길 하나가 허락되어 있을 뿐.

세상의 모든 책들은 그 고양이의 이모저모를 뜯어보고 고양이의 정체를 탐구하는 데 바쳐져 있다. 시인 릴케는 그 고양이의 깊은 얼굴에서 한 송이 장미꽃을 읽어 냈다. 그리하여 '오 장미— 그 순수한 모순이여'라고 말했던 것이다.

어둠이 태양의 다른 얼굴이라는 것을 왜 빨리 이해할 수 없었을까. 밤과 낮이 다르듯이 왜 태양과 어둠이 다르다고만 생각해 버릇했을까. 어둠이 태양의 질병이든 혹은 태양이 어둠의 열꽃이든 둘은 결국 하나라는 것을 순간순간 이해하자.

고양이의 눈동자—

낮이면 밤같이 희끄무레 어둡다가도 밤이면 대낮같이 횃불을 켜드는 그 색상표의 두 극한일 뿐일지도 모른다.

때때로 어떤 관념이 회화적 선명성을 가지고 그림처럼 다가오는 경우가 있다. '생'이라는 것이 갑자기 어떤 희디흰 그네로 부각되어 오는 것이었다. 공(空)과 허(虛)라는 두 개의 커다란 대륙 간에 매어진 희디흰 그네. 먼지처럼 연약하지만 탯줄처럼 질기고, 저주처럼 무섭지만 꿈처럼 그리운 저 한 줄기 그네.

그네를 굴러 우리는 사랑을 잡는다.

그네를 굴러 우리는 그리움을 잡고

그네를 굴러 우리는 지식을 얻으며

그네를 굴러 우리는 권태를 떨치고

그러다가 언젠가는 그네 위에서 떨어지고 만다.

물론 그 아래 무한천공 우주 겹겹에는 안전그물이란 없다. 우리는 타고난 그네 위의 곡예사다. 그네 위에서 갖가지 묘기를 연기하지만 그러나 누구든 알고 있다. 늙고 병드는 시간이 오면 한 번은 그네 위에서 날아가게 돼 있다는 것을.

그렇듯 도대체가 위험한 것이 우리의 생이다. 막판에 어떤 묘기도 통하지 않을 것임을 누구나 알고 있으면서도 갖가지 묘기를 연기해 내는 것은 우리가 어쩌면 위험을 즐기고 있기 때문인지도 모른다.

우린 두 남녀가 하늘에서 그네를 굴러 아슬아슬하게 손을 잡는 '공중그네놀이'를 무엇보다도 좋아하지 않는가. 어쩌면 우리는 위험을 즐길 수 있는 강한 힘을 가지고 있는지도 모른다.

결국 내가 자유롭지 못한 것은 무슨 사회적 억압이나 도덕적 위협 때문이 아니라 나의 강박관념 때문이라는 것을 알았다. 수많은 강박관념들 — 타인에 대한, 시간에 대한, 갇혀 있다는 것에 대한, 질식에 대한 강박관념들.

결국 내가 자유롭기 위해선 나를 거듭 죽여야 하는 것 이외의 방법은 없다. 이 세상에 나의 적은 '나' 하나뿐이다. 결국 여행도 이사도 성형수술도 김봉수의 작명에 따라 이름을 바꾸는 것도 모든 것은 다 허사다. 나의 가위가 내 손으로 꽁꽁 묶은 오랏줄을 잘라 내는 것밖에는.

때때로 나의 가위가 닿지 않은 부위에 묶인 오랏줄도 있으므로 우리는 타인을 필요로 한다. 타인의 사랑이 어떤 강박관념은 해소시켜 줄 수가 있는 것이기에.

또 다시 배우기를 시작하고 싶다. 사학을 혹은 철학을, 아니면 그림을, 어쩌면 곤충학 같은 것을. 어쩌면 먼 훗날 갓난 손자아기를 광주리에 담아 가지고 교실에 들어와 열심히 청강을 하는 좀 이상한 할머니가 될지도 모르겠다. 손주가 울면 어쩌나 조마조마 눈치 보며 열심히 필기를 하는 꼬부랑 할머니. 지적 탐욕에 가득 찬 꼬부랑 할미꽃. 이런 공상은 사람을 지치게 하지 않으므로 참 좋다.

젊은 교수가 울음보를 터뜨린 손주를 흘겨보면 허겁지겁 광주리를 껴안고 도망치는 할머니. 야단을 맞고도 성내지 않는 할머니. 호통 치는 사람에게 마음의 평화가 그대로 유지되는 미소를 보여주는 할머니. 머리의 회전이 다소 느리지만 우둔하지는 않은 할머니. 형이상학에 관심을 가지는 좀 얼빠진 할머니. 이런 공상은 너무나 재미가 있다.

그러나 그런 할머니가 되기 위해선 아직 얼마나 많은 다리를 건너가야 하는가. 얼마나 많은 위험을 관통하며 자신을 쥐어짜야 하는가. 얼마나 날카롭게 눈을 세워 이 숱한 안개 속에서 방향을 헤쳐 내야 할까.

그런 할머니가 되기 위해 나의 위험들을 지켜가야 한다. 나의 위험을 지키기 위하여 순간순간 떨어지는 유성들, 그 목숨의 꿈을 기억해야 한다. 그 유성들의 히스테리를 도피가 아니라 수용으로써 극복해야 한다.

나의 위험을 지키기 위하여 공중 그네의 방법을 더 연구하고 '사람은 홀로 있을 때 자란다'는 인도의 격언을 그냥 지나치지 말아야 한다.

만일 내가 나의 위험을 지키지 못한다면 마치 도미노 놀이처럼, 브레이크가 고장 난 한 대의 차가 수많은 차를 들이받고 물리치고 밀어뜨려 무수한 연쇄충돌을 빚어내는 것처럼 많은 이웃을 해할까 두렵기 때문에.

아무것도 사랑 못할까 두렵고 혹시 모든 것을 증오하게 될까 두려워서.

내가 나의 위험을 지키고 당신이 당신의 위험을 지킨다면 보다 순한 세상이 되리라. 보다 순한 것이 보다 귀중한 시대에 우리는 살고 있다.

나의 위험을 지키기 위하여 나는 게걸스레 쓴다. 사는 시간보다 쓰는 시간이 더 많기를 나 자신에게 요구하면서도 쓴다는 자체가 또한 위험한 일이기 때문에 절망은 이중이 된다. 그래도 자꾸 쓰는 것은 ― 위험으로 위험을 막아 보려는 유치한 오기에서 ―.

전라도

광주에 살고 있는 나의 친구 B에게 ─ .

지난 봄날, 나는 공옥진의 창극(唱劇)을 보려고 문예회관에 갔어. 공옥진은 어쩌면 우리가 잊고 사는 토속의 고향 같은 것, 어쩌면 우리가 몸부림치며 찾으려고 애쓰는 시원(始原)의 원색적 햇덩어리 같은 느낌이들어서 나는 그녀가 너무나 적나라하게 미학(美學)을 학살하고 있음에도 불구하고 그녀를 처절하게 사랑하지. 문예회관 대극장엔 인산인해가이루어졌으나, 그러나 결코 그녀를 절실하게 가장 잘(핏줄처럼) 느낄 수있는 것은 전라도 사람뿐이 아닐까 ─ 하는 생각이 들었어. 그런 의미에서 방언이란 이해의 문제가 아니고 피와 피의 문제이며, 한갓 사투리란지역 언어의 차원이 아니고, 한 사람의 생애를 이끌어 가는 핏줄과 전체의식의 문법(文法)이기 때문이야. 그 유명한 깡총치마를 입고 나온 공옥진은 무대 위에 들어서자 공손히, 너무나도 넉살 좋게 공손히 인사하더구나. "이 못난 촌년을 보러 이렇게 와 주셔서 감사합니다 ⋯." 그리고 말했어. "이년이 본시 전라도 촌년인디, 이년이 영광 흑홍어 배때지속에 있는 오장육부처럼 징그럽게 푹 ─ 썩고 있을 때, 한 은인이 구제해줘서 이렇게 여러분을 뵙게 된 한(恨) 많은 촌년이올시다잉⋯."

정말, 그녀는 모차르트와 바흐를 좋아하고 보들레르와 실비아 플라스를 좋아하는 나의 귀에도, 아니, 나의 오장육부에도 청천벽력 같은 감응을 주었어. 아니, 그건 전라도식 피의 부름이고, 방전(放電)과도 같은 오장육부의 격정이었어. 그건 무등산의 유창한 육자배기 소리였고, 전라도 부처의 너그러운 웃음소리와도 같았어. 그리고 B야. 나는 그날 밤, 너를 생각했단다. 왜냐하면 언젠가 너의 집에서 본 초상집 장면이 공옥진의 춤판과 무관하지 않았기 때문이야. 만장 펄럭이고 꽃상여가 놓인 너의 할머니 초상 마당에서 마치 명창처럼 소리를 뽑아 울던 한 여자의 기름진 곡(哭) 소리.

"아이고, 아우님. 아이고, 아우님. 나는 워떻게 살라고, 먼저 갔소, 잉…."

그러자 화투판에 앉아 있던 얼큰하게 취흥이 돈 한 남자의 입심이 아주 재미있었지.

"아따, 자네 뭣 땜시 그러케 울고불고 난리당가. 아우님은 극락간 거여. 자네가 울고불고 난리를 치면 아우님이 극락길에 지각허게 된당께. 여보게, 사람이 지각머리가 있으야 쓰제, 잉. 자네 극락갈 때 내가 울고불고 극락문 가로 막으면 자네 좋겠어? 잉? 어허…. 참…. 사람도…."

그러나 그 여자는 아주 기름지고 유창하게 울었어. 아마 네 돌아가신 할머니의 손윗동서 같았어.

"아우님, 내가 인제 해를 워떠케 보고 살꺼라우, 잉…. 이년이 박복하여 아우님 먼저 황천길 보내고, 이년이 쌀밥을 먹으면 목구멍에 넘어가겄소, 산해진미를 먹으면 살로 가겄소. 아우님, 이년도 데려가소. 아우님, 아니 황천길로는 성님, 성님, 성님…. 내가 워떻게 하늘 보고 살겄소. 내가 워떻게 무등산 햇님을 대면허것소. 아우님, 아니, 황천길로는 성님….."

내가 그 장면을 너무도 선명하게 기억하는 것은, 그 초상판에서는 무
섭도록 슬퍼서 하는 곡(哭) 소리가 마치 흥청망청 난전을 피는 사당패거
리들의 흥타령처럼 느껴졌기 때문이었어. 전라도식 타령으로 우는 곡성
엔 회한도 흥처럼 들리고, 가슴 찢는 넋두리도 마치 풍류처럼 멋들어진
신명의 가락으로 들렸던 거야. 전라도를 흔히 예향(藝鄕)이라고 하지만
그것은 전라도에서 예인(藝人)들이 많이 나왔다거나 무슨 문인이나 명
창, 서예의 대가들이 많이 배출된 까닭이기도 하지만 그것은 또한 보통
전라도 사람들의 생활 속에서 그런 예술기질이라거나 풍류기질이 마치
피처럼 살아 움직이고 있다는 사실에서 그 까닭을 찾아야 더욱 온당할
거야.

그리고 그날 오후, 우리는 장례 행렬을 따라서 무등산으로 갔었지. 꽃
상여는 무등산 기슭에 내려져 원효사 다비장(茶毘場)에서 태워졌지. 그
리고 사람들은 무등산에 화장의 재를 뿌리고, 얼큰히 취기 오른 목소리
로 노래했지.

"북망이 어디당가, 저 문 밖이 북망이제… 황천가는 나그네요, 이녁
슬픔 갖고 가소. 황천가는 길손이요, 이녁 한(恨)을 몽땅 갖고 가버리
소, 잉….."

그건 마치 저승에 죽은 사람을 부탁하는 육자배기 같기도 했고, 무정
한 극락에 부치는 유정(有情)한 당부 같기도 했어. 준엄한 현실과 신명에
찬 흥취 사이 — 전라도 사람들은 그렇게 이 땅을 달관하고 있는 거야. 전
라도 식으로, 오직 모두가 다 '이승과 저승에 통달한 사람들'처럼. 정말
보고 싶구나. 전라도식으로 서 있는 무등, 전라도 사투리로 뜨는 태양,
그리고 전라도 사투리로 인생을 통달하고 사는 그리운 고향 사람들을.

《넝마로 만든 푸른 꽃》 1990

그럼에도 불구하고

만일 누가 나에게 좋아하는 한마디의 말을 선택해 보라고 말한다면 나는 무슨 말을 택할 수 있을까? 만일 누가 나에게 한용운의 〈님〉이나 김지하의 〈애린〉처럼 한평생 의지해왔고 그것에 의지해 꿈꾸어온 말이 무엇이냐고 묻는다면 나는 무슨 말을 선택할 것인가? 나는 창밖을 흘러가는 구름을 바라보면서 혼자 생각해 본다.

마음에 괴로움이 많을 때 얼굴을 파묻고 울고 싶은 말. 넘어가야 할 인생의 고개가 너무 많아서 목을 떨구고 도망쳐버리고 싶을 때, 세상만사가 무섭고 지겹고 외롭고 소름끼쳐서 아, 그만 울어버렸으면 좋겠다고 홀로 부르짖을 때 ─ 그런 때 나는 무슨 말을 의지해 살아왔던 것일까?

어떤 사람은 그리움이나 사랑 같은 말에 한평생의 고뇌와 시름을 걸고 살기도 한다. 또 어떤 사람들은 민족이나 국가 같은 큰 뜻의 말에 자신을 걸기도 하고 자신의 몸과 삶을 그것을 위해 송두리째 걸기도 한다. 생각해 보면 모든 것은 꿈 같기도 하고 환상의 방류 같기도 하다. 그러나 우리는 어차피 '어딘가'에나 '무엇인가'에다가 자신을 걸지 않으면 살지 못하는 존재이다. 그러나 나는 너무 큰 것에 자신을 거는 사람이나 너무 눈물나는 것에 자신을 거는 사람들을 보면 영웅주의나 감상주의처럼 보여 기피하고 싶어진다. 영웅주의나 감상주의는 우리의 피부에 쉽게 와 닿지 않는다. 내가 원하는 것은 가로등도 없는 골목길에서 내가 돌부리에 채여 넘어졌을 때 나를 일으켜주는 말, 인적도 끊긴 어느 숙명의, 나만이 아는 벼랑에서 추락했을 때 인명구조 밧줄처럼 구체적으로 마지막 추락을 방지해 주는 그런 말인 것이다. 천 원만 주면 몸을 녹일 수 있는 공중목욕탕의 물처럼 따스하고 세끼 밥처럼 가까우며 신발장 속의 신발처럼 금방 어딘가로 나를 데리고 갈 수 있는 말, 나의 의지를 배양해 주고 친구처럼 격려해 주고 네잎클로버처럼 희망의 힘으로 다시 살게 해주는 말, 그런 말이 나의 생애에 없었다는 것은 정말 있을 수 없는 일이 아닐까?

그렇다. 나에게도 온정의 피를 나눠주고 희망의 문을 열어주고 절망의 신발털개를 집어던지고 눈부시게 일어서게 했던 말이 있었다. 그 말은 마치 열쇠고리처럼 내 삶의 여러 열쇠들을 가지런히 묶어주고, 흩어지려는 사랑의 의지들을 목걸이끈처럼 연결시켜 주었으며, 절망의 관절과 희망의 관절들 사이에서 그것들을 이어주는 놀라운 힘을 가진 말이었다. 그 말은 '그럼에도 불구하고'라는 한낱 작은 부사어였으나, 그 말이 간직한 힘은 너무나 컸다. 보자!

인생은 번뇌와 고난에 차 있다. '그럼에도 불구하고' 용기를 잃지 않는다.

우리는 아무것도 먹지 못했다. '그럼에도 불구하고' 노력을 멈추지 않는다. 사랑은 헛되고 보답이 없는 것이다. '그럼에도 불구하고' 우리는 사랑한다.

세상은 악과 고뇌로 가득 차 있어서 산다는 것은 우스운 재앙 같다. '그럼에도 불구하고' 희망과 사랑으로 싸우기를 멈추지 않는다. 그러나 이런 세상에서 싸운다는 것은 무의미한 자기파괴일 뿐이다. '그럼에도 불구하고' 싸우는 사람은 결국 사랑하는 사람이다.

'그럼에도 불구하고'라는 접속부사의 힘으로 나는 지금껏 내 삶의 질곡 속을 헤쳐 나올 수 있었던 것 같다. 그 말이 지닌 역전과 반항의 정신, 거부하면서도 창조적으로 수용하는 그 악마적인 긍정 정신. 그것이 아니라면 대체 누가 발광 같고 난리 같은 삶의 황당한 눈보라 속을 기꺼이 웃으면서 걸어갈 수 있을 것인가?

　'그럼에도 불구하고'라는 말 속에는 저 초인의 철학자 프리드리히 니체의 "네 운명을 사랑하라"라는 무서운 운명애의 사랑이 담겨진 듯도 하다. 사랑할 수 없는 것을 사랑하고 헤쳐 나가는 것. 그것이 '그럼에도 불구하고'의 정신이며 그것은 곧 어둠을 뚫고 나가려는 '뚫는 의지와 사랑'의 정신인 것은 아닐까?

어느 마리아를 위한 만가

～～〉〉⊙⊙⊙〈〈～～

순영아, 가만히 생각해 보니 네가 세상을 떠난 지 벌써 5년쯤 된 것 같구나. 어느 가을, 학교성당 앞을 지나다가 문득 성당 벽에 붙어 있는 게시판을 들여다보다가 난 나도 모르게 소리를 지르고 말았지. '아니, 순영아, 네가 죽다니!' 유리 덧문이 씌워진 게시판 안에는 조그만 종이가 붙어 있었는데 거기엔 검은 먹 붓글씨로 이렇게 쓰여 있었다.

"사망한 동문을 위한 추모미사 — 김순영 (본명·마리아)"

믿어야 좋을지 믿지 않아야 좋을지 알 수 없는 상황에서 난 성당문을 밀치고 마구 2층으로 올라갔단다. 왜냐하면 바로 거기에 적힌 미사시간이 그날 그 시간쯤이었거든. 순영 마리아, 거기엔 네 사진이 놓이고 촛불과 향불이 올라가는 제단이 있지 않겠니. 하얀 수레국화와 노란 줄국화 화분이 제단의 좌우에 장식되어 있었지. 순영 마리아, 난 이해할 수 없는 비보 앞에서 어느 사이엔지 너의 죽음을 하나의 사실로서 받아들이는 나 자신을 아주 이상한 느낌으로 낯설게 바라보고 있었어. 가톨릭 의식에 전혀 낯선 건 아니면서도 난 그 음울한 라틴어로 미사집전을 하는 외국 신부님들을 바라보면 언제나 모든 것이 미궁 속으로 함몰하는 듯한 이상한 기분을 느껴. 그날도 그랬어. 갑작스런 너의 진혼미사에 가서 나무 의자에 앉아 신부님의 라틴어 미사를 듣고 있는 건 정말 이상했어. 순영 마리아, 넌 그때부터 한 달쯤 전 나에게 편지를 보내지 않았니. 넌 항상 영어로 편지를 썼지.

"미래는 인간의 수중에 — 이건 마담 퀴리의 말이야. 언니, 나의 미래도 나의 수중에 있을까? 아니면 누군가 뜨개질을 뜨듯이 마구 내 목숨의 실타래를 풀어가며 살고 있는 느낌이 들어. 언니, 사과나무를 한 그루 심어야겠는데, 어디에 심을 데가 있을지 걱정이야. 게오르규의 《제 2의 찬스》라는 책을 읽었는데 거기에 그렇게 써 있었거든. '어떤 때이고 인간이 하지 않으면 안 될 일은 가령 세계의 종말이 명백해져도 자기는 오늘 능금나무를 심는 일이다'라고. 제 1의 찬스는 옛날에 지나간 것 같아. 그럼에도 불구하고 제 2의 찬스는 항상 있다는 거야. 언니, 난 사과나무를 한 그루 심어야겠는데 내일 병원에 입원하게 될 거야. 아버지와 큰언니가 입원수속을 끝냈어. 병원에 사과나무를 심을 수 있겠어? 영원히 그대를 사랑하는 순영 마리아."

난 네 편지를 받고 정신이 아득해졌으나 그러나 그 감정은 난마와도 같이 바쁜 생활 속에 금방 파묻혀지고 말았지. 순영아, 널 생각하면 나야말로 얼마나 인색한 인간인지 도무지 아가페적 사랑이란 것을 모르는 잔인한 죄인 같은 생각이 든다. 작은 성당 안은 진혼미사의 음악으로 무겁게 덮이고 있었고 진혼음악 맨 첫 구절을 이끄는 레퀴엠… 레퀴엠… 하는 말이 내 가슴 위로 파도처럼 떨어져 내리다가 해일이 되어 바다가 되어 날 침몰시켜 가는 거야. 그래. 레퀴엠이란 안식을 의미하는 말이지. 안식이라니… 그 얼마나 아름답고 따스한 말이냐? 마치 너의 애잔한 미소처럼.

그래, 넌 항상 따스한 미소를 짓고 다녔지. 새처럼 가느다란 너의 몸

어디에서 그런 부드럽고 풍요한 미소가 나올 힘이 있었을까. 그런데 너의 미소는 언제나 나에게 월터 스코트의 《마미온》을 생각나게 해서 언짢았지. '그녀의 미소는 이중적이다. 그녀의 입술엔 미소가 감돌고 눈엔 눈물이 글썽거리듯이.' 난 너의 미소에서 언제나 《마미온》을 느끼고 고통스러워했어. 그래서 난 불성실하게도 널 피하려고도 했었지. 레퀴엠… 레퀴엠… 으로 시작되는 라틴어 미사곡은 한 줌 회진으로 돌아간 네 작은 몸 위에 정말 평화와 안식을 부어주려는 것처럼 장엄하고 부드럽고 보호자적인 넓은 품을 가지고 넘쳐흘렀어. 네가 살아있을 때 사람들은 왜 그런 넓고 부드럽고 장엄한 보호자적인 사랑을 너에게 한 번도 주지 못했을까. 나중에 내가 들으니 신부님들이나 수녀님들도 너에게 차갑고 귀찮게 대했다더구나. 너와 알고 지낸 많은 사람들이 그랬었지. 불성실하고 편협하고 뒤에서 수군댔어. 정말 어떻게 해볼 도리가 없군… 이라고. 넌 너무 많은 사랑을, 너무 호화스러운 미소를, 너무 흔한 선물을 이 세상 속물들에게 선사하려고 태어난 아이 같았어. 언제나 기타를 들고 다니며 어디에서든 즉석 연주를 하고 즉석 음악회를 열었지. 네가 잘 부른 노래는 〈Try to remember〉라는 〈환타스틱스〉의 주제음악이었지. 네가 〈환타스틱스〉 영어연극에서 주인공 말괄량이 역을 했을 때 얼마나 많은 관객들이 넋을 잃고 매료되었던가. 생각해 보면 그건 너의 에덴이었는지도 몰라. 새처럼 가벼운 몸에 부드러운 눈동자 그리고 놀랍도록 아름다운 너의 목소리, 반짝이는 사랑스런 머리카락들. 그 무대 위에서의 너는 그야말로 절정의 줄리엣이었고 희랍신화 속의 요정 다프네와 같았고 바야흐로 샘물 안에서 쩔렁대는 방울소리처럼 맑고 청량하고 황홀했지. 그런데 그 뒤 넌 세상의 어느 곳에서도 네 자리를 찾지 못하고 사방을 기웃거리고 배회하면서 남들 곁을 맴도는 마치 연못 속의 파문(波紋) 같은 배역을 할 뿐이었지.

그래, 넌 졸업한 후 결코 한 번도 네 자리를 갖지 못했어. 경제적으로 어려움이 없는 가정의 막내이기에 취직을 할 절실한 필요가 없었다 치더라도 그래도 최소한 너의 허우적거리는 두 팔을 잡아줄 아주 기초적인 끈이 필요했는데 넌 그걸 한 번도 만져 보지조차 못했지. 미국대사관이나 문화원, 연구단체, 뮤지컬 단원으로 시험을 쳐도 넌 어쩌면 그렇게도 미끄럼만 탔어. 넌 어떤 돌파구를 찾아 숨 쉴 창문을 하나 찾으려고 사방을 다녔으나 네가 받는 것은 냉대와 수모뿐이었어. 넌 철저하게 소외되었고 사회의 문 밖으로 내쫓겼고 왜 그랬는지 사람들 모두가 널 안 끼워주었어. 그들이 끼워준다는 것 — 이것이 우리 사회 안에서 살아남느냐 아니면 죽느냐의 갈림길이라는 것을 넌 알지 못했고 그리하여 하염없이 그들의 닫힌 문을 두드리고 기웃거렸지. 안 끼워주면 그냥 끝장이야. 넌 구걸하듯이 그들의 닫힌 문을 기웃거리지 말았어야 했어. 그러나 넌 너의 생존권을 찾아 그렇게 헤맸지. 네가 헤매면 헤맬수록 사람들은 더욱더 마음 놓고 너를 무시했던 것 같아. 사랑이 너의 생존권이었는데.

순영아, 그리하여 너는 점점 더 애정결핍증으로 쇠잔되어 갔고 애정결핍증 환자가 종종 보이는 페티시 증상을 보이며 기타 하나를 강박적으로 들고 이리저리 사람들 사이로 돌아다니더구나. 네게 파란곡절이 있다는 소문이 돌기 시작한 건 그때부터야. 네가 정신이상이 되었다는 거야. 어떤 남자에게서 실연을 당한 후에 그렇게 되었다는 거지. 그때 난 처음으로 네 어두운 생애의 역사를 듣게 되었단다. 그전까지 너에 대한 나의 인상은 반짝이는 보석 같은 아이, 꿈처럼 아름답고 요정처럼 빛나는 무대 위의 여주인공, 즉 〈환타스틱스〉의 여주인공의 사랑스런 이미지, 바로 그런 추상적인 것이었거든. 순영 마리아, 넌 어려서 엄마를 잃었다고 했지. 엄마와 사별한 이후부터 넌 사랑에 몹시 고통을 받고 사랑에 대한 격렬한 환상을 품게 되었다고 하더라. 그리하여 어떤 사물이나 사람에 일단 집착하면 무섭도록 광적으로 강박된다는 거야. 애정강박증이라고 하더구나. 넌 대학 2학년 때 어느 의과대학생을 사랑했지. 〈환타스틱스〉 연극을 보고 너의 아름다움에 매료된 의과대학생이었다고 했어. 순결하고 음악을 좋아하는 수려한 미모의 청년에게 넌 그만 영혼 전체를 다 내어주고 너의 시간과 너의 꿈, 너의 감정 전체를 무섭도록 쏟아 부었다는 거지. 너는 청년이 좋아하는 꽃이라면 수백 송이씩 매일 갖다 주었고 아름다운 엽서와 카드, 좋은 그림과 음반, 시집과 남자용 선물용품들을 무섭도록 끊임없이 선사했다고 하더라. 전보를 치고 전화를 걸고 편지를 쓰고(넌 언제나 영어로 편지를 썼지) 학교 앞에서, 집 앞에서, 다방 앞에서 언제나 그를 기다렸지. 넌 그 당시 마치 신들린 마녀 같았다는 거야. 너무 뜨겁고 열광적이고 빈틈없이 그를 사랑만으로 감싸려고 했기 때문에 그 의과대학생이 질식당할까 봐 도망쳐버렸다는 이야기였어. 넌 무궁한 사랑의 지평선 위에서 갑자기 해가 지는 순간 마치 모든 것을 빼앗긴 거지여인처럼 그 어둠에 충격을 받고 정신이상이 되었다고 하더라. 화가인 오빠, 물리학 박사인 언니, 교수 아버지…. 넌 아무것도 부족한 것이 없는데 단지 사랑 때문에 우주의 고아같이 유랑 걸식하게 되었다고 하는 거야.

그래, 어찌 보면 넌 마치 천사처럼 발이 없는 그런 삶을 꾸려가고 있었어. 언제나 네가 나타나는 곳은 그런 절반쯤은 환상적인 장소였어. 내가 어느 잡지사에 다닐 때 자료를 찾으려고 미국문화원에 가니까 넌 하얀 주름 레이스가 너풀거리는 물방울 원피스를 입고 보랏빛 물방초의 숄을 어깨에 두르고 문화원 창가에서 화집을 보고 있었지. 화가의 이름은 생각나지 않으나 아주 전위적인 그림이었어. 아마 팝 아트 계열의 로이 리히텐슈타인이나 자스퍼 존스의 〈성급한 출발〉 같은 계통의 뭉개진 그림이었을 거야. 마구 색채가 헝클어지고 과격한 해체의 형태만이 무슨 수세미처럼 난무하고 있던 그런 장면이 생각나. 그리고 로버트 라우센버그의 〈북미산 사슴〉이라는 콜라주 그림도 그때 네가 나에게 보여주지 않았던가? 일곱 개쯤으로 분할된 캔버스 공간 위에 연두색, 녹색, 어두운 청색, 군청색 등이 발라지고 그 캔버스 꼭대기에 하얀 나무의자가 거꾸로 매달려 있던 그림이었지. 네가 그때 조그만 손가락으로 그 의자를 가리키며 낮고 음산하게 쿡쿡 웃었지 않니. "거꾸로 매달린 의자— 마치 나하고 같지 않아?"라고 말하면서. "모더니즘 미술에서 잔디나 타이프지우개, 통조림 깡통이나 깨진 단추 같은 것을 캔버스에 콜라주하는데 난 그것이 몹시 맘에 들어요. 부서진 잡동사니들을 어떻게 할 것인가? 그것이 인류의 문제 아니에요?"

넌 그날부터 나에게 편지를 보내기 시작했었지. 어떤 날은 키츠나 셸리의 로맨틱한 시를 적어보내기도 했고, 내 시를 번역해서 몇 줄 적어보내기도 했어. 어느 영자 신문에서 번역 작품을 모집한다는 소식을 듣고 넌 나의 시 〈태양미사〉를 번역해서 응모했으나 미역국을 먹고 말았지. 넌 마치 키리코나 마그리트 초현실주의 그림에 나오는 팔이 잘리고 몸통이 절단된 흰 대리석 여인처럼 미래에의 운동이 불가능했어. 왜 그랬을까. 아무튼 넌 아무 일도 되지 않았어. 세상과의 루트가 없었던 거야. 점점 더 너는 겁먹은 얼굴이 되어갔어. 안색은 파리해지고 미간을 찌푸리고 다니기도 했지. 한동안 네가 보이지 않자 사람들은 네가 입원해 있다고 하더구나. 분열증이든가 조울증이 심해서라고도 했어. 그렇게 난 널 언제나 소문 속에서밖에 찾지 못했던 것 같아. 그게 나의 무성의이고 범

죄와도 같은 무감각이고 사랑에 대한 냉소주의야. 아가페적 사랑이 부족했고 이기적 고통에 꽉 붙들려서 이기심의 노예로 살았기 때문이고 고통도 자기 고통밖엔 모르기 때문이야.

그리고 순영 마리아, 우리가 문득 다시 만난 건 내가 직장을 그만두고 학교로 돌아가 석사공부를 하고 있던 때였지. 어두컴컴한 복도에서 너와 나는 우연히 마치 음악처럼 부딪혔는데 넌 그때 〈환타스틱스〉의 연극주인공처럼 보이던 긴 머리카락을 짧게 자른 마친 소년 같은 모습이었어. 넌 조금도 시들어 보이지 않더라. 마치 로빈 후드처럼 짧고 경쾌한 발걸음으로 씩씩하고 바쁘게 뛰어다니고 있었으나 넌 여전히 소속이 없었어. 대학원에 다니는 것도 아니고 무슨 직원도 아닌데 넌 늘 바쁘게 캠퍼스를 오가고 있었고 어떤 때는 잔디밭에서 기타를 뜯으며 노래 부르고 있었고 또 어떤 때는 어느 교수님의 연구실에서 비틀즈의 음악 같은 노래를 선사하고 있기도 했어. 넌 우리 산업사회, 기능사회, 소속사회 어디에도 소속이 없었으며 그리하여 공기나 천사처럼 소외되어 있었고 호적이 없어 마치 무적자처럼 방랑하고 있었지. 사람들은 그것을 너의 아름다움이라고 미화시켜 말하기도 했고 부럽다고 하기도 했고 그 나이에 한심하다고도 비웃었으나 그러나 아무도 너의 진실을 가지려고 하지는 않았지. 왜냐하면 너의 진실을 받으려면 너에게 모든 것을 주어야 하는데 아무도 그런 절대적 예속관계를 원치 않기 때문이야. 사람들은 대개 '부담 없이' 살기를 원하고 '부담 없이' 만났다 헤어지길 원하는데 너의 진실은 너무나 무겁고 본질적인 명령을 지니고 있고 그리하여 상대방의 전체를 요구하기 때문에 부담스럽다는 거지. 넌 마치 한 사람에게 사랑을 주기엔 네 사랑이 너무 무겁고 많음을 알았다는 듯이 이젠 그저 많은 사람들을 수시로 방문하며 목적 없는 교우관계를 마치 스쳐가듯이 사방에

맺고 다니는 것이었어. 나도 어쩌면 그중의 한 사람이었을 거야. 너의
진실과 맺어지기를 두려워하고 너의 진실을 온 중심으로 받아들이길 거
부하고 단지 너와 가볍게 스쳐가는 정도로만 알고자 했으니까. 그래도
넌 나에게 끊임없이 편지를 썼고 조교실로 찾아와 커피를 마시고 파가니
니 얼굴을 검은 튤립 잎사귀로 떠받친 듯한 실크스크린한 자그마한 그림
을 주었으며 기타를 들고 와 노래를 불러주었어.

"언니, 세상에 요셉 같은 남자 하나 없을까?"하면서 그것은 아예 우스
꽝스러운 농담이라는 듯이 입술을 비틀고 웃기만 했어. 그러면서도 꼭
혹독하게 자신을 비웃어야만 하겠다는 듯이 자꾸 말하는 것이었어. "세
상에 요셉 같은 남자 하나 없을까?" 난 그때서야 너의 세례명이 마리아라
는 것을 알았어. 성모님의 이름 마리아와 같은 세례명을 순영 너는 가지
고 있더구나. "애, 이 가부장사회에 무슨 요셉 같은 남자가 있겠니?"하
면 "농담이야. 언니도, 참 그까짓 게 농담이지 무슨 의미가 있겠수?"하
다가도 그 다음날 또 기타를 들고 국문과 복도를 서성이다가 나를 만나
면 뒷산으로 종이 커피 하나를 들고 불러내서는 "언니, 어디 요셉 같은
남자 하나 없을까?"하고 그 맑은 미소를 지으며 또 묻곤 하는 것이었다.

순영 마리아, 요셉이 있더라도 마리아는 얼마나 무섭고 외롭고 고통스
러웠을까. 왜 그녀는 신에게서 선택되어 아무도 믿을 수 없는 무염시태
를 하고 남모르는 고통을 받으며 왜 꼭 그렇게 해서만 성스러워져야 했던
가. 무염시태의 무시무시한 고통과 홀로만의 외로움 속에서 그녀는 고통
스러워 자신의 숙명을 팽개쳐버리고 싶지는 않았을까. 순영아, 난 너를
보면 늘 처녀 마리아의 고통과 공포를 느껴야만 했어. 인간이 알 수 없는
깨끗한 사랑, 그 큰 사랑, 어떤 무한의 사랑을 그 마리아는 끝내 박해와
시련으로써 갚아야 하지 않았느냐고, 순영 마리아, 난 늘 너에게 말해주

고 싶었지. 성모님 마리아도 늘 그렇게 외롭게 인간이 그어놓은 금 밖에서 살았고 소외를 느꼈을 것이며 그리하여 항상 고독했을 것이라고.

그러다가 그날 너의 진혼미사 게시판을 보고 너의 죽음을 알았던 거야. 너의 그 큰 사랑은 결코 지상의 누구에게서도 보답받지 못했고 결코 지상의 누구와도 맺어지지 못한 채로 그렇게 넌 추상의 천사처럼 세상을 떠났구나. 순영아, 소문은 또 너의 죽음이 자살이라고 하더라. 네가 병원의 창문에서 뛰어내렸다고. 완전히 차단되어서 열 수도 없는 창문을 네가 열고 몸을 창밖으로 던졌다는 거야. 네가 언젠가 나에게 말했듯이 "사람이란 사회적 동물이냐 사회적 똥물이냐"고 나도 묻고 싶었어. 사회 안에 아무 끈도 갖지 못하고 아무 소속도 없이 떠도는 소외자인 너에겐 사회의 모순과 부조리와 더러움이 더 잘 보였겠지. 그리고 너는 음악처럼 우리 앞에서 정말 끝나고 말았다.

순영아, 진혼미사 음악의 첫 단어처럼 레퀴엠(안식) 하라. 그리고 너의 그 순결하고 크나큰 사랑, 너의 무한한 사랑을 받지 못하고 이렇게 뇌세포가 고장 난 헝겊 인형처럼 삑삑거리며 살아가고 있는 우리의 세속적인 마음속에 넌 언제나 사랑의 마리아로 떠오를 것이다. 언젠가 네가 엽서에 써 보냈던 테니슨의 시 한 구절이 생각나는구나.

사랑하고 사랑을 잃은 것은 전혀 한 번도 사랑하지 않은 것보다 낫다.
— 앨프릿 테니슨, 〈인 메모리엄〉 중

죽음이 너의 제 2의 찬스였니? 난 묻고 싶구나.

76

천사의 별

어제는 세상에서 가장 슬픈 사람의 제삿날이었다. 스물일곱 독야청청한 나이로 아기를 낳다가 죽은 우리 이모의 제사였다.

'까마귀 모르는 제사'라는 말이 있다. 자손이 없는 제사라는 뜻이다. 스물일곱 꽃 같은 나이로 첫아기를 낳다가 갔으니 소생이 있을 리 없고, 남편되는 이는 그토록 슬프게 죽은 전처의 1년상도 채우지 못하고 재혼을 하여 아들 딸 낳고 산다하니 그 집 후처가 전처 제사를 지내줄 리 없고, 우리 외할머니마저 미국 땅에 살고 계셔 위패 모실 데가 없는 것이다.

어찌 생각해 보면 이모의 혼령이 여기저기 살고 있는 우리들의 창문을 별빛으로 기웃거리면서 그래 — 안녕 — 하고 돌아볼 것만 같다. 하늘에 가득히 글썽이는 별빛이 모두 우리 이모의 혼백만 같고 천지간에 자욱한 어둠이 모두 우리 이모의 슬픔인 것만 같다.

핏덩이를 껴안고 남원 어디 산골짜기에 묻혀 있는 이모 — 한국 여자의 한(恨)의 원형을 보는 것만 같은 그녀의 짧은 생애. 잔인한 천명(天命)이란 것이 실제 있는 듯이 느껴지고 그토록 착한 이모에게 가혹한 죽음까지 내린 그런 천명이라면 실컷 거역하고 두들겨 패고 싶어진다.

우리는 동갑내기로 쌍둥이처럼 친했다. 그녀를 떼어서는 나의 유년시

절을 생각해 볼 수 없을 정도로 그녀는 나의 추억과 결부되어 있고, 그녀
는 나의 고향 같은 존재였다. 나와 친하면서도 그녀는 어딘지 나를 어려
워했고, 한없이 용서하려고만 했고, 항상 우울의 그늘을 두르고 있었다.

어려서 아버지를 잃고, 한 분 오빠마저 폐결핵으로 오래 앓다 돌아가
시고, 많던 재산은 모두 그분들의 병구완으로 사라진 뒤라 어머니(나의
외할머니)와 함께 우리집에서 살고 있었던 것이다.

아무리 형부가 귀여워하고 아낀다 하여도 오빠집 밥은 앉아서 먹어도
언니집 밥은 서서 먹는다고, 얼마나 불편하고 어려웠을 것인가. 어린 시
절의 나는 전혀 그런 것을 알지 못했고, 나의 기쁨이 그녀의 기쁨이 되지
않을 때는 뭔가 섭섭하고 미워지기까지 했었다. 가령 내가 상을 받거나
새 옷이 생겼을 때 그녀가 자기 일처럼 기뻐해 주지 않으면 나는 신경질
을 냈고 토라졌으며 그러면 그녀는 못나게도 쓸쓸히 웃어주었다.

못난 이모— 그때 '너의 기쁨이 곧 나의 기쁨은 아닌 거야! 너와 난 처
지가 다르지 않니!'라고 왜 한마디쯤 진실을 알려주지 못했을까. 이모는
어릴 때부터 그저 쓸쓸히 웃어주는 법을 배웠고 항상 공허하고 외로운
웃음을 지으면서 자신을 드러내지 않았다. 아아 그것은 그녀의 골수에
까지 박혀 한(恨)이 되었을 것이다. 한에 대해 그녀만큼 알았던 사람은
천지간에 또 없으리라.

그러던 그녀가 결혼을 했다. 이모부되는 사람은 어느 지방 대학의 총
학생회장까지 지낸 유능하고 똑똑한 청년이라 했다. 그녀는 남편의 직
장을 따라 남원땅으로 갔고, 그런데 시댁이 하던 건축사업이 부도가 나
서 자식들이 빚을 분담하게 되어 우리 이모의 혼수장롱이며 혼수물건들
까지 빨간 딱지가 붙었다. 이모는 자기와는 일전 한푼 상관없는 빚쟁이
들에게 모질게 시달렸고 임신중독증의 위중한 몸으로 모든 고통을 감내

했다. 임신 중이라 해도 마땅히 갈 친정집도 없었고 착해빠진 이모는 여필종부라 하여 아수라장 시댁을 잠깐이라도 비울 수 없었을 것이다.

여자들이여 — 자신의 한계를 벗어난 일이라면 절대로 여필종부하지 말라! 도가 지나치면 여필종부는 미덕이 아니라 자기파멸이 된다.

이모의 출산일이 가까워졌을 때 어느 날 밤 꿈을 꾸었다. 봄날, 아지랑이가 천지를 가물거리게 하여 천지가 온통 웅비하고 있는 듯한 봄들판의 아지랑이 속에서 이모가 울타리 밖에 치마를 벗고 서 있었다. 그러다 내다보니 이모는 치마를 벗은 채로 들판 쪽으로 가고 있었다. 나는 이모를 부르면서 '왜 치마를 안 입고 밖으로 나가'하면서 울타리 쪽으로 가니 이모는 웃으면서 사라져버렸다.

그날 밤 이모는 진통을 겪으면서 남원땅에서 전주대학병원으로 옮겨져 아들아이를 낳다가 아기와 함께 죽었다. 스물일곱의 여자가 한 번 통쾌하게 살아보지도 못하고 그토록 처절하고 허망하게 죽어간 것이다.

자정이 되자 나는 냉수 한 그릇 떠놓고 하늘을 바라본다. 가장 희미하고 가장 슬픈 별 하나가 하늘에서 못나게 쓸쓸히 웃는 것 같다. 아니 웃어주는 것만 같다. 그리고 그 옆엔 꼬마별 하나, 태어나지도 못하고 엄마 따라 가버린 순결한 천사의 별이.

야누스의 팬터마임

나는 요즈음 자주 하나의 환상을 본다. 버스를 타려고 수많은 낯선 사람들 속에 끼어 있을 때, 부엌에서 설거지를 하려고 그릇 속에 남겨진 음식 찌꺼기를 버릴 때, 떨어진 동전을 주우려고 몸을 굽힐 때, 그리고 일이 끝나 '책이나 볼까'하고 책상에 앉아 무섭도록 파아란 여름밤 하늘과 직면할 때, 나는 저주스럽도록 같은 하나의 환상을 몸에 떨며 빠지게 된다. 언제나 같은, 모든 것을 말해주는 하나의 짙은 그림에.

땅 위에는 무섭도록 많은 사람들이 땀을 흘리며 우글거리고 있었다. 소년도 있었고 머리를 리본으로 동여맨 신선한 처녀아이들도 있었고 늙은이도 있었고 청년들도 있었다. 모든 종류의 사람들이 모두들 있었고, 어둠 저쪽으로는 은하수의 사닥다리가 하늘로부터 외롭게 손짓하고 있는 것이 보였다. 모든 종류의 사람들이 모두들 있었고, 어둠 저쪽으로는 은하수의 사닥다리가 하늘로부터 외롭게 손짓하고 있는 것이 보였다. 모두들 생의 욕망에 몸을 맡기고 있으면서도 꿈을 포기하지 않고 있었기 때문에 그들은 더욱 많은 땀을 흘리며 있어야 했다. 그들은 땅에 더 많은 부(富)의 더미를 쌓고 싶기도 했고, 복음을 더 많이 전파하려는 사람도 있었으며, 실존(實存)의 꿈을 위해 빵 대신 낡아빠진 헌책을 사고자 한 청년들도 있었다. 땅은 어두웠고 그래서 늪처럼 보였다. 근처에는 꿈을 순례하다 죽은 수많은 사람들의 혼령이 끝내 실패했기 때문에 석상(石像)이 되어 서 있는 음습한 골짜기가 있었으며, 그들의 눈물로 이루어졌다는 '비탄의 강'이 흰 뱀의 띠처럼 어둠 속에 번쩍이며 빠져들고 있었다.

그러나 살아 있는 자들은 열심히 비비적대며 움직였다. 그들은 이곳에서 성공하고 싶기도 했고, 하늘로부터 약간 내려진 '태양의 사닥다리'로 오르고 싶기도 했다. 대부분의 사람들은 마음이 두 갈래로 설레어 끝끝내 열중할 수가 없었다. 많은 사람들이 스스로 좌초했거나 포기했으며 몇 사람의 젊은 청년들만이 여전히 '하늘의 사닥다리'를 향해 움직였다. 그들은 '꿈을 따라가기 위해' 스스로 많은 지상의 안락과 이익을 포기해야 했으며, 비난마저 들어야 했다. 몇 사람은 몇 발자국을 더 가다 주저앉았고 결국 서너 사람만이 '태양의 사닥다리'가 있는 곳까지 갔다. 흰색, 빛나는, 꿈의 사닥다리. 모르는 한 청년의 맨발이 어둠 속에서 은하처럼 흩날리는 것을 나는 보았다. 포기한 수많은 사람들의 눈동자 속에서 슬픔과 무력한 절망의 나날이 악몽처럼 쓰라리게 흘러가는 것을 나는 보았다.

은목걸이처럼 거룩하게 흔들리는 꿈의 사닥다리 위에서 한 청년의 기쁨과 이상의 목소리를 나는 들었다. 그리고 늪의 수많은 사람들이 '인생이 나를 상처 냈다. 나는 꿈을 잃어버렸다. 인생이란 무의미한 놀음이다'라고 비탄하는 것을 나는 들었다.

그러나 모든 사람들에게 모든 것은 다 가능했던 것이다. 모든 것이 완벽하게 가능했던 시절이 결코 있었으리라. 그러나 자기도 알지 못하는 사이에 때로는 불가능해지고 혹은 스스로 포기하기도 한다. 비탄의 강이냐, 꿈의 사닥다리냐? — 이런 목소리가 늪과 어둠을 뚫고 나에게 날아온다. 너는 결국 비탄의 늪이냐, 태양의 사닥다리냐고 ….

이런 환상에서 깨어나면 나는 수면제라도 먹고 잠들고 싶어져버린다. 사실 이런 질문은 요즈음 무섭다. 이 환상은 어느 날 지하철 정거장에서 몇 년 전에 헤어진 대학동창을 우연히 만난 것에서 비롯되었다.

우리는 바이런과 셸리를 같이 읽었고, 그에게는 이상주의자적(理想主義者的)인 강한 성격이 있었다. 그는 거만했고, 특히 부잣집 착한 아이들을 멸시했다.

"저 아이들은 인생을 모릅니다. 기껏 하는 이야기라는 것은 엄마와 어제 꽃시장엘 갔는데 글라디올러스와 백합이 없어서 섭섭했다든가, 누나의 약혼자가 어떻고 어떻다느니… 존재의 꿈이 없어요. 참담한 생명력이랄까 악마에게서 빌려낸 것 같은 강렬성이 결핍되어 있어요. 나는 피와 공포가 결핍된 생을 용납할 수 없습니다. 자신의 이상을 위해 순교자가 될 수 있는 용기, 그것만이 진실이 아닐까요?"

그 자신은 당장 밥을 굶더라도 청계천 헌책방을 돌아다니며 책을 샀고, 무섭도록 열정적으로 책을 읽었으며, 창작가가 되려는 뜻을 바꾸어 문학교수가 되겠다고, 정말로 열심히 공부했다.

그는 가난했었다. 그러나 그는 〈황제〉만을 들었다. 〈황제〉를 들으며 그는 자신을 위대한 순교자로 여겼다. 꿈을 따라가는, 현실에 인사하지 않는.

지하철 정거장에서 졸업 후 처음 그를 보았을 때 그는 약간 지쳐보였다. "지금 뭐해요?"라고 궁금하여 묻자 "비행기 회사에 다녀요"라고 대답했다. "재미있겠네요"라고 말한 내가 잘못이었다. 그는 금방 혐오의 기색을 강조하면서 "재미는 뭐, 월급 몇 푼 받는 것으로 시간을 팔고, 파김치가 다 되어가지고, 꿈을 판 대가로 먹고 살고, 그럭저럭…" 등등의 말을 중얼거렸다.

그때 마침 지하전차가 와서 그는 급히 나와 헤어졌다. 어둠을 헤치며 시끄러운 소리로 전차가 달려갈 때 나는 문득 한 난파선의 신호를 들은 것 같은 생각이 들었다. 황제는 난파한 것이다. 그리고 대학시절에는 누구나 〈황제〉만을 듣는 것이다— 라는 슬픔이 지하철 정거장을 지옥으로 보이게 했다.

그날 밤부터 나의 그 환상은 시작되었다. 문득문득— 그래, 너는, 너의 꿈을 위해 얼마만큼의 시간과 얼마만큼의 열정을 바치고 있느냐? '정말 어떤 순교를 아직도 생각하고 있느냐?'는 질문이 심장 아래서부터 뚫고 올라와 나는 금방 말문을 잃고 처절해진다. 그러나 이 질문은 피할 길이 없고 얼굴을 돌려버릴 수도 없다.

나는 야누스의 비밀을 알고 있다. 우리는 모두 야누스의 얼굴을 하고 이 세상을 살아갈 수밖에 없다. 이상(理想)의 왕국과 현실의 왕국, 선(善)의 환한 색채와 악의 검은 심연, 위대해지고자 하는 마음과 게으르고 억압된 육체 사이에, 우리의 근본적인 숙명은 도사리고 있는 것이다. 양쪽으로 찢어질 것만 같은 두 개의 얼굴, 피카소의 울고 있는 여인과 웃으며 해를 바라보는 여인의 얼굴은 동일한 여인의 것이다. 살은 웃고 혼은 운다. 지상의 집은 자꾸만 곡물과 포도주로 넘치고 존재의 꿈은 말라비틀어져 철저히 파괴된다. 혹은 마음은 이것을 원하기도 하고 저것을 원하기도 하는데 이 양자택일의 문제 앞에서 마음은 당황해서 결단을 내리지 못한다….

나는 모든 것은 이렇듯 야누스의 팬터마임이라는 것을 알고 있다. 우리는 그것을 인정해야 하리라. 그것을 인정하지 않으면 안 되는 것이다. 그리고 '단순하게' 타올라야 하리라. 불꽃처럼. 불꽃은 눈물을 줄줄 흘리면서, 어둠을 살라먹으면서, 깨끗한 금빛으로 타오른다. 불꽃은 한 가지 색채이면서 그러나 모든 색채이다. 야누스의 결렬을 종합하는 힘, 야누스의 파열된 해부도를 완벽하게 고쳐놓는 힘. 그것은 '단순한 열정' 이외의 아무것도 아니리라. 단순한 열정, 광기(狂氣), 도취 속에는 괴로움도 없고 망설임도 없고 자아(自我)의 결렬도 없다. 그 속엔 평화가 있다. 꿈의 사닥다리를 오르던 청년의 그 기쁨과 이상의 목소리처럼 그 속엔 한없는 평화와 한없는 열정과 한없는 추구가 있다.

나는 라포르그의 말을 자꾸 외워 본다. "그렇고말고요. 길이란, 이 빌어먹을 세기의 문턱에서 신화가 되는 거예요, 신화가…."라고.

추방과 귀향

'현실은 결국 하늘의 조응(照應)이 아니라 지옥의 조응이다'라는 비극적 인식을 우리가 시작함과 동시에 우리의 영혼의 유배는 시작되고, 마차(馬車)의 운명적 방황 또한 시작되는 것이라는 것을 우리는 인정하지 않을 수 없으리라. 우리는 그때부터 불행한 젊은이 이슈마엘처럼 자기의 집을 떠나, 가족과 벗들을 떠나, 정다운 모든 것을 떠나 홀로 황야에 추방되는 것이다. 홀로— 또한 스스로.

그때부터 우리는 누구나 '우리를 조종하고 있는 운명의 실을 쥐고 있는 것은 인자한 신이 아니라 악마다'라는 냉혹한 진리 위로 추방되고, 우리의 비참은 구원받을 수 없게 확실해진다. 닫힌 왕국의 문, 부서진 왕국의 유리파편들, 우리의 부드러운 얼굴을 뜯어먹는 야생의 '꿈' 바람, 언제나 '꿈'으로부터 거부되고 있는 우리들 존재의 집.

그것은 왕녀의 비참이며, 자리를 빼앗긴 왕의 슬픔이다. 그때부터 우리의 방랑의 운명은 시작되고, 비록 지상에서부터는 비참과 죽음밖에는 아무것도 찾을 수 없다는 증명의 무능력을 우리가 자신의 살(肉)로부터 예언받아 미리 안다 할지라도, 한 개의 확실성을 향한 노력, 빼앗긴 왕국으로서 암중모색은 시작되지 않을 수 없으리라.

나에게도 목을 조르는 그 파괴의 순간은 어김없이 다가왔다. 아마 대학 2학년 가을학기의 중간 무렵이었던가? 11월이었다. 건초풀밭… 찬바람… 회색하늘… 그리고 짙은 연기의 냄새… 조락의 냄새… 그리고 갑자기 모래시계가 보이고… 모든 것이 달라졌다. 들여다볼 길 없는 어둠… 사방을 큰 걸음으로 달려가고 있는 초침의 거인… 발아래로 늠름히 흘러가는 심연의 강물… 고독… 끌리는 사슬소리, 둔중한, 음울한 사슬소리… 목을 조르는, 조르기 시작하는 삶의 공포… 어느 날 갑자기 우리는 더 이상 살지 않게 된다. 사는 것을 멈추게 된다. … 작은 퇴적으로 아무런 가치도 없는 퇴적이 된다. …

그것으로 충분했던 것이다. 그때부터 내 일출의 믿음은 일몰의 슬픔으로 바뀌었고, 내 환상의 왕국은 건초 들판의 광야로 바뀌었다.

나도 역시 모든 이슈마엘처럼 아버지의 옛집을 나와 천막을 치고 사는 신세가 된 것이다. 사실 아버지의 옛집만큼 다정한 곳은 없으리라. 그곳에서만큼 우리가 다시 왕녀가 될 수 있을까? 온전하고, 순진무구하고, 확신이 있는 왕녀 말이다. 출구도 없고 통로도 없는 이 밀폐된 광야의 땅에서 우리가 그러한 왕녀로 다시 되는 날이 과연 하루, 아니 한 시간, 아니 단 10분이라도 있을 수 있을지?

부드러운 어린 시절. 요람에서, 아니 더 나아가 어머니의 꽃이 그려진 치마폭에서. 그리고 나비와 투명한 잠자리의 눈동자를 두 손으로 잡을 수 있었던 시절. 빵을 안 먹어도 배가 안 고프고, 노래와 햇빛 속에서 '애, 너는 크면 무엇이 되겠니?' 라든가 '나는 이다음에 커서 무엇이 될까?' 라는 존재의 둥근 질문 안에 살던 시절. 그때는 모든 것이 정다웠다. 정다운 꿈 이외의 아무것도 없었다. 깨끗하고 정결하게 깎아놓은 필통 속의 연필을 나는 사랑했다. 그것으로 아주 정다운 편지들을 친구에게, 하늘에게, 시냇물, 그리고 선녀들에게 쓸 수 있으리라고 생각했기 때문에─.

그때는 모든 것이 둥그랬다. 그런데 왜 둥근 존재는 칼질해 놓은 사과 쪽처럼 얇아지고, 평면적으로 되고, 야위어 비틀어지게 되는 것일까? 짓이겨진 오렌지처럼, 시간의 페이지가 점점 뚱뚱해지던 우리의 존재는 점점 야위어간다. 그리고 왜 우리의 부드러운 손가락들은 점점 거칠어지고 투박해져서 노인들의 손을 보면 마치 땅처럼, 혹은 땅을 복수하려는 갈고리처럼 되어버리는 것일까?

그것이 법전(法典)이다. 추방, 시간, 운명의. 정다운 아버지의 집을 우리는 떠나야 하는 것이다. 무엇보다도 확실한 어머니의 애정의 품에서 별을 보고 햇빛의 날개옷을 입었던 왕국의 문에 기대어 우리는 밤에 히스클리프와 같은 장화를 신고 묘지 곁을 밤새껏 배회해야 하는 것이다. 동화의 묘지 곁을─ 모기와 쐐기풀에 뜯기면서─ 그것이 법전이다.

'그럼에도 불구하고', '…라 할지라도'와 같은 단어들을 나는 지금도 몹시 사랑하지만 그때 자살의 광기로부터 결국 나를 구해준 것도 바로 이 말들이었다. '그럼에도 불구하고', '…라 할지라도'와 같은 말 뒤에는 반드시 '긍정의 광기'가 스며 있는 것이다.

어떤 시인은 아주 어릴 때부터 '뮤즈의 별'에 자기의 성좌를 정하고, 전 생애를 거의 남김없이 시에 쏟아버렸다고 죽는 순간 자랑스럽게 말하기도 했다지만, 내 언어의 작업은 추방의 그 이후부터 시작되었다. 긍정적인 광기가 나에게 무언가를 할 것을 권고했다.

닫힌 왕국의 문, 돌이 돼버린 다이아몬드, '모든 것은 헛되고 헛되다'라고 말하는 성자(聖者)들, 물에 몸을 던져 죽은 여자, 담배연기에 중독된 남자들, 시간에 꿈을 도둑질당하는 수많은 어린이들, 그리고 어느 날

풀밭에 엎드려 갑자기 울음을 터뜨리는 누추한 왕녀— 무릇 우리들에게는 대책이 없는 것이다. '스며라, 스며라! 배암'— 우리에게는 그러나 대책이 있어야 하는 것이다. 긍정적인 광기가 이렇게 나에게 명령했다.

우선 나는 마차를 만들었다. 그리고 말을 한 필 사서 '긍정적 광기'라고 명명했다. 우리는 십자가를 꽂고 수많은 삶의 정황 속을 순례했다. 여기저기, 때때로는 한곳에 오래 머무르기도 하면서, 지상의 아름다움과 슬픔의 세례를 간혹 받으며, 외롭게 혹은 여럿이서 떠들썩하게 음식을 먹기도 하며— 그러나 우리의 마음은 모두 빼앗긴 왕국을 그리워하는 것이었다.

그때부터 나는 파가니니와 모차르트를 듣기 시작했으며, 망원경을 만들었고, 말(馬)을 타고 들판을 성실히 보기만 한다면, 그리하여 네가 본 것으로 영혼의 피륙을 짤 수만 있다면 마침내는 빼앗긴 왕국으로, 네가 추방된 바로 그 자리로 갈 수 있을지도 모른다는 생각을 하게 되었다.

그렇다. 현실은 지옥의 조응이고 자기의 왕국을 빼앗긴 추방된 왕녀로서 일생을 잔인하게 끝마쳐야 할지라도 나는 매일 밤 망원경을 수리하며 내 마차를 고치리라. 내가 출발한 그 문을 꿈에서라도 다시 보리라. 그리고 꿈꾸며, 보고, 아이처럼 귀향의 꿈을 움켜쥐고, 이브의 사과를 먹고 싶다.

감금을 위하여

·····≫≫≎≪≪·····

"오스카 와일드가 말했지. '이곳엔 하나의 계절밖에 없다. 슬픔의 계절이다. 감방 속이 언제나 황혼이듯이 죄수들의 마음속도 언제나 황혼이다. 시간의 세계가 움직임을 잃듯이 사유의 세계에도 움직임이란 없다' 라고. 매일매일, 매 순간순간마다 이 말을 생각했어. 마치 심장에 쐐기를 박듯이 말이야."

××연구원에서 전화교환수를 하고 있는 내 옛 친구는 말했다. 그의 초점을 잃은 사팔눈이 서러워 난 탁자 밑으로 내 두 주먹을 꽉 쥐었다. ××연구원으로 아는 분을 찾으러 갔다가 그분의 연구실 위치를 몰라 스위치보드와 유리문을 밀치고 "B선생님 연구실이 몇 층인가요?" 라고 묻다가 난 거기서 수년 전에 헤어져 소식을 궁금해 하고 있던 나의 옛 친구를 보았던 것이다. 그는 헤드폰을 끼고 전화선을 연결해 주느라 이마를 굽히고 있다가 나를 보고서 한동안 입을 다물지 못했다.

"여기 웬일이에요?" 라고 나는 참 바보 같은 질문을 던졌던 것 같다. 그 역시 똑같은 질문을 "여기 웬일이냐"고 나에게 물어왔으니까.

난 B선생님의 연구실을 찾아 볼일을 보고 그의 교대시간인 5시가 오기를 기다려 한 찻집에 마주앉았던 것이다. 그의 사팔눈은 몇 년 동안에 더 병적으로 변하고, 더 치명적인 결점으로 보이고, 더욱더 비현실적으로 느껴지기까지 했다.

그는 지금 전화교환수의 감옥생활에 대해 나에게 얘기하고 있는 것이었다. 난 가능하면 그의 기분을 가볍게 해주느라고, "이왕 오스카 와일드 이야기가 나왔으니 말인데 그는 '감옥에서 하루를 보내는 데는 놋쇠의 이마와 조소의 입술이 있어야 가능하다'고도 말했지요. 그런데 형의 입술은 조소의 입술은 아닌 것 같은데?" 하고 농담 비슷한 말을 던졌다.

그의 영원히 한곳을 바라볼 수 없는 사팔눈은 나를 막막히 쳐다보고 있었다. 상처입고 배회하는 눈동자였다. 무언가를 찾는 갈증의 눈동자, 그러나 그 뜨거움과 목마름은 유폐되어서 숙명적으로 언제나 막다른 골목에 처해져 있는 눈동자. 족쇄에 채워진 검은 카인의 눈동자. 손가락 사이로 새버리는 인생을 바라보는 덧없는 눈동자. 공허와 흐르는 시간에 언제나 절망적으로 직면하는 눈동자. 순간 그의 입술이 부풀리는 표정을 짓더니 피식하고 아주 건조한 웃음을 보였다.

"젊음이 지나가버린 자에게 조소의 입술이라는 것도 가능치 않은 거야. 내가 아까 이야기하지 않았어. 나에겐 황혼의 시간뿐이라고. 황혼의 시간 안에만 언제나 갇혀 있는 사람의 입술은 상실의 입술이겠지. 말할 것을 상실해버린 입술, 뜨거운 언어의 한 묶음을 간직하고 발설할 시각을 찾다가 그냥 그렇게 화석이 돼버린 입술. 내가 늘상 하고 있는 말이란 '××연구원입니다', '몇 번을 대드릴까요?', '전화를 받지 않는데요', '통화중이니까 기다리세요' 등 고작 몇 개의 단어의 집합일 뿐이니까. 다른 어휘들은 내 뇌 속에서 사라져버린 것 같아. 어휘의 빈곤이란 곧 삶의 말라비틀어진 빈곤을 뜻하는 것 아니겠어?"

그는 대학은 다르지만 나와 같은 영문학을 전공했었다. 우리는 한때

'아, 하담의 여윈 여인들이여, 너희는 왜 금빛 새들을 상상하는가?' 라는 스티븐스의 시를 같이 읽기도 했었고 원서강독 모임을 만들어 콘사이스와 텍스트를 끼고 늘 같이 나돌아 다닌 처지였다. 그는 우수한 학생이었고 우수한 성적으로 졸업했고 그 뒤에 군대에 갔다고 들었는데 이렇게 전화교환수를 하고 있으리라고는 상상도 못했던 터였다.

그가 정상적으로 열려 있는 사회생활을 못하고 이렇게 폐쇄된 직업을 택한 건 '아마 그의 사팔눈 때문이 아닌가, 아마 그럴 것이다' 라고 난 생각했다. 그와는 고향에서부터 한동네에 살았다. 그는 말하자면 유복자였는데 어머니와 단둘이 탱자나무 울타리가 쳐진 커다란 고가에서 살았었다. 그는 사내아이로서 내성적인 편으로 짓궂은 동네아이들의 놀림의 대상이 되어 문밖출입을 잘 안 하고 방에만 틀어박혀 어린 독서가로서 소년을 지냈다. 학교에 가는 길목에서

누비집 어메 절름절름
누비집 아들 사팔뜨기
가시나무에 가시 난다
가시나무에서 가시 난다

라고 난폭한 동네떨거지들이 조롱의 노래를 부르면 그는 그 배회하는 눈동자를 들어 왼눈으로 하늘을 쳐다보고 오른눈으론 비스듬히 애들을 바라보면서 파랗게 질리는 것이었다. '가시나무에서 가시 난다'는 것은 그의 어머니가 다리를 절기 때문에 '불구자 집안에서 불구의 아이가 난다'는 것을 조롱한 것으로서 아이들의 철없는 난폭함을 적나라하게 담고 있는 표현이었다.

어머니는 누비집을 했었지. 때로는 한복도 깁고 나이든 노인네들의 수의도 말아주고 언젠가 나의 설빔도 주문받아 그의 어머니가 곱게 지어준 것이었지. 어머니와 아들은 조용했고, 너무 온유하고 착했기 때문에 동네에 칭찬이 자자했으며 측은한 감정이 그들을 바라보는 시선 속에 담겨 있었다. 그도 그럴 것이 젊고 고운 과부와 어린 아들의 밝지 못한 신체적 조건을 생각할 때 사람들은 그 집안을 감도는 어떤 그림자 같은 것을, 보이지 않는 운명의 학대 같은 것을 담담히 느끼곤 했을 테니까.

우리 할머니도 누비집을 다녀오는 날이면 간혹 중얼거리곤 했었다.

"과부의 아들은 특별한 학문이나 지식이나 지위가 없으면 친구 삼기가 어렵다는 말이 《예기》라는 책에 나와 있느니라. 그런데 누비집 아들은 성격이 곧고 조용하고 착해서 장차 좋은 인물이 될 게야. 그저 책상 앞에 조용히 앉아 있는 것이 무슨 그림도 같고 귀한 도령도 같고, 연이댁이 아들 하나는 잘 살피지. 하기야 연이댁 심성이 그리 고우니 무슨 복을 받아도 받아야지. 그저 눈동자만 성하게 박혔으면 더 바랄 게 없을 건데…"

그는 나와는 다른 국민학교에 다녔는데 공부는 늘 1등을 한다고 그 학교 계집애들이 일러주곤 했었다. 계집애들은 고무줄이나 끊고 머리채나 잡아당기고 콩주머니나 뺏어 달아나는 다른 악동들보다는 늘 조용한 얼굴에 책을 많이 읽은 연이 쪽이 더 마음에 들었던 모양이었다. 그리고 연이의 사팔눈이 어린 계집애들의 본능적인 보호감정을 일으켰는지 계집애들은 늘 연이를 감싸주고 보호를 자처하려고 하였다. 그러나 늘 연이는 혼자였고, 나는 그가 자기집 찔레나무 울타리 아래서 하늘을 나는 까마귀떼를 쳐다보며 얼굴에 온통 노을빛이 물들어 가지고 신비에 취한 것처럼 서 있던 것을 기억한다. 소년 연이는 그렇게 우리의 한계선 끝에 서 있었고 그 한계선 위에서 자기의 운명과 운명의 설움을 껴안고 잠잠히 있는 듯 보였다.

그 후 그는 어머니를 따라 서울 어디로 이사를 떠나버렸고 대학생이
되어 명동성당이 마주 보이는 음악실 '크로이첼'에서 내가 살다시피 하고
있을 때 거기서 다시 그를 만났는데 그때 그는 이상하게도 나와 똑같은
베르그송의 철학책을 끼고 나타났던 것이었다.

그때 우리가 브람스 심포니를 들으며 했던 말 중에 "'생명의 의지'란
말, 좋은 말이지. 얼마나 좋은 말이야?"라고 그가 했던 말이 유난히 기
억에 남는다. 예전의 조용하고 말없고 소심하던 아이가 아니라 이젠 오
히려 자신의 운명의 그림자를 거머잡고 운명의 목을 누르며 자유의지로
써 운명의 학살극을 벌여보고 싶다고 그는 말했던 것이었다. 그의 사팔
눈은 여전히 눈에 띄었고 오히려 눈동자를 꽉 채우고 있던 젊음의 열기
가 사팔눈을 일종의 질환으로까지 몰고 가고 있었다. 언제나 그의 왼쪽
눈은 하늘을 바라보고 있었고 오른쪽의 한쪽 눈만이 현실을 쳐다보고 있
었다. 그의 시선은 분열되었고 그의 영혼 역시 분열되어 있었다. 그는
자기에게 부여된 어머니의 꿈과 자신의 꿈 사이에서 어지러운 갈등을 겪
고 있었던 것이다.

그는 사근동 어디서 살았는데 고향에선 비교적 넉넉한 편이었던 가산
을 서울 와서 천천히 소모했고(그는 그것을 '과부 은 파먹기'라고 매우 자조
적으로 표현했다) 지금은 사근동 비탈 어디에서 근근이 생활을 하고 있다
고 했다.

"지금까지 난 온실에서만 자랐지. 비닐하우스의 방풍막 안에 갇혀 어
머니의 뇌수를 빼먹고 살았던 것 같아. 난투극이란 말 있지? 생과 붙잡
고 난투극을 벌여보고 싶어. 난 어릴 때부터 피 냄새를 너무 몰랐어. 어
머니로부터 젖을 떼지 않은 상태로 지금까지 어머니의 벽에 달라붙어 악

착같이 바람을 피해왔지. 생활을 은행의 정기휴일 같은 것으로 더 이상 만들어서도 안 되고 그렇게는 더 이상 유지될 수도 없는 거고.”

그는 그 당시부터 대학의 전화박스에서 아르바이트를 하고 있었다. 가정교사 자리 같은 것이 생겨도 연이 쪽에서 먼저 피해버리고 말았는데 사팔뜨기에게 자기 아이의 교육을 맡기를 꺼려하는 부모들의 심리적 편견을 많이 겪었기 때문에 ‘더 이상 그런 편견에 자기를 시달리게 하고 싶지 않아서’ 라고 그는 토로했다. 그 당시 그는 비교적 거리낌 없이 많은 말을 했다. 절망이나 불행한 상태를 이야기하는 데에도 거리낌이나 주저 같은 것은 보이지 않았다. 나는 그것을 하나의 용기로 보았다. 우리는 자신의 불행을 이야기하는 데 있어서는 으레 소심하거나 눈치를 보거나 아니면 미화시키기 쉽다. 자신이 무슨 십자가에 처해 있다는 듯이 과장되게 불행을 치장한다. 행복을 과장하는 사람도 역겹지만 불행을 과장하는 사람은 더 참을 수 없고 역겹다.

피해자인 척하는 표정을 짓고 살아가는 것은 진실치 못한 것이라고 난 당시의 연이에게서 배웠다. 피해자인 척하는 가면으로 자신의 무기력과 비겁함을 은폐하고 위장하는 것은 무서운 일. 용기의 결여. 사이비 환자. 그리고 난 자기의 상처를 진단하고 치유하는 데 있어서 사이비 의사보다도 사이비 환자가 더 용렬하고 우스꽝스럽다는 것을 알아가고 있었다. 정신이 빈곤한 시대일수록 사이비 의사와 마찬가지로 사이비 환자가 늘어나는 불안한 상황. 그들은 모두 자신이 무슨 속죄양이나 운명의 피해자인 양 자신의 불행한 처지를 과장으로 합리화한다. 도대체 자신의 불행에 자기는 책임이 전혀 없다는 태도이다.

상처의 힘. 가능만 하다면 어떤 피해자도 줄기차게 그치지 않고 항소하려고 하지. 소송을 하는 맹렬한 힘, 그 소송이 명백하게도 ‘지면서 거는 도박'임을 알면서도, 어떤 알지 못할 맹목적 본능으로 팽창된 채 열렬하게 다시 소송을 거는 힘. 그것은 밀물의 힘이요, 동맥의 힘이요, 헛된 결말과 막바지에서 어쩔 수 없이 환각처럼 봄을 물고 늘어지는 어쩔 수 없는 마음의 끈질긴 힘. 나는 그런 것을 대학 당시의 연이에게서 보았고 그가 말하는 '난투극'이란 것이 이러한 어둡고 빈틈없는 황소의 본능에 따르는 생일 것이라고 난 어렴풋이 짐작해 보고 있었다.

그러나 오늘의 그는, 스물아홉의 전화교환수이며 영문학 학사증을 따고 우수한 성적으로 대학을 졸업한 심한 사팔뜨기 눈을 가진 그는, 지치고 날카롭게 고립된 채 하루의 고독한 노동을 마치고 고향의 옛 여자동무를 만나 식어빠진 커피잔을 앞에 두고 지쳐서 앉아 있다. 여전히 장난이기나 한 것처럼 왼쪽 눈으로 천장을 응시하고 오른쪽 눈으로만 현실을 바라본 채로.

"난 상자 속에 갇힌 죄수야. 내가 당면한 현실이란 송화기 속의 목소리를 수화기 속의 목소리와 연결해 주는 그 한 움큼도 못 되는 생의 한 조각일 뿐이야. 언젠가 한 여자가 우리 연구원에 근무하는 어떤 남자에게 퇴근시간만 되면 전화를 걸어왔다. 난 그 여자의 목소리를 듣고 그 여자가 사랑에 빠진 여자라는 걸 알았어. 그 여자의 목소리는 다급했고 절실했으며 '몇 번을 좀 대주세요. 누구를 찾는데요…'라고 말할 때의 그 어조, 내가 마치 신이나 된 것처럼 나에게 애원하는 듯한 몹시 묘한 어조 때문에 그녀가 사랑에 빠져 몹시 구원을 바란다는 것을 알 수 있었어. 난 그녀의 감정이 한 번 되어 보았으면, 그녀와 똑같은 열망에 빠져 적나라한 인생 속에 한 번 허우적거려 보았으면, 하는 참을 수 없는 욕구를 느꼈단다. 그러나 그건 그들의 현실일 뿐 나에겐 그림자 같은 거였지. 내가 잡은 현실이란 사랑하는 여인의 목소리를 그녀의 사랑하는 남자에게 연결시켜 주는 일, 그리고 어둠 속에서 몸을 떨며 그들의 갈증 어린 통화를 훔쳐듣는 일뿐이야. 어릴 때부터 난 그랬지. 한 번도 생의 중심에 뛰어들지 못한 채로 너무 많은 시간을 허비해버린 거야."

우리는 아주 헛된 감정에 빠져 악수를 나누고 헤어졌다. 그는 차라리 문득 때때로, 바텐더라도 되어버릴까 하고 생각한다며 허탈하게 웃었다. 헤어져 가는 그의 어깨 위로 황혼이 깔깔대며 꽂히고 있었다. 그것은 마치 외로운 영혼에 대한 태양의 사디즘 같아 보였다.

"왠지 아니? 바텐더는 남의 슬픔이나 기쁨을 정면에서 바라볼 수 있을 테니까. 전화교환수만큼 간접적인 생을 갖는 사람도 이 세상엔 드물 거야. 난 간접적 생에 이젠 질려버렸어. 사팔뜨기라도 바텐더는 될 수 있겠지."

그의 말이 돌아오는 골목에서 둥둥 울렸다. 그건 마치 위기를 알리는 토인들의 목소리 같았다.

며칠 후 난 옛날 주소첩을 찾아 사근동의 옛 주소로 그의 어머니를 찾아갔다. '광주 누비집'이라고 페인트로 써진 유리문을 밀고 들어서자 그의 늙고 마른 어머니가 옥양목 수건을 두르고 재봉틀에 매달려 있는 것이 눈에 들어왔다.

예전의 곱고 청아한 연이댁이 아니었다. 나이보다 훨씬 늙어 보이는 지친 노파의 모습이었다. 그녀는 한참이나 나를 알아보지 못하다가 겨우겨우 기억의 봉지를 뜯고는,

"응, 그래, 광주에서 연이와 낙랑공주 호동왕자 연극을 하던 애로구먼…" 하고 겨우, 그것도 너무 아스라한 과거로부터 나를 끄집어내 알아보는 것이었다.

연이댁은 우리집의 안부와 어머니와 할머니 소식을 묻고는, 자신의

하나밖에 없는 혈육에 대한 하소연을 늘어놓는 것이었다. 연이댁은 불편한 다리와 심한 관절염으로 재봉틀을 밟기도 어려운데 오죽하면 아직 누비일을 하겠느냐고 하고는 옷고름으로 눈물을 찍어냈다.

그녀의 말에 의하면 연이는 군대에 가서도 사팔뜨기 눈에 대한 열등감 때문에 다른 일 안 하고 주로 사람과의 직접적인 부딪힘이 없는 통신관계 부서에 근무했었다고 한다. 군대를 제대하고 한동안 영어실력 덕택에 무역회사 영업부에서 주로 외국 바이어들을 상대하는 직책을 맡았는데 곧 그만두고는 지금의 그 전화교환수 자리를 자청하다시피 해서 들어갔다고 했다.

연이댁은 골무를 낀 매듭 굵은 손으로 연방 눈물을 훔쳐냈다. 예전엔 단정한 이마에 비녀가 곱던 단아한 연이댁이 이렇게 추적추적 우는 것을 보고 있자니 마음이 안 좋았다. 이 여인도 자기가 피해자임을 강조하고 남으로부터 자기가 피해자인 것을 인정받으려고 하는구나. 과거의 올곧고 솜씨가 여물던 연이댁의 의지도 시간의 분무기가 이렇듯 파괴해버렸구나, 생각하자 가슴이 아파서 견딜 수 없어졌다. 비틀거리는 마음을 가누지 못하고 비탈길을 걸어 나오는데 들들들 들들들 하는 재봉틀소리가 내 등 뒤에서 들려왔다. 그래, 저것이 항소의 힘이다. 신의 비어 있는 권좌를 향해 부단히 삿대질하는 이 힘. 항소를 멈추지 않는 덧없는 우리의 동맥의 힘, 지면서 다시 거는 줄기찬 항소의 힘이 저 보잘것없이 늙어빠진 연이댁의 어느 구석엔가 아직도 살아 꿈틀대고 있는 것이었다.

사실 우리는 누구나 감옥에 갇힌 생활을 한다. 때로는 넓은 감옥에서 때로는 십여 평의 서민용 감옥에서 때로는 한두 평의 질식할 듯한 감옥에서 하루의 시간을 버리고 다시 내일의 시간을 줍는다. 열려 있는 생은 멀고 갇힌 방은 점점 더 위압적으로 우리의 정신을 조여 온다. 결박된 사람들이다.

결박 속에서 결박을 잊어버리기 위해 우리는 때로 공상을 하고, 희망이라는 덧없는 과자를 먹어보고, 카인처럼 범죄를 저질러보고, 연속상영의 외국 영화를 내리 두 편씩 보기도 하지만 우리의 결박은 조금도 느슨해지지 않고 마음속의 고독도 조금도 헐거워지지 않는다.

이렇듯 외롭고 감금된 사람들이 우리의 도시에 살고 모퉁이를 떠돌고 황혼의 술집에서 바텐더와 울적한 농담을 주고받고, 때로는 치사량의 환각제를 먹기도 한다. 우리는 모두 자기만큼의 형벌을 갖고 있으니 사팔뜨기는 사팔뜨기대로, 절름발이는 절름발이대로, 가슴이 멍든 자는 멍든 자대로 자신의 처벌과 고독을 갖고 있으며 아무도 생의 중심에 있을 수 없고 또한 누구나 자기 생의 중심에 서 있는 것이다. 단지 황소의 힘을 잊지 말 것. 죽은 나무 둥치에서 봄의 이파리를 키우는 힘, 썰물이 다시 밀물이 되어 벼랑으로 부딪쳐오는 힘, 불행의 급소를 찌르고 찔러 더 이상 불행이 존재하지 않게 하는 그칠 줄 모르는 항소의 힘. 상처와 힘의 끈질긴 역학관계.

이 글을 쓰는 지금까지도 난 친구의 말을 잊을 수 없다.

"나에겐 한 번도 인생이 투쟁의 현장인 적이 없었어. 생의 중심에서 언제나 차단되어 있었던 것 같은 느낌이 들어. 무섭다, 스물아홉, 벌써 이렇게 많이 살아버렸는데…."

《사랑이라는 이름의 수선공》 1993

사랑이라는 이름의 수선공

----->>>30<<<-----

길을 가다가 '헌옷 수선합니다' 라든가 '옷 수선 가게' 라는 간판을 보면 나는 이상하게도 가슴이 뭉클하면서 눈물이 솟구치려고 한다. 대부분 수선 가게 안에는 조금쯤은 나이가 드시고 조금쯤은 창백한 아주머니가 머리에 실밥 같은 부스러기들을 묻히고 앉아 일감을 만지고 있는 것을 볼 수 있다. 대낮에도 파르스름한 형광등 불빛에 앉아 별로 돈도 되지 않을 일감을 만지고 있는 젊지도 않은 아주머니의 빈약한 노동이 나를 슬프게 한다.

그리고 그런 가게에 항상 무대의 소도구처럼 걸려 있게 마련인 견본 옷의 초라한 모습이 나를 몹시 슬프게 한다. 시대에 뒤떨어진 구식 디자인과 보푸라기가 보슬보슬 일어난 지친 섬유의 애련한 표정과 "내 수선 솜씨가 이만 하답니다" 라고 수줍게 말하고 싶어 하는 듯한 옷 수선 가게 아주머니의 진심이 찬물 속을 보듯 훤히 보이기 때문이다. 최소의 위장술조차 없는 그런 투명한 순박이 나를 슬프게 한다.

그리고 어떤 때는 맞춤법이 틀린 간판 글씨가 나를 슬프게 한다. 큰 매직 붓으로 '옷 수선 가게'라고 비뚤비뚤 써 놓았는데 그중에 틀린 글씨 하나가 있어 나를 슬프게 한다. 그래서 가게 문을 열고 들어가 그 이야기를 해주고 싶다. 틀린 글씨 하나가 있으니 어서 고치라고. 아니 내가 붓을 들어 간판 글씨의 교정을 보아 주고 싶을 정도다.

맞춤법이 틀린 간판을 걸고 이 시대에 대체 무엇을 어찌 할 수 있는가? 시대는 바야흐로 깍두기처럼 반듯한 지성을 가진 똑똑한 젊은이들이 만드는 초고속 생산 시대, 0.1밀리미터의 오차도 있을 수 없는 첨단 컴퓨터 과학 시대가 아닌가. 몇 자 안 되는 간판 글씨의 맞춤법조차 틀릴 정도의 옷 수선 가게 아줌마의 뒤떨어진 시대 적응력이 나를 정말 슬프게 한다. 반듯하게 떨쳐입은 표준말 앞에서 나의 사투리가 초라하게 주눅이 들 때처럼 나의 마음은 그렇게 아프고 수선 가게 아줌마에 대해 동정하는 심정이 되는 것이다. 규격품 인생 속에 초라하게 혼자 뒤떨어진 사람을 본다는 것만큼 서글픔을 자극하는 일이 있는가.

그러거나 말거나 수선 가게 아줌마는 색종이 공예 교실처럼 어지럽게 천 조각들이 널린 가게 안에서 열심히 열심히 재봉틀을 밟고 계신다. 어떤 때는 바늘을 입술에 물고 옷단을 뜯고 계시기도 하고 어떤 때는 단추를 달고 계시기도 하고 또 어떤 때는 어수선한 넝마조각 같은 것을 쭉 펼쳐 놓고 어디서부터 수선을 해야 할까? 라고 창조주 비슷한 고민에 빠져 있는 듯이도 보인다. 넝마 같은 것들을 이리저리 들여다보면서 재창조를 위한 고민에 심각하게 빠져 있는 아주머니의 모습은 정말이지 쓰레기 같은 인간 군상을 내려다보면서 "저 쓰레기들을 어떻게 수선해야 할까?" 라고 고민하실 신의 모습을 닮았다.

나는 아직 하느님의 모습을 본 적 없지만 아마도 이 세상을 창조하신 하느님이 계시다면 그리고 제임스 조이스의 말대로 천지창조 후 2천 년간 깜빡 잠이 드셨다가 지금 깜짝 놀라 잠에서 깨어나셨다면 너무도 막가는 인간의 종말론적 모습에 얼마나 놀라실 것인가? 신을 닮은 로고스는 완전히 붕괴하여 인간은 치욕을 모르고 눈에 보이는 것만을 탐하여 물신에 빠져 있으며 점점 더 '새로운 것 새로운 것' 하면서, 새것 중독증에 걸려 아우성치면서, 마구잡이로 소비하고 자연을 망가뜨리고 있는 이 넝마 조각 같은 인간들을 보시면서 신도 어디에서부터 손을 써야 이것들을 수선할 수 있을지 암담하시리라. 뻥 뚫린 오존층을 바라보시며 구름 위에서 얼마나 고심하시겠는가? 천지창조를 다시 하실 수도 없고 모든 것을 태초의 반죽으로 되돌려버릴 수도 없지 않겠는가?

그런 신의 고민 아래서 옷 수선 가게 아줌마는 손재봉틀을 열심히 돌리며 부지런히 그런 넝마 누더기를 꿰어 맞추어 멀쩡한 옷으로 수선해놓고 있다. 정말 그것은 신을 대신해서 하는 천사의 노동이요 사랑의 노동이다. 사랑이 없다면, 진정으로 그 헌옷을 재생시키려는 사랑의 마음이 없다면 어떻게 그 넝마 비슷한 것을 꿰어 맞추겠는가? 수선의 의지는 사랑의 의지다.

옷 수선소 앞을 지날 때면 가끔 떠오르는 얼굴이 있다. 92년 가을에 휴거가 온다고 종말론을 권유하던 친구의 얼굴이다. 확실히 종말론 안에는 우리의 마음을 끌어당기는 요소가 있었다. 엉망으로 고장난 이 세상을 확실히 포기하고 새로운 태초로 돌아가고 싶다는 원초에의 열망 말이다.

그러나 종말론의 기본 정신은 사랑이 아니라 증오다. 나는 그 친구에게 이렇게 말했던 것 같다. "왜 종말이 오기만을 바라야 하는가. 어떤 만신창이의 상태라도 수선의 여지는 있지 않을까? 죄 없는 이들의 낭랑한 웃음소리나 들판에 순결하게 핀 꽃이 가끔씩 우리에게 주는 생의 미소 같은 것이 우리를 새로 시작하게 만들지 않니? 종말론은 인간의 오만이라는 생각이 안 들어? 다만 인간이 할 수 있는 것이라는 것은 어떤 종말

속에서도 그 폐허를 수선하고 고쳐 보려고 의지를 가지는 것이 아닐까?"

종말론을 믿는 사람은 우리를 슬프게 한다. 종말론 속에는 증오가 있고, 사랑 속에는 이 세상을 수선해 보려는 노력과 노동이 있다. '부러진 손톱과 손톱들, 모래사장 위의 무와 무'라고 현대의 인간을 노래한 것은 엘리엇이었지만 옷 수선소 아줌마의 노동은 그런 넝마 쪼가리들을 깁고, 꿰매며, 찢어진 것들을 이어 주고 터진 것을 박아 준다. 어떤 절망 속에서도 천사의 바늘은 일한다. 완전히 새것으로 되돌려 놓지는 못한다 할지라도 천사의 바늘은 그것을 '쓸 만하게' 고쳐 놓는다.

그렇다. 사랑이란 '깁는다'와 같은 말이고 '수선하다'와 같은 말이다. 모든 종류의 고독과 불행으로 아파서 홀로 죽어가는 약한 사람을 고독 속에서 홀로 죽어가도록 놓아 주지 않고 따스한 가슴으로 '이어 주는' 것을 말한다. 마치 구멍이 난 파이프에서 물이 터져 나올 때 터진 부분을 이어 주고 막아 주면 새로 쓸 수 있는 것처럼.

그러므로 우리에겐 단번의 구원이 필요한 것이 아니라 사랑이라는 이름의 수선이 필요한 것이다. 아내와 남편 사이, 부모와 자식 사이, 친구와 친구 사이, 연인과 연인 사이 단번에 기적처럼 해결되는 구원은 없다. 우리에겐 단지 우리 자신의 문제들을 면밀히 바라보고 그것들을 가위로 오리고 풀로 붙이고 실밥을 뜯어내고 다시 조립하여 붕대로 감아 놓는 사랑이라는 이름의 수선이 있을 뿐이다.

'옷 수선 가게', '짜깁기 전문'이란 간판이 있는 길을 걷는 것은 그래서 나를 기쁘게 한다. 사랑이라는 이름의 수선공이 우리 거리 어딘가에 아직 있다는 까닭이요 그들이 있는 한 아직 종말론을 믿을 수 없다는 믿음이 나에게는 있기 때문이다.

아버지와 무지개

---◆◇◆---

아버지께서 갑작스레 세상을 떠나시고 보니 그야말로 '인생은 무상하다'는 오래된 옛말 외엔 떠오르는 것이 없다. 이런 말조차 진부하고 무의미하고, 인간의 모든 행위는 흰 구름 한 번 솟구쳤다 스러지는 것처럼 순간의 무상이요 언어 또한 물거품 속의 꿈만 같아서 그저 침묵 속에 박제된 백설 공주(백설 아줌마?)처럼 그렇게 차갑게 누워 있고만 싶다.

침묵의 유리 상자 속에 가매장된 백설 공주의 목구멍에 걸린 독 묻은 빨간 사과. 그런 허무의 뼈다귀가 나의 모가지에 걸려 있는 것 같다. 그런 빨간 독 묻은 사과의 뼈다귀는 한동안 목 안에 걸려 우리를 백설처럼 차갑게 만들고 얼음처럼 꼼짝달싹 못하게 하리라.

장님의 나라에서는 검은색이 기본 색인 것처럼 무상의 나라에서는 백설처럼 하얀색이 기본 색이리라. 그 하얀 허무의 피륙을 높은 빌딩 위에서 내려친 현수막처럼 죽 드리우고 기억의 희미한 환등기 불빛을 손전등처럼 뿌옇게 비추어 보면 지나간 생의 움직임의 장면들이 조그맣게 꼼지락거리는 박테리아나 벌레의 운동만큼 미세하게 나타나기도 한다. 그건 이미 현존하는 생이 아니요 지나간, 장막 위의 환각에 지나지 않을 뿐이다.

어느 어린 시절, 광주의 무등산 기슭에서 아버지와 동생들과 함께 놀던 장면. 아마 원효사 부근이었던 것 같은데 무슨 공사를 하던 중이었는지 발파작업이 끝난 산에 여기저기 바위들이 굴러다니고 있었다. 동생들과 건너뛰기를 하면서 이 언덕 저 언덕으로 깡총거리며 놀던 일. 그때 갑자기 장대 같은 소나기가 내리기 시작했고 갑자기 만난 소나기가 즐거워 빗물 속에서 더 날뛰다가 난 그만 파헤쳐진 어느 바윗돌 위에다 정면으로 턱을 박고 고꾸라지고 말았지. 예리한 바윗돌 모서리는 목줄 바로 위 나의 턱 부근에 무섭게 찍혔고 붉은 피, 붉고 뜨거운 피가 마구 턱에서부터 온몸으로 줄줄 흘러내리고 있었지.

나는 아버지의 등에 업혀 무등산 중턱에서부터 동명동 어느 외과병원이 있는 곳까지 무섭도록 달렸지. 아니, 내가 달린 것이 아니라, 나를 업으신 아버지께서 무섭도록 빨리 달리신 것이지. 턱에서부터 뜨거운 피는 계속 흐르고 아버지의 등에는 선혈이 낭자했어. 그런데 어느 순간 소나기가 뚝 그치더니 아버지의 어깨 너머로 무지개가, 산과 산 사이에 두 다리를 박은 커다란 무지개가 나의 눈앞으로 솟구치는 것이었어. 나는 얼굴에 범벅이 된 피도 잊은 채 아버지의 등에 업혀 그 무지개를 잡으러 가는 것이라고 생각했어. 아, 그때, 아버지의 어깨 너머에서 솟구쳐 올라 우리가 가던 방향으로 장엄하고 선연하게 서 있던 무지개. 무지개를 잡으려고 그토록 가파르게 뛰어가시던 아버지. 나에게 무지개를 잡아주시려고 그토록 피범벅이 된 채로 뛰어가시던 젊은 아버지.

백구지과극(白駒之過隙)이란 말이 있다. 흰 망아지가 재빨리 달리는 것을 문틈으로 본다는 뜻이니 인생과 세상이 얼마나 덧없고 짧음을 일컫는 말인가. 그런 흰 망아지의 과속처럼 시간은 흘러가고 나는 무지개를 향해 피 흘리는 나를 업고 뛰어가시던 아버지의 지극한 신화 하나를 초혼처럼 건져 낸다. 무상이 있으면 있을지라도 그 흰색의 장막 위에 선연히 수놓인 무지개 신화는 아무도 빼앗지 못할 나만의 보물이다. 무상의 백설 위에 솟구치는 무지개, 그 만채(滿彩)의 신화로 나의 아버지는 나에게 남는다. 아, 아직도 나는 아버지의 등에 업혀 피를 흘리면서 그 무지개를 좇아 달리고 있는 것만 같다.

내 마음 색동옷 입혀

색동저고리를 언제까지 입었을까? 나는 색동저고리를 유난히 좋아하여, 아마 국민학교 졸업할 때까지 색동저고리를 입었던 것 같다. 색동저고리의 색동 색깔을 유난히도 좋아했던 나는, 아마도 어린 시절부터 무언가 강렬한 것, 화려한 것, 불타오르는 원색의 것들을 좋아하는 것이었는지도 모르겠다. 색동저고리를 입고 고향집에서 살았을 때— 그때까지가 나의 유토피아의 전부였는지도 모른다. 그래서 나에게 내 고향 광주(光州)는 색동저고리처럼 찬란한 색채로 남프랑스의 아를르처럼 유난히도 크고 화려한 태양으로 추억된다.

설날의 전날 밤이면, 빨리 잠들면 눈썹이 하얗게 세어버린다고 하여 꼭 자정까지 잠을 안 자고 깨어 있었던 일, 그리고 신발은 바깥의 댓돌 위에 그냥 올려놓으면 사악한 귀신이 훔쳐 간다고도 하고, 밤 그리마가 신발 속으로 지나가면 수명이 짧아지고 재수 없는 일이 생긴다 하여 마당에 장명등을 훤히 켜 놓고 신발을 모조리 방 안에 가지고 와서 신문지로 덮어 놓았던 일.

밤새 떠들고 설빔을 입어 본다 어쩐다 하다가 막상 새해 첫날부터 불가피한 늦잠을 잤던 일 등 요즈음과 달리 설날의 전야제는 그렇게도 호화스럽고 으리으리했던 것만 같다.

아버지의 까만 두루마기 옆에 걸려 있던 우리들의 색동저고리. 색동
저고리는 한껏 어린 인생의 자유분방한 꿈과 자유를 뽐내고 있었지만,
지금 생각해 보면 어떠한가?

아버지들의 검은 두루마기는 어딘가 인생의 어두운 무게와 근엄한 고
통을 상징하고 있는 듯 느껴지지 않는가? 그러나 색동저고리를 입고 색
동의 색채에 취해 있던 그런 시기에 아버지의 검은 두루마기가 감추고
있는 기나긴 인생의 이야기를 우리는 알 리가 없었다. 색동의 색채가 그
렇게 자기만의 열정과 꿈의 프리즘에 타오르는 시기(時期)의 만화경과
도 같은 색채인지도 모른다.

색동저고리를 입고 세배를 하고 세뱃돈을 챙긴 다음이면 아이들에겐,
갑자기 하늘도 높아지고 땅도 넓어진 것 같은 자유의 날개가 탁 트인다.
집안 어른들은 친척들 문안 받으랴 접대하랴 바쁘니, 아이들은 돈도 있
겠다, 새 옷에 새 신발에 마구 뽐내 보고 싶은 의기양양한 충동이 생긴다.

나는 주로 연을 샀는데 동생들이나 친척 남자 아이들은 딱총이나 딱지
를 샀다. 나는 딱총이나 딱지 같은 것에는 관심이 없었다.

다만 종이연을 샀다. 종이연을 몇 개고 사서 우리집 뒤에 있던 공원으
로 올라가서 각양각색의 그림이 그려진 연 날리기를 즐겼다.

호랑이가 그려진 연, 용이 비늘을 번뜩이며 아아, 승천하는 듯 꿈틀대
며 나는 연. 그런 연들의 아름다운 모습을 나는 잊을 수가 없다. 나에게
정말로 끊을 수 없는 향수가 있다면 색동저고리를 입고 호랑이 연, 용 그
림의 연을 날리던 그 시절에 관한 것일 것이다.

연이 파란 하늘의 얼음장을 꽝 하고 가를 듯이 펄펄 날고 있을 때, 하
늘로 날아오르는 용의 연을 바라보며 얼레에 감긴 연실을 신명나게 풀고

있을 때, 내 마음은 인생의 지루한 색채들을 마구마구 지나 색동으로, 색동으로 부풀어 올랐다.

아아, 나는 온 세상이 벅차게 깜짝 놀라는 예술가이거나 무당이거나 뭐 그런 초현실의 색동의 존재가 되어 무한히 날아오르고 싶었다. 나는 땅이 싫었다.

용띠 생인 나는 용 그림이 있는 연을 무한히 좋아하여, 아버지가 무등산 원효사에 신년제를 드리러 갈 때 따라가서 무등산 위에 서서 용 연을 날려 보기도 했다. 용이 용틀임을 하는 듯 연이 펄럭이면 '아버지, 난 저렇게 천지를 자유롭게 날고 싶어요' 라고 마음속으로 외쳐 보기도 했다. 신비롭고 다채로운 날개를 가지고 훨훨 천지를 날고 싶다는 마음은, 곧 그것이 색동의 마음이 아니겠는가?

청·적·황·백·흑으로 오색 천을 계속 상생(相生)의 방향으로 반복시키면서 이어 붙여 사악한 것을 쫓고 어린이의 무궁한 행운을 기원했다는 색동의 마음은 억압과 좌절, 권태를 아직 모르는 유년의 찬란한 마음이요, 승천하는 용처럼 자유롭게 천지조화를 부릴 수 있는 꿈의 여의주를 가진 마음이다.

아아, 그때는 꿈의 여의주가 나에게는 있었던 듯하다. 그 여의주를 어디에서, 어찌하다가 잃어버렸는지를 나는 기억할 수 없다. 오색찬란한 꿈의 여의주, 색동저고리의 그 꿈 많던 동심을.

아아, 메피스토펠레스여. 색동저고리를 입고 연을 날리던 고향으로 나를 다시 데려다 줄 수 있겠는가. 혼을 너에게 팔고 피로써 계약서에 서명을 하면 너는 나를 색동의 고향으로, 꿈의 여의주를 가슴에 품고 용 그림이 그려진 연을 날리던 무등산 기슭으로 데려다 주겠는가.

아버지는 돌아가셨고, 이젠 내 아이들도 색동저고리를 입지 않는 나이로 커버렸는데, 나는 지금도 문득 색동저고리의 꿈을 꾼다. 나의 일상이 갑갑한 잿빛투성이일 때, 절망조차도 지쳐서 시들시들할 때, 나는 색동의 고향, 색동의 설빔 속으로 내 때 묻은 목숨을 파묻고 싶다. 겨울철 차디차게 얼어붙은 붉은 사과 한가운데를 칼로 쓰윽 베어서 그 황금빛 씨방의 가운데를 깊이 살펴보면 색동의 찬란한 나의 유년이 있을 것 같다. 등불을 켜 들고 사과의 씨방 속으로 사다리를 타고 내려가 보면, 아, 거기에 젊디젊은 나의 아버지와 어머니, 그리고 색동저고리의 어린 내가 있을 것만 같다. 꼭 있을 것만 같다. 남도의 풍부하고 찬란한 태양빛을 받고, 고향집이 그렇게 고운 천연색으로 동화를 품고 천연색의 나를 데리고 꼭 있을 것만 같다.

색동저고리를 입고 널뛰기를 했던 유년의 넓은 마당. 나는 널뛰기를 유난히 잘해서 감나무 위까지, 지붕 위까지도 날았던 것 같은 과대망상의 추억이 있다. 아니, 꼭 과대망상이라기보다 하나의 색동의 특유한 기억이다. 색동빛 기억 속에선 불가능도 없고, 왜소함이나 위축 따위는 없으며, 항상 꿈의 여의주가 있는 듯 사실보다 더 크고 더 빛나게 기억될 테니까.

아아, 올해 설날에는 고향집엔 못 가더라도 내 마음에 색동저고리나 한 벌 해 입혀야겠다. 가고파의 한 구절마냥 내 마음 색동을 입혀 훨훨 연처럼 천지를 날아, 다시 꿈의 여의주를 품은 듯 새롭고 찬란한 꿈을 꾸어야겠다.

인간이란 끝끝내 날개를 포기할 수 없는 동물이라는 것을 색동의 꿈을 꾸면서 다시 나 자신에게 확인시켜 주고 싶다.

4분의 1의 나와 4분의 3의 당신

—•→→→◊◊◊←←←•—

"사람은 완전히 자신만으로 살 수 있는가?"— 젊은 여대생들이 가끔씩 나에게 묻는 질문이다. 그들은 아직 젊기에, 자신이 자신에게 거는 환상적 기대, 즉 '나는 나로 살고 싶다'는 나르시시즘적 자아가 강하기에 순금처럼 100퍼센트의 나로 살고 싶다는 욕망에서 이런 질문을 하는 것이다.

"사람은 완전히 나 자신으로 살 수 있는가?"— 나는 이 질문을 다시 나에게 던져 본다. 그리고 벽 위에 그 질문을 바둑알처럼 주욱 세워 놓아 본다. 그중에서 '나 자신'이란 낱말이 도드라져 나타난다. 마치 클로즈업하는 렌즈에 붙잡혀 부상되어 따라 나오는 사물의 영상처럼.

나는 나 자신에게 마치 혈액 주사를 콕콕 찔러 주사액을 주입시키는 듯이 천천히 또박또박 물어 본다. "사람이 나 자신으로 산다는 것은 무엇인가?"라고.

사람은 어린 시절 누구나 자신에 대한 '이상적 자아'의 개념을 가지게 마련이다. 정신분석학자 라캉은 그것을 '상상적 에고', '상상적 나'라고 불렀는데 그런 자아 개념은 거울 단계에서 생겨난다고 한다. 거울 단계란 직접 거울을 보면서 생길 수도 있으나 또는 거울-같은(mirror-like) 존재— 즉, 어머니의 눈길이나 외할머니의 사랑스런 눈동자, 이모와 같이 따스한 눈길의 반영 속에서 생긴다.

그래서 우리는 그토록 외갓집을 좋아하고 외갓집 식구들을 좋아하는 것인지도 모른다. 외갓집 식구들의 시선 속에는 아름다운 거울 속의 이상적(理想的) 나처럼 사랑으로 완성된 나의 영상이 들어 있기에. 왜냐하면 외갓집 식구들은 엄마의 나에 대한 사랑, 엄마의 나에 대한 꿈에 감염되어서 엄마의 사랑, 엄마의 욕망이 고스란히 전이된 눈길로 나를 바라보아 주기 때문이다. 아, 그래서 어린 시절, 우리는 그렇게 외갓집이 가고 싶고 그렇게 외갓집 식구들이 좋은 것인지도 모른다. 그들은 엄마의 확장이고 엄마의 꿈과 욕망을 통해서 나를 바라보아 주고 그래서 거울처럼 이상적 나의 영상을 보여주기에.

그런 이상적 나, 나르시시즘적 시선으로 완성되어 있는 나의 영상을 우리는 흔히 자아 개념이라고 부르는 것이며, 이런 상상적 자아는 우리가 현실이라는 쓰디쓴 사회적 질서 안에 불가피하게 편입될 때까지 계속된다.

그런 아름다운 자아, 나 자신보다 훨씬 이상적이고 사랑을 통해 완성된 환상적 자아라는 것은 그러므로 나 혼자, 나에 대해, 나를 통해 만들어진 것이 아니다. 그것은 4분의 1의 나와 4분의 3의 당신이 만든 것이다.

아니, 4분의 3의 당신들이 나에 대해 꿈을 걸고 사랑을 걸고 나에 대한 욕망을 반영해 줌으로써 4분의 1의 내가 만들 수 있었던 이상적 영상일 뿐이다. 그러므로 '나는 이런 사람이다', '나는 이런 나(我)로 살고 싶다', '나는 이런 내가 되어야 한다'고 느끼는 자아개념이란 나 자신의 홀로의 힘에서가 아니라 타자들의 꿈·사랑·욕망에서 생겨난 것이다. 그러므로 자아 개념 속에는 4분의 3의 당신들의 사랑이 들어 있는 것이다. 이때의 '당신들'은 곧 상상계 속의 타자들― 엄마, 아빠, 이모, 고모, 외할머니, 할머니 등 나를 사랑해 주고 그 사랑의 확대경으로 나의 나르시시즘적 자아를 실제의 나보다 더 아름답게 반영해 주는 사람들인 것이다. 그들은 '그나 그녀' 등의 3인칭의 객관적 존재가 아니고 나와 아직 분리되지 않은 2인칭적 존재, 즉 당신들인 것이다.

그렇게 사람이 나로 되는 데에는 나 혼자서가 아니고 상상계 속의 당신들이 필요했던 것이다. 그래서 나는 100퍼센트의 나로 이루어진 무슨 초월적 자아가 결코 아니며 4분의 3의 당신들이 상상적으로 만들어 준 나일 수밖에 없다. 그러므로 나는 4분의 1의 나와 4분의 3의 당신들이다.

이런 4분의 3의 당신들 때문에 우리는 어린 시절 자신이 마치 백설 공주인 양 소공자인 양 소공녀인 양 선덕 여왕인 양 호동왕자인 양 낙랑공주인 양 자기 자신을 꿈꿀 수 있게 된다. 그런 4분의 3의 당신들이 없었다면 어찌 그런 나르시시즘적 환몽이 일어날 수 있겠는가? 그것은 자아의 낙원이고 어쨌든 4분의 3의 당신들 때문에 우리의 유년은 분수 이상으로 풍요롭고 현란하였다.

라캉은 이런 거울 단계를 생후 18개월부터 24개월 사이의 시기로 보고 있지만 사실 내면적으로 그 기간은 사춘기 때까지 지속된다. 사춘기 때 동성애 비슷한 감정을 느끼는 동성의 친구와 지나치게 열렬히 밀착한다든가, 아름답고 멋진 배우나 가수에 반한다든가 하는 것이 다 그런 상상적 관계에 속한다.

스타들의 브로마이드를 벽에 붙여 놓는 일이 사춘기엔 얼마나 많은가. 스타들의 눈동자를 보라. 그들의 눈동자는 모두 우리 자신을 아주 정면으로 깊숙이 바라보도록 초점 맞추어져 있다. 그 눈동자는 바로 거울 단계에서 우리가 만났던 '거울 같은' 눈동자, 나 자신을 실제의 나보다 더 이상적으로 느껴지도록 하는, 나의 나르시시즘적 도취를 더욱 강화시켜 주는 눈동자다. 그것은 바로 나를 욕망해 주는, 나를 갖고 싶다고 말하고 있는 듯한 마력이 깃든 눈동자가 아닌가. 곧 갈망과 도취의 응시인 것이다.

그 응시의 시선은 우리에게 말하고 있는 듯하다. 즉, 너는 얼마나 멋진 너인가! 라고.

너는 얼마나 근사한 소년인가! 하고.

너는 얼마나 놀라운 소녀인가! 하고.

바로 그런 응시와 도취의 시선을 통해 우리는 나 자신을 보다 근사하게 보다 놀랍게 느낄 수 있기에 우리는 스타들의 브로마이드 앞에서 떠날 수가 없다. 그들은 그리하여 우리에게 나르시시즘적 환상을 계속 공급해 주며 우리의 자아가 그 도취의 마력에 계속 빠져 있도록 한다. 그래서 그들은 3인칭이 아니라 2인칭, 즉 4분의 3의 당신이 된다. 우리는 그 4분의 3의 당신들 때문에 상상적 자아의 황홀함에 계속 머무를 수 있다.

영화관에서 꼭 나만을 바라보는 것 같은 배우의 시선이라는 것도 그런 응시의 도취와 환상을 준다.

왜 제임스 딘의 눈동자는 나만 바라보는가? 왜 그 청순한 나탈리 우드의 눈동자는 욕망에 차서 꿈에 차서 미세한 영롱함으로 속눈썹이 떨리면서 눈물방울 속으로 나만을 응시하는가? 그런 응시의 눈동자는 나의 나르시시즘적 자아를 더욱 강하게, 더욱 황홀하게 만들어 주는 것이기에 우리는 브로마이드 앞을, 영화관 속의 스크린 앞을 떠나기가 싫은 것이다.

상상적 관계 속의 타자는 그렇게 3인칭이 아니고 2인칭이다. 그 2인칭은 나와 자타가 구분되지 않는 미분리의 2인칭이기에 나는 곧 당신이고 당신은 곧 나인 것이다. 그러므로 나는 당신이고 서태지고 강수연이고 최진실이고 안성기고 줄리아 로버츠고 샤론 스톤이다. 나는 당신이고,

당신이 갈망과 욕망으로 꿈꾸어 주는 나고 그러므로 나 이상의 빛나는 나다. 상상계 속의 나는 항상 실존하는 나 이상의 나가 된다.

그래서 생텍쥐페리는 '사랑한다는 것은 서로 바라보는 것이 아니라 둘이서 같은 방향을 바라본다는 것이다'라고 말했나 보다. 둘이서 서로만 바라본다는 것은 진실한 사랑이라고 할 수 없다. 그것은 사랑이라기보다는 나의 나르시시즘의 확대요 자아도취의 강화일 뿐이다. 응시의 황홀경 속에 진정한 사랑이 존재하는가? 단지 나를 사랑하는 이기적 나르시시즘에의 몰입만이 있을 뿐이다. 그것은 아편이고 자기 인식과는 거리가 먼 도취다. 술 같은 응시의 도취를 주는 상상계 속의 당신은 나를 이기적으로 기쁘게 할지언정 영원한 대상은 아니다.

그래서 이런 상상계 속의 이상적 나는 영원히 계속될 수 없고 현실이라는 괴물과 만나서 곧 바삭바삭 깨어져야 할 운명에 처해 있다. 누구나 그렇다. 상상계 속의 나는 깨어지고 거울 같은, 엄마 같은, 외갓집 식구 같은, 동성애적 친구 같은, 배우의 브로마이드 같은, 영화관 스크린 위의 배우 같은 그런 꿈과 욕망의 시선으로, 나를 스스로 꿈꾸게 해주는 신비의 힘을 가진 그런 응시의 눈동자는 현실과 사회 속에서는 실제로 만나기가 어렵다.

우리는 이제 그런 상상적 관계 속의 나르시시즘적 나로 살아가는 것이 아니라 사회적 질서 안의 사회적 나로 살아가야만 하는 위치에 처하게 된다. 즉, 우리는 '내가 꿈꾸는 나', '4분의 3의 당신들이 바라보아 주던 욕망의 대상으로서의 나'가 아니라 헐벗은 나 그대로를 받아들여야 할 때가 오는 것이다. 세상과, 타인과의 상상적 관계는 끝나고 이제 사회적, 상징적 관계 속의 내가 되어야 한다.

라캉은 그것을 상징계, 혹은 아버지의 이름의 세계라고 부른다. 아버지의 이름의 세계란 법의 세계요 질서의 세계요 당위와 언어의 세계다. 이때부터 이제 인간은 말이 되는 말을 해야 하는 의무를 갖게 되며 말 아닌 말, 나 아닌 나, 이치에 닿지 않는 꿈 같은 것을 깨고 금기의 체계라거나 현실의 체계 속으로 편입된다. 더 이상 나르시시즘적 내가 아니라 세상의 질서에 맞고 세상이 인정해 주는 체계 속의 나로 정립된다.

이것은 분명 자기 위축의 길이고 자기 환상을 부수는 길이지만 이런 제도권 진입으로서의 길이 없다면 우리는 사회 속의 한 개인으로서 무엇을 어떻게 하고 살아야 할지를 모르게 된다. 이제 인간은 비로소 사회 속의 주체가 되는 것이고 언어 속에서 살게 된다.

- 부모를 공경하고 이웃 어른을 모셔야 한다.
- 너는 누구인가? 김승희다. 김 씨 가문의 장녀요 아버지의 딸이고 네 명의 동생의 큰누나요 큰언니다.
- 너는 누구인가? 여성이다. 너는 누구인가? 또는 남성이다. 장남이 다. 막내아들이다.

이런 모든 아버지의 이름의 체계 안에서 우리는 나르시시즘적 자아를 깨고 사회 속의 나가 된다. 이젠 정말 내 마음대로 자기 환상에 도취되어 살 수는 없다. 우리는 이름 붙여지고, 그 이름 안에 길들여지고 속박된다.

이때 우리를 결정짓는 것은 4분의 1의 나와 4분의 3의 타인이다. 이때의 4분의 3의 타인이란 인습이며 제도며 풍속이 된다.

- 남자가 그러면 되니?
- 여자가 그러다니!

이때부터 우리는 자신의 원초적 충만, 둥근 존재를 잃고 반쪽의 사과가 된다. 여성은 여성으로 남성은 남성으로 교육되는 것이다.

한국에선 특히 유교 이데올로기가 아버지의 가장 큰 이름으로 작용하기 때문에 그야말로 '여성은 태어나는 것이 아니라 만들어지는 것이다'는 명제가 실현되고 마는 것이다.

4분의 1의 나와 4분의 3의 당신. 이때의 당신은 금지의 명령이고, 정말로 냉엄한 타인인 당신이며, 의무와 규제의 법을 내리는 당신이다. 4분의 1의 나는 그리하여 4분의 3의 타인들과 살면서 이제 마음대로 꿈꿀 수도 없고 마음대로 사랑할 수도 없고 마음대로 날 수가 없다. 중력의 당신이 나를 땅으로 잡아당기기 때문에.

상상적 내가 날개로 가득 찬 몸을 가지고 있었다면, 이때의 나는 중력으로 가득 찬 몸을 가지게 되므로 점점 더 우리는 땅에 속하게 된다. 날개의 나가 땅의 나로 되는 것이다.

결혼을 하고 직장을 갖고 아이를 낳게 되고 기르게 될 때 우리는 점점 더 땅의 영역이 자기 속에서 넓어지는 것을 느끼게 된다. 4분의 1의 나와 4분의 3의 당신이라고 말할 때 이제 그 4분의 3의 당신들 속에는 아이가, 시댁 식구가, 회사 사람들이, 친인척들이, 아내가, 가장으로서의 법도가 가득 차게 되어서 이제 정말 날개를 생각한다는 것은 힘든 일이 되고 만다.

– 소위 가장으로서 그럴 수 있느냐?

– 언필칭 엄마라는 것이 어찌 그럴 수가?

– 소위 선생이라는 사람이?

– 소위 맏아들이? 소위 며느리가? 소위 올케라는 것이?

우리는 이렇게 나 자신으로서 살기보다는 '소위'(所謂)라거나 '이른바', '언필칭'이라는 남의 말 속에 갇힌 나가 되고 만다.

이럴 때 과연 '나 자신으로서 산다는 것'은 무엇이겠는가? 그 속에는 4분의 1의 나와 4분의 3의 타인들이 있다. 그 타인들이란 기능으로서의 나(엄마라든가, 가장이라든가, 며느리라든가, 선생이라든가, 그런 역할로서의 나)를 규정지어 주는 냉엄한 현실 속의 타인들이다.

그래서 나는 상상적 나, 즉 자아와 점점 불화와 갈등을 겪게 된다. 나는 내가 꿈꾸는 나와 점점 멀어지고 나의 가능 속에 박제된다. 나로 산다는 것은 '내가 꿈꾸는 나'로 살기보다는 '내가 하지 않으면 안 되는 일을 하면서 사는 나'가 된다는 것을 의미하게 된다. 날개들이 가득했던 나의 몸, 음악 소리가 가득했던 나의 몸은 이제 밥통과 도덕이 가득 차게 되고, 지상의 법칙이 가득 차게 되고, 그러면서 한 사람의 성인이 되어 사회 속에 어른으로 살게 된다.

어느 여학생이 나의 시 〈꿈과 상처〉에 대해 물으면서 '사람이 나대로, 나답게 산다는 것이 무엇인가?'라고 물었다.

　　나대로 살고 싶다
　　나대로 살고 싶다
　　어린 시절 그것은 꿈이었는데

　　나대로 살 수밖에 없다
　　나대로 살 수밖에 없다
　　나이 드니 그것은 절망이구나

　　　　　　　　　　　　　　　　　　　　　— 김승희, 〈꿈과 상처〉

'어렸을 때 나대로 산다는 것'은 꿈이었는데 '나이 드니 그것이 절망'이라는 것을 이해할 수 없다고 했다. 개인의 한계성, 무력감, 이루어진 꿈에 대한 환멸 같은 것을 말하는가? 라고 물었다. 분명 이 시는 어떤 환멸이나 숙명적 슬픔 같은 것을 이야기하고도 있겠지만 '나대로 살고 싶었는데 나대로 살았다면' 그 한계성에도 불구하고 행복하지 않겠는가? 라고 그녀는 질문을 한 것이다.

그렇다. 인간은 '어린 시절 나대로 살고 싶다'고 꿈꾸었던 그대로를 실천하고 산다면 최상의 행복을 누렸다고 할 수 있겠다. 그리고 인간은 자기가 '꿈꾼 것만큼'만 살 수 있다. 그것은 정말 사실이다.

나폴레옹 보나파르트가 어린 학생 시절 자기도 모르게 책상 위에다 '세인트헬레나'라는 섬 이름을 끼적이곤 했다는 이야기를 생각해 보라. 장차 프랑스의 황제가 될 이 조그만, 프랑스 식민지 코르시카의 섬 소년이 왜 무의식중에 '세인트 헬레나'를 끼적이고 있었을까? 때로 우리는 무의식 속에 들어 있는 운명의 얼굴을 만나곤 한다. 무의식은 때로 운명이다.

'세인트헬레나'는 바로 나폴레옹 황제의 마지막 유배지, 죽음의 공간이었던 것이다. 어린 나폴레옹은 결국 자신이 어린 시절 꿈꾼 대로 프랑스 황제가 되고 유럽의 황제가 되었지만 자신의 무의식 속에서 만났던 운명대로 세인트헬레나에서 죽었던 것이다. 인간은 자신이 꿈꾼 만큼 산다. 그런데 그 꿈은 반드시 밝고 이상적인 방향만을 가진 것은 아니며, 나폴레옹 황제의 세인트헬레나 낙서처럼 무의식의 운명을 가리키고 있기도 하다.

그런 의미에서라면 '사람이 나대로 산다'는 것이 왜 꿈이자 절망이요, 희망이자 상처가 되지 않겠는가! 나대로 나의 희망대로 우리는 살고 싶기도 하지만 '나대로 살 수밖에' 없을까 봐 공포를 느끼기도 하고 무의식 속에 깃든 운명을 저주하기도 하지 않는가?

그리고 또 한 가지 그 시 속에는 내가 앞에 썼던 두 가지의 나에 대한 이야기가 들어 있다. 어린 시절 '나대로 살고 싶다'고 꿈꾸었던 나는 나르시시즘적 나, 4분의 3의 당신들이 상상적으로 꿈꾸게 해주었던 이상적 자아다. 온몸에 날개가 가득 찬 나, 오색 풍선이 몸 안에서 부력을 가지고 둥실둥실 차오르던 나의 모습이다. 4분의 1의 나와 4분의 3의 따뜻한 당신들이 함께 꿈꾸었던 빛나는 자아의 영상이다. 그때 나대로 산다는 것은 그러므로 상상적 방향, 이상적 방향, 자아도취의 방향이다.

그러나 뒤의 연에서 '나대로 살 수밖에 없다는 것이 절망이다'라고 이야기했을 때의 '나'는 바로 사회적 관계 속의 나, 상징적 관계 속의 나다. 그 '나'는 관계 속의 나, 기능으로서의 나의 역할, 중력 속의 나가 아니었던가? 4분의 1의 나와 4분의 3의 당신들이라고 말했을 때 이때의 4분의 3의 당신들은 의무요 당위요 차가운 법이요 현실적 존재들이다. 그 4분의 3의 당신들이 규정하는 대로, 시키는 대로, 금지하는 대로 우리는 4분의 3의 지배를 받으며 현실 속에 살아갈 수밖에 없다.

때로는 4분의 3의 당신들에 저항하면서, 때로는 순응하고 때로는 의논을 해서 조화를 이룩해 내기도 하면서.

'사람이 완전히 자신만으로 살 수 있는가?' 라는 질문에 대한 나의 답은 바로 이런 질문이다. '자신만으로 산다는 것은 과연 무엇인가?' 라는. 어린 시절에 우리는 4분의 1의 나와 4분의 3의 아름다운 당신들과 더불어 상상적 나 자신을 만들었고, 성인이 되기 위해서는 4분의 1의 나와 4분의 3의 현실적 당신들과 더불어 또 다른 나를 현실계 속에서 만드는 것이기 때문에 '100퍼센트 나 자신만으로 산다는 것'이 무슨 의미가 있겠느냐고?

나는 누구인가?

나는 4분의 1의 나와 4분의 3의 당신이다.

그래서 우리가 사는 동안 당신이 그렇게 중요한 것이며 우리는 부모를,

친구를, 스승을, 이웃을, 자식을, 친지를 사랑하지 않을 수 없는 것이다. 그들을 미워할 때 나의 4분의 3이 증오로 가득 차게 되고 그들을 저주할 때 나의 4분의 3이 하현달처럼 어둠으로 꽉 막히게 되는 것이므로.

그리고 성인이 되어서도 4분의 4의 나로 살기를 원한다면 그것은 광기 밖에 길이 없는 것 같다. 우리는 줄타기 곡예사처럼 상상계와 상징계 사이에서 항상 균형을 잡아야 한다. 그러므로 자아 발견을 못했다고 우울해 하지 말라. 자아란 본시 환영이고 없는 것이고 지금— 내가— 4분의 3의 당신들과 더불어 만들어 가야 할 생성 중에 있는 것이므로.

사랑에서 너를 빼도 남는 것이 있다

가을이 오면 헝클어진 정신이 깨어날까. 가을이 오면 밤하늘에 별이 보일까. 가을이 오면 마음이 가난해질까. 가을이 오면 사랑이 생각날까.

여름에는 왜 증오가 무럭무럭 자라는지. 자연에서 학대받고 있다는 느낌 때문일까. 녹음은 무성하게 푸르고 꽃들도 아름다운데 여름은 증오를 키우고 오히려 인간의 생명을 빼앗아 가는 느낌이다. 태양의 삼투압. 태양이 내 생명을 빼앗아 모조리 흡수해 가버리기에 나는 빨래처럼 앙상하고 버석버석 말려지는 느낌. 물기는 없고 살기만 남겨지는 느낌.

그러나 가을이 오면 내 마음속의 눈물부터 다시 되살아나리라. 모든 것을 눈물로 바라보게 되겠지. 투명해지는 풀잎 하나, 피안에서 오는 소식 같은 두둥실 뜬 구름 한 점, 그리고 살갗이 외로워지는 청아한 바람. 그러면 다시 사람이 그리워지고 고독의 간격을 메우려는 마음의 여행이 시작되고 영혼의 온도를 데우려는 사랑의 부싯돌 켜기가 시작되겠지.

사랑의 부싯돌은 두 개의 돌이 있어야 하지. 한 개의 돌만으로 아무리 허공을 그어 본들 고독의 피는 데워지지 않고 눈물 가린 눈동자 속에는 아무 빛도 보이지 않지. 추운 새는 둥지를 찾을 것이고 시외버스를 타고 한없이 가서 오랫동안 방문하지 못했던 무덤도 둘러보아야지.

사랑을 생각할 때 어찌 죽음에 대한 생각이 더 강해지는 것인가. 우리의 마지막 둥지에 대한 귀소본능 때문인지도 모르지. 낙엽이, 낙엽이 떨어지고 있으니까.

그리고 양수리에도 한 번 가보고 싶다. 두 개의 강물이 만나는 그곳에 가서 물들이 만나 그리움의 두 팔로 화해의 포옹을 서두르는 것을 보며 나누어진 나의 시간을 생각해 볼까. 브람스의 더블 콘체르토, 바이올린과 첼로가 만나 그 풍요한 다정함을 누리는 그런 만남의 협주곡을 귓가에 새기며 강기슭에 서서 울어 볼까.

산다는 것은 결국 빼기다. 나날이 나이가 들어가서 그것은 더하기인 것 같지만 나이 말고 인생에 더하기가 어디 있는가? 항상 자기의 운명 창고에서 무언가를 빼서 써먹고 있는 것이 인생이 아닌가? 운명 창고의 꿈이 거덜 날 때, 더 이상 꿈에서 빼기를 해올 것이 없을 때, 생명에서 건강에서 희망에서 뺄셈을 할 수 없게 될 때 우리는 쓰러지고 만다. 잔고가 남지 않은 통장처럼 폐기 처분되고 만다. 이것이 현실의 계산법이다.

그러나 사랑은 이런 계산법으로 계산이 안 된다. 사랑에서 너를 빼도 내 사랑은 남는다. 사랑에서 너를 빼고 내 슬픔은 남는다. 사랑에서 네 얼굴 네 눈동자 네 목소리를 빼버려도 나의 추억은 남는다. 남는다. 남는다. 나의 그리움은 남는 것이다. 나의 눈물은 남는 것이다.

양수리 강기슭에 서서 그런 뺄셈 뒤에 오는 진실을, 생각하고 싶다. 남에게서 빌려 온 것은 모조리 떨궈야 하는 가을. 텅 빈 나무 몸통의 따스한 가난 속에 들어가 나의 외로움을 스스로 간호하고 싶은 계절.

샤토 디프에서 보물을 꿈꾸었던 마음

---◦◦◦◦◦◦---

생각해 보면 모든 세월이 언제나 '나의 문학수업 시절'이었던 것 같다. 또한 죽음의 이름으로 붓을 놓을 때까지 언제나 '문학수업 시절'이면 가장 행복하고 복 많은 시인일 것 같은 생각도 든다. 그러나 여기에서 제목으로 주어진 '나의 문학수업 시절'은 시인으로 데뷔하기 이전의 이른바 습작기를 가리킬 터이니 그 부근의 이야기를 할 수밖에 없겠다.

나는 어린 시절 무슨 탐색의 이야기가 나오는 책들을 무척 탐독하였다. 초등학교 4학년 시절쯤이었을까. 많은 책을 보았지만 이른바 모험 소설류라고 할 만한 《보물섬》이라든가 《허클베리 핀의 모험》, 《15소년 표류기》 등을 몹시 좋아했는데 그것은 모두 눈에 보이지 않는 보물, 남들이 찾지 못하는 보물지도를 찾아가는 이야기였다. 《알리바바와 40인의 도둑》 같은 이야기도 어찌 보면 같은 계열의 보물 찾는 이야기로 보아야 하는데 '열려라 참깨!'라는 낱말을 열쇠로 하여 보물 동굴의 문을 여는 일이 기적처럼 신기하고 영 잊히지 않았던 것이다. 아, 보물을 찾으려고 동화책 속의 그렇게 많은 인물들이 표류를 하고 위험을 다하고 모험을 겪는데 결국 남모르는 동굴 속의 보물을 찾는 것은 낱말이구나. '열려라 참깨!'라는 말이었구나, 하는 것을 깨달았다고나 할까.

나는 그런 낱말을 찾고 싶었다. 무슨 말을 찾아야 도둑들의 보물 동굴이 아닌 나의 보물 동굴을 열어볼 수 있을까. 나의 보물이 숨겨진 동굴은 어디에 있으며 그것을 여는 열쇠 낱말은 무엇이냐? 그런 것을 생각하느라고 학교에선 멍한 보통생이요 친구들 사이에선 낙오자였다. 항상 그것만을 생각했다기보다는 정신의 많은 부분이 그쪽으로 멍하니 뚫려 있어서 실생활에서 약간 유리된 존재였다고나 해야 할 것이다.

나는 지금도 '한눈팔지 말자' 이런 표어를 보면 약간의 농담을 하고 싶은 기분이 된다. 다른 것은 몰라도 무언가 자기 세계를 창조한다든가 창작 분야에 몰두하는 사람이라면 누구나 한눈을 팔고 살아온 사람이라고 생각되기 때문이다. '한눈을 팔자. 열심히 팔자'— 이것이 오히려 나의 구호라고나 할까. 나는 구호랄 것도 없이 그냥저냥 살아온 처지지만 가급적이면 한눈도 팔고, 실용성 같은 데서는 뒤떨어지더라도 남의 눈에 안 보이는 자기의 보물지도 같은 것을 꿈꾸면서 열심히 허공을 팠다. 언어로 허공파기. 이것 외에 무엇이 있었으며 무엇을 했다고 말할 수 있으랴.

보물 동굴의 문을 여는 '열려라 참깨!' 같은 열쇠 언어에 대해 관심을 갖기 시작한 뒤부터 나는 마치 억울한 누명을 쓰고 자기도 모르는 죄목으로 샤토 디프 섬에 갇힌 《몽테크리스토 백작》속의 에드몽 당테스처럼 홀로 자기만의 섬에 갇힌 것 같았으며 자의식의 죄수랄까, 그런 죄목으로 유형에 처해진 사춘기 시절을 보냈다. 나에겐 다행히 낭만주의자 비슷했던 신여성 어머니가 계셔서 누구보다도 많은 책을 접할 수 있었다. 어머니는 전주 사범학교를 나오신 인텔리 여성으로서 가정 안에 갇혀 배운 것을 외부로 풀지 못하고 사는 것을 무척 억울해 하셨고 그 살풀이로 맏딸인 나에게 온갖 애정을 다 쏟아 괴물 같은 나의 나르시시즘을 잔뜩 부풀려 놓았다. 나는 그 당시 애들로서는 희귀하게 장서와 독방을 차지하고 있었으며 그 방안에서 온갖 발광을 다 떨었다. 어느 밤중엔 진한 화장을 하고 자면 다음날 영혼이 자기 영혼을 못 알아보고 안 돌아와서 죽는다는 이야기를 듣고, 괴기스런 화장을 하고 자살극을 연출하기도 했었다. 무엇이 그리도 억울했을까. 나는 중학교는 광주에서 전남여중을 다녔고, 고등학교는 서울에서 숙명여고를 다녔기에 학창시절을 통틀어 친구라고 할 만한 사람이 별로 없었다. 그러니 자연히 자신과의 놀이에만 몰두할 수밖에 없었다. 일개 미천한 선원에 불과했던 에드몽 당테스가 샤토 디프에서 탈출하기 전 파리아 신부에게서 보물이 있는 몽테크리스토 섬의 전설과 지형을 배우고 외국어와 신사도와 금융과 법률관계까지 여러 학문을 다 배우고 샤토 디프에서 탈출하여 보물을 찾아 몽테크리스토 백작으로 변신하듯이, 나도 그저 골방에서 책을 읽고 음악을 듣고 자의식과 씨름을 하면서 어떤 하나의 변신을 꿈꾸었다. 자신의 사랑을 빼앗고 무고한 죄목으로 자신을 해골섬에 가둔 사람들에게 전능한 힘을 갖춘 몽테크리스토 백작이 하나하나 복수를 해 나가듯이 나도 어서 빨리 좋은 시를 써서 현실에 복수를 해주고픈 심정이었다고나 할까 (보물을 찾아서?).

사춘기를 나는 암굴왕 시대라고 부르고 싶다. 에드몽 당테스가 샤토 디프에 갇혀 무섭게 공부를 해서 암굴왕 시대를 거쳐 백작이 되었듯이 나도 나의 사춘기를 샤토 디프의 암굴왕처럼 보내고 있었다.

니체나 쇼펜하우어, 키르케고르 같은 허무주의 내지 염세주의 철학자들의 책을 읽었고, 보들레르의 《악의 꽃》이나 헤세의 《데미안》, 《나르치스와 골드문트》, 릴케의 《말테의 수기》 등을 읽었다. 그 책들은 모두 자아와의 싸움에 대해 이야기하고 있었고 예술이란 자아라는 괴물과 싸우면서 자기를 극복하면서 생기는 승화라는 이야기를 하고 있었다. 고독이라든가 시간, 허무, 죽음이 무서웠던 나는 마치 시를 씀으로써 그것들에 대항하는 방패를 만들려는 것처럼 필사적으로 탐닉하였다.

서강대학교 영문과에 다닐 무렵, 잦은 위수령과 휴교령으로 더욱 산산이 부서진 밀폐된 대학시절을 보낼 수밖에 없었던 시절, 나는 국립도서관(그 당시엔 소공동, 지금의 롯데백화점 자리에 있었던)에 다니며 하루 종일 책을 보았고 저녁이면 명동성당 앞 조그만 4층 빌딩 지저분한 4층에 있던 음악실 '크로이첼'에 나가 그렇게도 음악을 많이 들었다. 그 당시는 음악을 애모하고 있었던 것 같다. 특히 모차르트를, 베토벤을, 스크리아빈을. 그곳에서 나는 맹인 성악가를 만났으며 운명의 어둠을 뚫고 지나가는 그의 맹인용 하얀 지팡이 같은 힘이 나에게는 어쩔 수 없이 시와 음악이라는 것을 더욱 진하게 수긍하기 시작했다. 그 당시 소공동 국립도서관과 '크로이첼' 사이를 왔다 갔다 하며 느낀 삶의 막막함, 외로움, 시대적인 불모 의식과 불통감, 사하라사막에 혼자 불시착한 것 같은 천애 고아 의식, 이런 것들이 합쳐져 나의 데뷔 시 〈그림 속의 물〉이라든가, 함께 응모했으나 미역국을 먹은 〈우리의 갑각문화〉 같은 시를 형성했으리라.

나는 〈그림 속의 물〉로 〈경향신문〉 신춘문예에 당선되어 무슨 스타일리스트나 이미지스트, 모더니스트로 계속 불려왔으나 만일 같이 응모했던 〈우리의 갑각문화〉가 당선작이 되어 첫선을 그 작품으로 보이게 되었더라면 문명비판 시인이나 현실주의 시인으로 불렀을지도 모른다. 이제 와 생각하면 그것도 다 팔자라는 생각이 들고 누구도 팔자를 거역할 수 없듯이 나는 〈그림 속의 물〉의 시인이 되었다. 친구가 없어 고독한 것은 그때나 지금이나 한가지이지만 〈경향신문〉 시상식에 가보니 소설에 당선한 고려대의 최학은 많은 친구들이 축하해 주러 동행해 나왔는데 나는 가보니 혼자였다. 그때 참 이상하게 생각한 것은 '문학하는 사람도 친구가 많아도 되는 거구나' 하는 것이었는데 그때 나는 난생 처음으로 그 사실을 알았기에 지금도 내 가슴에 신선한 영상으로 남아 있는 것이다. 우스운 고백이지만 그때까지만 해도 나는 문학하는 사람은 친구가 없어야 되는 줄로 알고 있었으니 얼마나 우스운 이야기인가?

오랫동안 몸에 밴 체질은 쉽게 사라지지 않아 나는 결혼을 하고 두 아이의 엄마가 된 지금도 육체의 일부처럼 고독이라는 절해의식을 벗어나지 못한다. 샤토 디프 의식. 세상이 그립고 사람이 그리우면서도 선뜻 악수하지 못하고 성큼 탑승하지도 못한다. 다만 바라본다. 바라봄으로 세상과의 관계를 맺고 있다. 응시도 소유라고 라캉이 말했던가? 응시의 동참.

뭐, 그런 것이라고 해두자. 남들이 뭐라고 한들, 다섯 번째 시집 《어떻게 밖으로 나갈까》를 낸 후 여러 사람들이 '이젠 그만 밖으로 나오지', '이 여자는 아직도 밖으로 못 나갔나?' 등의 권유와 비난이 있는 것을 알고 있으나 습작기 시절부터 지녀온 샤토 디프 의식은 쉽게 버려질 수 없다. 나는 참으로 참담한 고독의 참호 속에서 문학을 홀로 배웠던 것이다.

그러면 에드몽 당테스가 공부를 마치고 감옥에서 탈출한 후 몽테크리스토 섬에 가서 보물을 찾은 후 백작이 된 것처럼 너는 시를 통해 보물을 찾았나? 일개 무명의 젊은이에서 백작으로 변신한 것처럼 너는 시를 통해 무엇이 되었나? 나는 시인이 되었고, 그것으로 나는 나의 고독과 허무를 견디어 왔다. 견디어 왔다는 것, 생을 죽음을 견디어 왔다는 것. 그것만으로도 나는 시에 감사하고 언어에 감사한다. 인생이여, 나는 너에게 원금은 못 갚았어도 이자는 꼬박꼬박 내지 않았느냐고, 그것이 내 시라고. 그것들을 다 합치면 나만의 보물지도가 될 것인가?

토끼야, 입산하자

토끼에 대해서는 90년대에 들어와서 시를 두 편 썼다. 〈토끼와 주민등록증〉〔〈현대시학〉(90년 1월)〕과 〈유목을 위하여·1〉〔〈문학사상〉(91년 6월)〕이 그것이다. 물론 그 이전에도 토끼와 같은, 금붕어와 같은, 바퀴벌레와 같은 작고 덧없고 소모품적인 작은 동물들에 대해 생각해 보지 않은 것은 아니지만 그래도 내 정신의 본령은 항시 첫 시집 《태양미사》에 나오는 독수리나 금시조, 일각수와 같은 조금은 신비하고 전설적인 생명을 가진 초지상적인 것을 지향하는 데 있었다. 위로 위로, 더 금빛으로 금빛으로 가는 것들을!

그런데 80년대 연말 90년대 연시를 즈음하여 나의 그런 초지상적인, 초현실적인 정신의 풍향은 몽땅 망해버리고 말았다. 꼭 내가 그랬다기보다 80년대에 꿈꾸었던(내가 《달걀 속의 生》에서 환생했던) 어마어마한 부화에의 찬란한 꿈이 몽땅 광장에서 공개 처형당하는 것 같은 참살의 장면을 느꼈던 것이다. 아마도 이로써 5공 청산이 되었노라고 발표했던 80년대 말의 정치적 합의문서 발표와 90년대 초 벽두에 일어났던 3당 합당이라는 큰 사건이 나의 무의식 속에 개입했을 것이다.

나는 그때 사람들의 정신의 변동을 면밀히(작가적 호기심을 가지고) 관

찰했는데 어쩌면 그리도 적당한 허위에 만족하고 어쩌면 그리도 새로운 국면에 적응을 잘하는지 난 더 이상 달걀 속에서 독수리가 나온다든가 달걀 속에서 일각수나 금시조가 나온다든가 하는 몽환의 헛소리를 지껄일 때가 아니라는 것을 알았다. 그래서 나의 환상 달걀은 90년대 초에 망해버리고 만 것이었다.

약삭빠른 처신, 먹이를 냄새 맡기, 자그만 철망 속에 달그락거리기, 이기적 나르시시즘, 그리고 욕망에의 탐식. 이것이 90년대적 인간 군상의 모습이고 나는 그런 소시민적 감각 속에서 한 마리 토끼의 모습이 시대의 상징으로 부우옇게 인화되어 나오는 것을 바라보았다. 정보화 사회 속에 갇힌 소시민. 어디로 달려 보아도 산문적이고 계산적인 산초 판자를 꼭 옆에 붙이고 다니는 것 같은 현실적인 속셈, 주민등록증이 지정해 주는 것 같은 꿈만 꾸는 사람들. 검인정 교과서에 나올 것만 같은 규격품 사람들. 그런 사람들의 이야기가 토끼의 상징 속에는 내포되어 있다.

이 시대엔 아무리 멀리 꿈을
꾼다 해도
주민등록증 안에서 꿈꾸는 것 같아.
검은 먹으로
뭉개진 지문들,
왼손가락과 오른손가락들이
토끼장만 한 금 안에
생과 사처럼 나란히 누워서
언제나 좌우로
서로 검사하고 감시하고 있지.

도란도란 하는 말이
아무리 멀리 도망치려고 해도
돈키호테는 꼭 산초 판자와 같이 다녀야
한다고,
아무리 높이 도망치려고 해도
날려고 할 때는 꼭 미리
낙하산을 준비해야 한다고.
언제나 중얼중얼, 연역법으로 면역이
되어가는 인생.

외출할 때면 꼭 주민등록증을 수첩 속에
수첩은 가방 속에
가방은 모가지에 쇠목걸이처럼 걸고
달려라 토끼! 달려라 토끼!
존 업다이크가 아무리 외친다 해도
토끼는 토끼장 근처에서
얼씬대며 달그락거릴 뿐.

난 이 도시에 토끼장이 이렇게 많으리라고는
상상하지 못했다.
주민등록증이 든 가방을
식권처럼 목에 걸고
하루 종일 총총 돌아다니다
집으로 돌아오면
아, 인생이란 얼마나 긴

제자리걸음의 장거리 여행인가!
입맛 없는 토끼풀을 입에 대다가
입을 막고 달려가
수돗물을 틀어놓고
남몰래 목욕탕에서 우는 토끼들.

　　　　　　　　　　— 김승희, 〈토끼와 주민등록증〉

　식권에 목을 걸고, 토끼장 안에서 달그락거리며 사는 이 작은 동물의
소시민적 생애는 어찌 보면 인생이란 영원한 '제자리걸음의 장거리 여행'
이라는 소시민 철학을 암시한다. 그러나 토끼의 눈동자를 본 적이 있는
가? 그것은 어디에선가 언젠가 자신의 운명을 남몰래 많이 울어서 충혈
된 붉은 눈동자다. 그리고 토끼는 존 업다이크의 〈달려라 토끼〉에서 본
것처럼 토끼장을 탈출했을 때는 큰 짐승이나 맹수에게 쫓겨 먹히고 찢기
기 때문에 탈출이란 '자기다움의 회복'이 아니라 죽음에의 위협이요 순응
의 안주로부터의 반항일 뿐이다. 그래서 토끼는 아무리 달린다 해도 자
기의 집 주위를 가까이 맴돌 뿐 맹수들이 우글거리는 숲의 암흑 속으로
돌진할 수 없고 그래서도 안 된다. 순응주의— 그것이 토끼를 지배한다.
〈유목을 위하여 · 1〉에서 나는 그런 순응주의적 토끼의 내면을 초고속,
광속으로 몰아가는 이 시대의 안 보이는 권력의 에피스테메를 노래했다.

　누군가 토끼를 몰고 있다,
　나는 신문을 던져버린다,
　누군가 토끼를 몰고 있다,
　나는 TV를 꺼버린다,

신문도 안 보고 TV도 꺼버린다면
나에겐 정말 할 일이 없어진 기분이다,
아이들에게 공부나 좀 하라고
잔소리나 퍼붓는 일밖에는.
(나도 토끼를 몰고 있다. 나 같은 토끼에게 또 몰릴 토끼가 있다는 게
먹이사슬의 이해할 수 없는 변주 같지만)

어느 사이엔가
우리는
누군지 모를 토끼를 몰고 있는
몰이꾼이거나
누군지 모를 토끼에게 몰리고 있는
몰리는 토끼이거나 하는 것이다
(十三人의 兒孩는무서운兒孩와무서워하는兒孩와그렇게뿐이모였소.
〈다른事情은없는것이차라리나았소〉처럼)
지평의 속도 위에서는
단지 몰리는 불안과 모든 갈증이
있을 뿐,
그리하여 멈출 수 없는
파시스트적 질주만이 있을 뿐

― 김승희, 〈유목을 위하여 · 1〉 중

이런 순응주의적 소시민적 나르시시즘적 동물로서의 현대인의 공허와
그 공허의 공포에서 도망치려는 한 도망주의자의 소망을 〈유목을 위하
여 · 1〉은 그리고 있다. 토끼야, 우리 입산할까? 지상의 욕망에 대해서

는 지칠 만큼 지쳤고 몰릴 만큼 몰렸다. 탈출주의자 토끼는 의외로 많지 않다. 모두들 먹이와 이권에만 눈이 충혈되어 있는 90년대. 그러나 나의 토끼는 내면적 반항인의 초상이다. 토끼는 입산이 죽음이지만 그러나 끊을 수 없는 꿈이기도 할 때 그의 순응주의적 허위는 잠시 반성된다.

통속의 눈 문화의 눈

‐‐‐‐‐‐○○○○‐‐‐‐‐‐

어떤 교육, 어떤 가르침, 어떤 독서의 영향 탓인지는 모르겠지만 나에게
는 이상하게도 '고통이 없는 것'을 믿지 않는 버릇이 있다. 어떤 사람의
값어치를 평가할 때나 어떤 문화 예술의 감동의 양을 측량할 때도 나는
이상하게도 그 사람이 뚫고 나온 운명적 고통의 양이나 심연의 깊이를
헤아려 보는 불행한 버릇을 갖고 있는 것이다. 굳이 그것을 '불행한 버릇'
이라고까지 불러야 할 것인가. 왜냐하면 시인이나 적어도 문화 창조의
입상에 서 있는 사람이라면 최소한 통속적 행운이나 세속적 다복을 선망
하지 않는 것이 당연한 사실로 나에게는 느껴지기 때문이다.

그래서 나는 세속적으로 그럴싸한 행운을 계속 누린다든가 적당한 타
협, 적당한 속임수를 써 가며 세속의 곡예에서 성공하는 사람들, 그들이
이룬 것, 쟁취한 것을 믿지도 않고 부러워할 수도 없다. 최소한 그것이
문화의 영역 안에서라면 더더욱 그러하다.

그런데 요즈음 우리 시대의 정신상태나 문화상황을 보면 고통이나 그
고통 속에 담긴 인생의 숭고한 무게 같은 것을 인정하지 않고 가볍게 좀
더 가볍게, 행복하게 좀더 행복하게 살려는 쾌락지향적 소비주의가 너
무 가득 찬 것 같다. 사람이 편하게만 살려고 하면 무슨 짓을 못하겠는

가. 배신도 야합도 할 수 있고 자신이 팔려 가는 것을 알면서도 정신과 지조를 팔아 안락과 권세를 사고 또, 또, 또 … 어떤 짓이든 할 수 있는 것이 편히 살자고 마음먹은 자의 길일 것이다. 그러나 편히 사는 것만이 어떻게 인생의 전부인가.

편히 살 수 있고 편히 누릴 수 있으나 만약 그것이 진실의 길이 아니라면 거부할 수밖에 없는 것— 그것이 비록 고통의 길일지라도 그에 합류할 수 없고 고통을 자기 몫으로 가질 수밖에 없는 사람들이 있기 때문에 세상은 그나마도 완전히 망하는 것에서 비켜설 수 있는지도 모르겠다.

그리고 그런 소수의 사람들이 자기 몫의 고통을 가지고 만드는 것이 나는 문화라고 생각한다. 그 고통, 그 고독이 없었다면 모든 사람들이 우르르 오른편으로 몰려가는데 그것이 바른 길이 아니기 때문에 우르르 가는 사람 편에 낄 수 없는 그 대담한 소외가 없다면 문화의 창조성은 소멸되고 말 것이다. 통속이 되고 말 것이다.

박동진 씨가 명창이 되기까지의 피나는 고생과 노력의 과정을 읽고 나는 고통이라는 것의 숭고한 의미를 다시 한 번 생각하게 되었다. 토굴에서 백 일 동안 소리 공부를 하고 죽을 듯이 피를 토하고 이빨이 흔들리며 뼈마디가 풀려 내리는 듯이 고통스러워도 득음이 안 되는 그 절망. 그러다가 소리하다 죽게 될 때 똥물이 특효약이라는 말을 듣고 똥물까지 퍼먹었다는 그 초인적인 고난과 인내. 그 고통이 결국 명창을 만들었고 그가 겪은 고통의 무게는 영원한 숭고미의 원천이 되었다.

현실에서 큰 것을 크게 보고 작은 것을 작게 보는 것을 통속의 눈이라고 한다면, 큰 것도 작게 볼 수 있고 작은 것도 크게 볼 수 있는 것은 문화의 눈일 것이다. 그런 문화의 눈을 가지고 역사를 볼 때 우리는 고통 너머에 있는 커다란 진실의 약속을 다시 꿈꿀 수 있을 것이다.

《너를 만나고 싶다》 2000

자전거를 타고서
'나쁜 여자'를 넘어서
새롭게 눈뜨는 아침
밝은 여분이다

자전거를 타고서

⟶⟶⟶◦◦◦◦◦◦◦⟵⟵⟵

1

여행을 누구보다도 사랑하는 시인 황동규의 시 〈다산초당〉을 보면 이런 구절이 있다. 강진에 간 시인이 가파른 언덕에서 벚나무와 비자나무, 대숲과 꽃망울 진 동백숲, 마른 물푸레나무 줄기들이 어우러진 숲에서 다산을 만난다. 다산의 목소리.

— 아니다. 네 것은 여행이지 귀양이 아니다.

— 귀양과 여행이 뭣 때문에 다릅니까?

— 여행에는 폭력이 없느니라.

가끔씩 여행을 할 때마다 나는 황동규 시인의 위의 구절을 머릿속에서 음미해 본다. 그렇다. 여행은 귀양과 달리 폭력이 없다. 정말 아름다운 말이 아닐까. 그런데, 그럼에도 불구하고, 여행 속에는 언제나 귀양과 같은 자기 애수가 들어 있음은 어찌 된 일일까.

모든 여행에는 조금쯤은 귀양의 요소가 숨어 있다. 귀양이 아닌 타자, 즉 현실에서 절대적인 권력을 가진 큰 타자의 명령으로 이루어지는 타의적인 것이라면 여행은 자기가 자신에게 내리는 자의적인 귀양이라는 점이 조금 다르다고나 할까. 내가 나에게 내리는 폭행으로서의 귀양— 그것을 여행으로 보고 싶기도 하다.

실제로 배낭을 짊어지고 머나먼 길을 떠나는 사람들의 경우, 가눌 수 없는 어떤 현실과의 도망 간격을 넓혀 자기 파문과 자기 유폐를 청해 보고자 하는 의미도 있을 것이다. 그럼에도 여행은 무한을 향해 간다.

2

얼마 전 아주 따뜻하고 맑고 좋은 모임에 간 적이 있었다. 따뜻하고 맑고 좋은 사람들이 모인 곳이었다. 거기에서 '할머니 선재동자' 한 분을 만났다. 그분은 얼마 전 몇 십 년간 몸담아 오던 대학에서 은퇴하여 이제 자연인이 되신 분인데 짧은 쇼트커트 머리에 먹빛 배낭을 메신 모습이 옥빛 바람처럼 곱고 청아해 보였다. 그 나이 드신, 어린 선재동자, 눈이 반짝이는 참으로 아름다운 나그네는 이제 자식을 추구하는 것을 멈추고 진리를 구하려 하시는 것 같았다.

"진리는 고정된 것이 아닙니다. 그렇지 않아요? 이것을 하고 저것을 하라, 그러면 너는 진리를 구할 수 있다 라고 하는 건 믿을 수 없어요. 다만 나에게 환희심을 주는 일을 해야 해요. 환희심을 가지고 하는 일— 그것은 악한 일일 수가 없어요. 왜냐하면 우리 인간의 본성은 선과 진리를 찾으려고 하기 때문에 악에선 불안을 느끼지요. 맑은 환희심을 느낄 수가 없어요. 무슨 일을 하든 환희심을 가지고 할 수 있는 일, 자기에게 환희심을 주는 일을 하세요."

환희심이란 말을 들었을 때 나의 머릿속에는 내가 외국체류 시기에 만났던 한 여자가 떠올랐다. 그동안 잊고 있었던 것은 아니다. 내가 그녀를 잊어버리기란 참으로 어려우리라는 것을 독자들은 조금 있으면 알게 될 것이다. 암스테르담에서 왔던 한 여자. 나와 같은 황인종의 피부 빛을 가졌으나 검은 머리칼이 허리를 넘게 휘날리고, 눈동자가 이상하게도 푸른빛이며 한낮일 때도 푸른 눈빛에서 검은 야광이 나던 그 여자.

그 야성적인 서양여자와 물처럼 맑은 동양의 '할머니 선재동자'가 나의 기억 위에서 이상하게도 포개졌다. 환희심란 자기를 제약하고 있는 것의 어리석음을 볼 때 생기는 것이라고 나는 이해하면서 그 제약을 벗어나 뛰어넘을 때 솟구치는 찬란한 힘이 그것인가, 혼자 물었다.

그 물음 앞에 타리온, 너는 그 큰 키를 쭉 펴면서 내 앞에 다가섰다. 동양화가 걸리고 민예품 향로와 접시들과 항아리들이 진열된 인사동 골목에서 나는 거의 3년 만에 너를, 나의 100년 후의 자아인 너를 다시 만났던 것이다.

3

몇 년 전 나는 외국의 어느 도시에 머무르고 있었다. 가령 E라고 해 두자. 그 도시는 강물이 흐르고 조용하고 온화해서 모음 A, E, I, O, U가 어울리는 그런 도시였다. 사랑하기에 꼭 알맞은 크기를 가진 모음의 도시였다.

강물이 내 방 아래 있었고 그 강물은 세상에 존재하는 슬픔들을 수천 년 동안이나 몸에 품어 왔지만 이젠 그것에 전혀 고통을 느끼지 않아, 라고나 말하려는 듯이 맑고 평화롭고 그윽하게 흐르고 있었다. 그 강물을 바라보고 있노라면 이상하게도 그 물결이 인간에게 사사로운 슬픔을 금하고 있는 듯이 느껴지곤 했다.

— 사사로운 슬픔에 빠지지 마라. 사사로운 슬픔에 빠지지 마라. 시간

의 손에 햇빛을 묻혀 물 위에 이야기를 적어라. 내가 다 흘러가게
하리라.

그렇게 ~라, ~라, 라~ 하고 노래하며 강물은 시간시간 흘러갔지만
나는 나의 사사로운 고통들을 버리지는 못하였다. 앞에서 이야기했듯이
그 여행은 나에게 자기 유폐, 자기 파문, 자기 귀양의 성격을 지닌 것으
로서 교환학자로서 상당한 기금을 받고 E의 대학에 머무르고 있었지만
교환학자로서 고정된 의무는 많지 않았다. 아름답고 텅 빈 시간 속에 단
지 도서관을 배회하면서 자기 응시를 하라는 그런 날들이었을 것이다.

나는 그렇게 자기 응시를 하고 있었다. 자기 응시는 곧 자기 고통이
다. 자기 고통은 자기 부정으로 이어지고 자기 부정은 결국 불안으로 귀
착된다. 불안 다음에 자기 창조가 있겠지만 나는 그때 물을 갑자기 많이
쏟아 부어 실패할 것이 분명한 밀가루 반죽처럼 자아가 흐물흐물하였다.
나는 지나치게 지쳐 있던 상태에서 떠나왔고, 우리 사회를 지배하는 뜨
거운 욕망과 성취의 무서운 긴장과는 다른 그런 평화로운 것이 이상한
무기력감으로 작용하는 듯하였다.

4

그러던 어느 가을날, 인디언 서머가 반짝하고 와서 모든 사람이 소매 없
는 티셔츠와 반바지를 입고 마치 햇빛을 축하하려는 듯 집 밖으로 쏟아
져 나왔던 날, 나는 타운에서 우연히 너를 보게 되었다. 허리를 넘는 긴
머리, 햇볕에 검게 탄 피부, 푸른 눈, 하얀 이, 번쩍이는 젊은 미소를 담
고 어깨에 멘 비디오카메라로 열심히 타운의 풍경을 찍고 있던 집시 같
은 너를 보았다. 어두운 도서관에서 나온 나의 눈엔 타운이 온통 눈부시

게 햇빛을 반사하고 있었는데 그 인디언 서머의 반짝이는 햇빛 속의 한복판에서 너는 가장 빛나는 존재였다. 아름다움, 아름다운 여자라는 것의 원형질을 그때 나는 처음 느꼈다.

마리아 칼라스도 화면으로 보았고 재클린 비셋, 샤론 스톤, 카트린 드뇌브 같은 아름다운 배우나 프리마돈나의 모습도 많이 보았지만 동양과 서양이 합쳐진 너의 혼혈의 아름다움에 비한다면 창백한 맹물의 온도에 지나지 않을 것 같다. 나는 너를 바라보며 고통을, 찌르는 듯한 고통을 느꼈다. 아름다움은 고통이니까.

반바지 밑으로 드러난 검게 탄 다리는 미끈했고 가슴뼈까지 드러난 셔츠 아래로는 조그만 가슴이 출렁거리고 않고 단단했다. 전체적으로 아주 마른, 뼈의 골격만이 느껴지는 그런 체격이었지만 어떻게 그렇게 에로틱한 힘을 발산하고 있을 수 있을까 점심을 먹고 나와 타운의 벤치에 앉아 잠시 쉬고 있던 사람들의 눈이 그녀에게 일시에 향하면서 놀라움으로 사방에서 수군대는 소리가 들려왔다.

"누구예요?"

"저 여자 누구예요?"

어떤 중년 여성은 방금 미장원에서 나왔는지 향긋한 스프레이 냄새를 풍기며 나에게 묻기도 했다. 같은 동양 사람이라고 생각해서였을까.

"저 여자 누구예요?"

그때 저쪽 벤치에 앉아 있던 어떤 남자가 말했다. 아마 은행 앞의 벤치에 앉아 있었던 걸로 보아 은행에 다니는 사람인지도 몰랐다. 아니 꼭 은행가의 진지하고 빈틈없는 시선을 가지고 있었다고나 할까.

"대학에 국제 프로페셔널 프로그램 있죠? 거기에 작가로 온 여자예요. 네덜란드 대표로 암스테르담에서 왔다는데 유명작가에다 비디오 아티스트래요."

아, 그래요? 하고 모든 시선이 숨을 죽이고 그녀를 바라본다. 그녀는 타운의 분수대 앞에 앉아 인디언 서머를 즐기는 젊은이들을 찍더니 우리가 앉은 벤치 쪽으로도 렌즈를 돌려 드르륵, 드르륵 하고 기계를 작동한다. 렌즈는 우리를 스쳐 지나갔고 그녀는 잠시 뒤 은색 자전거를 타고 바람처럼 떠났다. 자전거 페달을 밟고 비디오카메라를 어깨에 멘 그녀의 모습은 아무것도 그려지지 않은 하얀 캔버스 위에 강하고 급하게 휘둘러 지나간 주황빛 유화물감의 강렬한 터치처럼, 충격의 침묵으로 남았다.

에로틱의 권력이라고나 해야 할까. 어쩌면 생전 보지 못했던 하나의 여자가….

5

너를 다시 본 건 사회안전국이라는 빌딩에서였다. 나는 그때 사회안전번호라는 체류 외국인 주민등록증 같은 것을 받으러 그곳에 갔었다. 그때 네가 내 뒤에 와서 줄을 섰다. 검은 티셔츠에 여전히 반바지를 입은 너는 가까이에서 보니 에로틱의 야생적인 분위기보다도 조금은 소년처럼 장난스럽고 순수해 보였다. 하이— 하고 손을 들어 인사하는 너에게 나도 인사를 했다.

"어디에서 왔니? 중국, 일본?"

"아니, 한국…."

"아… 그래."

"너는 어디에서?"

나는 조금은 그녀를 두려워하며 물었다. 그처럼 강력한 여자하고 대

등하게 있기에는 나는 힘이 없었고 나 자신 늙어 있는 듯이 느껴졌다.

"난 암스테르담에서 왔어. 그보다 더 먼저는 인도네시아에서 왔고. 아버지는 중국계 인도네시아 사람이고, 어머니는 중국계 네덜란드 사람이야."

우리는 단일 민족이기에 자신의 혈통을 설명하는 데 그렇게 길게 설명해야 하는 사람을 만나는 적이 드물다. 게다가 우리는 혼혈을 경멸한다. 잡종이라고. 그래서 대게— 한국인은 '순종(純種) 콤플렉스'에 걸려 있다. 순종, 단색, 결벽 지향은 배타와 쉽게 손을 잡고 문화의 다양성을 쫓아내버린다. 그녀는 더 말을 이었다.

"중국계 인도네시아, 네덜란드계가 100년 동안 섞인 것이 나야."

어딘지 동양과 서양이 묘하게 섞인 너의 아름다움은 그러니까 100년 동안의 예술적 실험 끝에 나온 순수한 미의 보석인 것이다.

"난 어린 시절 타이티에서 자랐어. 네덜란드의 제국주의에 반대하던 아버지가 네덜란드 감옥에 갇혀 있다가 식민지에서 해방된 뒤에 병을 치료하려고 타이티에 머무르고 계셨거든."

너는 아름다운 사람들이 흔히 가지는 미의 오만이 없고 아주 수다쟁이였다. 사회안전국에서 처음 만난 두 외국인 여자가 뭐 그리 나누어야 할 말이 많겠는가? 그러나 수다조차도 그녀, 아니 너에겐 생명력의 강한 분출로 보였다. 네가 있으면 주위의 백인들은 얼마나 밋밋한 흰색의 살덩이, 찬란한 색채가 부족한 멍청한 빛깔로 보였던가. 주위의 백인들이 너의 말을 등 뒤 혹은 옆에서 들으려고 긴장하고 있는 것을 나는 느꼈다. 우리 앞의 한 사람에게 서류상의 문제가 있는지 사무직원이 계속 무엇을 묻느라 줄은 좀체 줄어들지 않고 있었다.

"너, 사진 보는 거 좋아하니?"

너는 서류를 가방에서 꺼내다 말고 한 장의 사진을 불쑥 내민다. 사진 속에는 커다란 금발의 백인 청년이 너를 가운데로 하고 뚱뚱한 금발의 백인 남자와 함께 다정하게 웃고 있었다. 가족사진 속의 너는 그들의 젊은 누이처럼 보일 뿐이었다. 긴 머리를 끈으로 묶고 꽃무늬 셔츠를 입은 너.

"이게 내 아들이야. 이 남자는 나의 남편이고."

너는 너의 아들이 스무 살이라고 자랑스럽게 말했다. 아니, 그럼 지금도 젊은 처녀, 아니 소녀처럼 보이는 너는 몇 살…? 하고 놀라서 "이 아들을 몇 살에 낳았는데?" 하고 묻자 스물한 살 적에 그를 낳았다고 말하였다. 그렇게 해서 나는 너의 나이를 알게 되었다. 너는 나와 동갑이었다. 세상에!

6

나는 지치고 정말 무력하였는데, 불혹이라니, 더욱더 미혹이잖아, 울먹일 듯이 엎드려 살고 있었다. 그동안 미친 듯이 열심히 해왔던 모든 일들이 무가치한 속박처럼 느껴지기만 했다. 30대를 돌이켜보았을 때, 나는 열심히 애들을 키웠고 책도 몇 권이나 썼고 학위도 받았지만, 벗을 수 없는 굴레만을 치열하게 만들고 있지 않느냐는 비탄이 가끔씩 치밀어 올라왔다. 그래도 아이들을 나는 얼마나 사랑하는가. 그 반짝이는 순결한 눈망울들이 엄마~ 하고 울먹이듯이 다가올 때 아, 그래, 내가 세상에 와서 정직하게 한 일은 이것밖에 없다는, 가슴이 찢어지는 환희 같은 것도 있었다. 그리고 불혹에는 일종의 단념이 있다. 죽는다는 것 외에, 산다는 것에도 얼마나 많은 단념이 있어야 하는가.

또한 외부적으로, 사회생활이란, 다른 무엇이 아닌, 미궁처럼 이해가 잘 안 되는 인간관계의 사슬이라는 것을 알았고, 그 인간관계라는 것이 거의 언제나 힘 있는 자의 억압과 힘없는 자의 피억압 관계, 또는 질시와 모함, 부당한 멸시로 이루어져 있다는 것을 알았을 때 느낀 환멸이 더욱 더 나를 지치게 하였었다. 노력하는 사람이 반드시 인정받는 것도 아니고 공든 탑은 무너지는, 원칙 없는 사회풍토 속에서 상처를 받고 지쳐 있었던 나는 그런 권력의 법칙이 없는 곳으로 스스로 귀양이라도 가야 할 판이었다. 제도권에 대한 동의와 애정이 없는 사람들이 쫓기어 가는 것이 귀양이 아닌가. 귀양은 단념을 맑게 만들어 주리라.

　그러던 어느 날, 우연한 행운으로 E시로 오게 된 것이다. 나는 자신을 한 100살쯤 먹은 것처럼 느끼고 있었다. 그것이 그렇게 자연스러울 수가 없었다. 한 번 더운 물에 데쳐진 시금치에 나이가 무슨 의미가 있겠는가. 한 번 데쳐지면 다음은 나이에 의미가 없어져버린다. 그리고 대체로 한국에 사는 중년 이상의 사람은 자신을 한 100살이나 200살쯤 먹은 것으로 느낄 것 같다. 우리 사회는 우리를 빨리 늙게 한다. 개인의 순수한 희망이나 즐거움의 신선한 자유정신을 막히게 하는 풍토는 사람을 덧없이 지치게 하고 마비시키니까.

　나는 얼마나 비참한 인간인가! … 아무것도, 아무것도 아닌 것. 허약함, 자기 파멸, 바닥을 꿰뚫는 지옥의 불꽃과 끝…. 그리하여 나는 허우적거리고 산꼭대기에 이르려고 끊임없이 날지만 순식간에 떨어져 버린다. … 그것은 죽음이 아니라 죽어가고 있는 영원한 고통이다.
　　　　　　　　　　　　　　　　　　　　　— 프란츠 카프카, 〈일기〉 중

그리하여, 타리온, 너는 나에게 내가 잃어버린 것이 무엇이며 왜 내가 그렇게 빨리 늙어야만 했는지를 일깨워 주었다. 신선하고 천진한 호기심, 사람과의 재빠른 친화력, 아니 그보다 더 세계와의 반짝이는 친화력을 잃으면 사람은 탐색이 막히게 되고 영혼이 응고돼버린다는 것을. 타리온, 나는 너에게서 그것을 보았다. 너는 시간의 마비에 대항해서 어떻게 그리도 아름답게 자신의 뜨거움의 화산을 보존해 올 수 있었니?

타리온 … 타이거+라이온?

너는 그 긴 다리로 성큼성큼 자전거 은빛 바퀴를 돌렸고 그 긴 팔로 8mm 비디오카메라를 돌렸고 그 긴 머리로 붙잡을 수 없는 바람의 무늬를 그렸다. 긴 다리란 아니무스와 같아서 성큼성큼 돌아다니는 생명력을 상징한다고 한다. 너에게 있고 나에게 부족한 것이 늑대처럼 활달한 아니무스라는 것을 깨달았다. 너는 어디서도 보였고 너는 젊은, 스물셋의 대학생과 연인 사이로 다녔고 또한 같은 프로그램에 있는 헝가리의 극작가를 사로잡아 그는 너의 가방을 들고서라도 너의 곁에만 있을 수 있다면 하고 바라는 듯이 네 가방을 들고 너의 옆에서 걸었다.

8

나는 정말로 고독해야 한다. 여태껏 내가 성취한 모든 것은 고독의 결과였을 뿐 아니라 앞으로 내가 성취할 것도 고독의 결과일 것이다. 될 수 있으면 고독하게 살자. 아무도 내 안에 들이지 말고 고독의 우주 속에서 될 수 있으면 금욕적으로, 독신자보다도 금욕적으로 살자.

— 프란츠 카프카, 〈일기〉 중

어느 날 학교에서 돌아가 기숙사에 갔을 때 나의 우편함에 편지가 몇 통 와 있는 것을 보았다. 나는 우편함 속의 편지들을 들고 내 방이 있는 8층으로 올라갔다. 서울에서 온 가족의 편지를 읽고 나머지 한 통을 뜯었을 때다. 영어로 쓰인 편지에는 남자가 여자에게 간절한 사랑을 고백하는 절실한 사랑의 노래가 단 두 줄 쓰여 있었다. …

미쳐버린 사랑의 불길이여, 너는 사람을 짐승으로 만든다. 그러나 사랑은 성찬이므로 무릎 꿇고 그것을 받아야 한다. 뉴욕에서 F로부터.

아니, 이게 뭐야? 나는 한참 동안 그 편지를 들여다보았다. 그건 나에게 온 편지가 아니었다. 자세히 편지봉투를 읽어 보자 그건 9층에 살고 있는 타리온에게 온 편지였다. 손으로 쓰인 글자체가 좀 어지러워 우편을 분류하는 사람이 9와 8을 자세히 읽지 않고 나의 우편함에 잘못 넣은 것인가 보다. 나는 자세히 검사해 보지도 않고 남의 편지를 뜯어 본 나의 실수에, 더군다나 사랑을 애소하고 있는 남의 은밀한 연애편지를 뜯어보게 된 우연의 실수에 얼굴이 붉어지면서 어찌할 바를 모르고 방을 서성댔다. 그때서야 나는 타리온이 나와 방 번호가 똑같은 위층에 살고 있다는 것을 알았고 사과의 말과 함께 그녀에게 편지를 돌려주어야 한다는 것을 생각했다. 나는 한 층을 걸어서 올라가 927을 노크했다.

"컴 인…" 하는 그녀의 목소리가 들리자 나는 머뭇대며 문을 열고 방 안으로 들어갔다. 그리고 사과의 말을 하며 봉투가 뜯어진 그녀의 편지를 내밀었다. 내가 내 앞으로 온 편지인 줄 알고 뜯어보았다고 사과하자 그녀는 마구 웃으며 "걱정하지 마. 전혀. 아무것도 아니니까"라고 말했다. 그때서야 방 안을 둘러볼 여유가 생긴 나의 눈에 윗옷을 벗은 한 남자가 방 안에서 있는 것이 들어왔다. 언젠가 영화에서 본, 로미오 역을 했던 배우 레오나르도 디카프리오처럼 잘생긴, 금발에 푸른 눈의 대학생이었다.

"어쨌거나, 케이, 너 잘 왔어. 나 좀 도와주지 않을래?"

그녀는 편지의 봉투만을 흘낏 바라보더니 그것으로 다 알았다는 듯 쓰레기통 속으로 던져버리고 나에게 달콤하게 말했다. "무엇을…?" 하고 묻자 그녀는 손바닥에 쥐고 있던 푸른 유화물감 덩어리를 보이면서 "지금 저 남자의 몸에 보디페인팅을 하던 중이었거든. 그것을 비디오카메라로 찍으려고 하는데 내가 물감을 바르는 과정을 네가 찍어주면 더 좋겠다. 어때, 괜찮아?" 하고 물었다. 그녀는 긴 머리를 노끈 같은 것으로 질끈 동여매고 티셔츠의 소매도 걷어붙이고 있어서 몰두하고 있는 프로 예술가의 타는 듯한 아름다움을 보여주고 있었다. 나도 아이들의 입학식이나 졸업식 같은 때 비디오를 찍어 보긴 했으나 글쎄, 비디오 아티스트의 일을 내가 도와줄 수 있을지….

"그럼 오케이? 그냥 내 손의 움직임을 따라 남자의 상체만을 천천히 찍으면 돼. 알겠어?"

나는 엉겁결에 그녀의 조교로 채용되어 천천히 그녀의 말을 따라 남자의 상체를 클로즈업시켜 찍고 있었다. 그녀의 손은 푸른 물감의 덩어리를 발라 남자의 등 우묵한 곳을 애무하면서 거칠게 혹은 사납게 혹은 부드럽게 푸른 흔적을 만들어 가고 있었다. 그녀의 손이 지나간 곳은 푸른 이랑이 강하게 혹은 부드럽게, 배가 지나가면서 만드는 물이랑처럼 생기기도 했고 격한 바람에 흔들리는 보리밭처럼 야성의 생명이 흐드러지게 꽃피어나기도 했다. 나는 비디오카메라의 렌즈 속으로 그녀의 살아 있는 손, 근육이 교묘하게 감각적으로 구부러지고 힘줄이 돋아난, 어떤 불가사의한 생명에 가득 찬 남자의 몸 위에 어떤 슬픈 듯한 이야기, 실마리, 꿈, 언어, 노래, 기호, 상징들을 본능적으로 탄생시키고 있는 그녀의 손을 유심히 바라보았다. 어디선가 야생동물의 뒷다리께에서 풍겨오는 듯한 냄새가 났으며 남자의 등에선 현란한 원색의 보리밭이 일렁이고 있었다. 남자는 유리창 쪽으로 얼굴을 향하고 있어서 표정을 살필 순 없었으나 그는 어쩌면 별이 가득 찬 밤하늘과도 같이 아름다움으로 서서히 깨어나면서 울고 있을 것 같았다.

> 예술은 인간의 머리가 아니라 육체의 삶 속에 들어 있어서 뭔가를 찾고 달리고 부르고 거부하며 직관적, 영적, 본능적이다. 그것은 우리에게 깊은 심연에 있는 비밀을 알려 주는 검은 새들의 주인이고 메마르고 짓눌린 것 같고 무력하고 뭔가 앞을 가로막고 있어 뚫고 나가지 못할 것 같은 때 길을 알려 주는 황금색의 이끄는 목소리이다.
>
> ─ 클라리사 에스테스, 〈늑대와 함께 달리는 여인들〉 중

9층에서 8층으로 내려가는 계단을 천천히 힘이 빠져 걸어 내려가 아래층에 있는 내 방에 도착했을 때 나는 100년 동안을 걸어 내려온 사람처럼 말할 수 없는 피곤을 느꼈다. 곧장 침대에 쓰러져 잠 속으로 빠져들었다.

9

어느 날인가, 지하에 있는 빨래방에 내려가 빈 세탁기를 찾으려고 기웃거리고 있을 때 타리온과 헝가리에서 온 극작가가 옷을 하나하나 벗어 세탁기 속에 넣고 있는 것을 보았다. 거의 다 벗은 차림으로 두 사람은 세탁기에 빨래를 넣고 세제를 집어넣고 물을 틀면서 즐겁게 웃고 있었

다. 그 웃음소리는 천진난만했지만 나에게는 음탕한 듯이 들렸다.

'너를 사랑한다는 것은 너의 개조차도 사랑하고 받아들인다는 것이다'라는 듯이 순종적인 눈빛으로 타리온을 따라다니는 그 극작가가 가엾게 느껴지면서 "예술이란 무엇이냐? 매음"이라고 말했던 보들레르를 생각했다. 타리온이 조금 지겨워지면서 그녀의 거칠 것이 없는 본능에 대한 강한 선망과 더불어 강한 혐오감을 떨칠 수 없었다. 그녀에 대한 양가치적 감정에 괴로워하면서 나는 "또 와"라고 말했던 그녀의 청을 쌀쌀하게 묵살하고 있었다.

가을은 더 깊어지고 강변은 회색으로 물들어 쓸쓸함을 더해 가고 있었다. 어느 날인가는 회색의 강변으로 은빛 자전거 바퀴살을 반짝이며 혼자 자전거를 타고 가는 그녀를 창문에서 내려다보기도 했고, 언젠가는 자전거를 타고 달리는 그녀 곁에 그 대학생과 헝가리의 극작가가 나란히 걸어가는 장면을 만나기도 했다.

"예술이란 선악과는 아무런 상관이 없는 것이다. 모든 위대한 예술에는 야성이 깃들여 있다. 인간의 원시적인 충동이 가장 본질적인 베이스로서 포함되어 있다"라는 비트겐슈타인의 말처럼 살고 있는 그녀, 너. 세계 지도에도 안 나와 있고 어느 아문센도 발견하지 못한 미지의 대륙을 살고 있는 그녀, 너. 아무 거리낌 없는 본능의 리듬을 따르는 자유를 살고 있는 그녀의 작품은, 바로 그런 재능의 낭비 때문에, 혹시 삼류 싸구려 통속적인 것은 아닐까, 한 번도 그녀의 작품을 읽어 보지 못한 나는 그런 의혹을 갖기도 했다. "내가 성취한 모든 것은 고독에서 나온 것이다"라는 카프카가 계속 얼마나 나를 사로잡고 있었는지.

어느 날 대학으로 가는 버스에서 그녀와 정면으로 마주 보고 앉아 있게 되었다. 그녀의 옆엔 아주 잘생긴 금발머리에 잿빛 눈동자의 중년 남자가 앉아 있었다. 타리온은 웃으며 "케이, 내 남편을 소개할게. 그는 의사야. 어제 암스테르담에서 왔어. 그는 '국경 없는 의사들의 모임'에서 일하기 때문에 주로 아프리카에 있어"라고 아주 큰 소리로 말했다. 버스 안의 학생들이 다 듣고 있는 듯한 느낌이 들었다. 그 남자는 분위기 있는 잿빛 눈동자에 이상한 우수와 심연이 담겨 있었고 북유럽인 특유의 무거운 몽상적 분위기가 풍겼다. 그는 타리온이 나에게 보여준 가족사진 속의 그 뚱뚱하고 호인 타입의 남자, 그녀의 아들의 아버지가 아니었다. 부부의 다정함으로 나란히 앉아 있는 그들을 바라보며 결혼이란 제도가 상대방의 행동의 자유 혹은 성적 자유를 전혀 구속하지 않는 해방일 수 있는가, 해방일 수 있다면 그들 상호간에 있는 개성 존중의 힘과 자기 극복력은 얼마나 크고 현명해야 하는가 하는 것을 홀로 물어 보았다. 책 속에는 흔히 그런 이야기가 있지 않은가. 타인의 자유를 부인하는 사람은 자신의 자유도 누릴 가치가 없다고.

그날 밤 인도 식당에서 나는 타리온과 그 남편, 그리고 헝가리의 극작가가 셋이서 즐겁게 담소하면서 식사하는 광경을 보았다.

10

아름다운 색채로 물들었던 가을이 사라지고 겨울이 시작되던 어느 날 대학의 벽들, 게시판, 도서관 입구 등 곳곳에서 타리온의 웃는 얼굴이 찍힌 벽보를 많이 만났다. '다문화주의와 여성 예술'이라는 제목으로 암스테르담의 작가, 비디오 아티스트인 타리온의 강연과 비디오 관람이 있다는 것이다. 그 날짜를 기억했다가 나는 그 소극장에 갔다. 그녀는 여전히 까만 티셔츠에 풀어헤친 머리칼, 착 달라붙는 청바지를 입고 나와 조금은 빠르고 격한 영어로 이야기했다.

나는 다인종주의의 표본 같은 피의 복잡함을 지닌 사람으로서 자신의 정체성에 대한 물음을 언제나 피하지 못하고 살아왔다. 사춘기 때 학교 친구들이 우리집에 온 적이 있었다. 그 전에 나는 백인 친구들이 집에 오는 것을 부끄럽게 여겨 아무도 초대하지 않았었는데, 집에 온 친구들이 무슨 냄새가 난다고 말했던 것에 깊게 상처받은 적이 있었다. 그때부터 나는 유럽의 냄새와는 다른 냄새가 우리 집이나 나에게서 나고 있지 않은가 하는 불행한 의혹에 빠지게 되어 그것이 자기 부정에까지 이어지게 되었다. 암스테르담의 철학자 스피노자를 그때 열심히 읽었는데, 나는 그가 죽음과도 같은 파문을 당하면서까지 자신의 정신을 굽히지 않았다는 데 매력을 느끼고 그런 자유에 도달하고자 애썼다. 중국계와 인도네시아계와 네덜란드계와 타이티가 복잡하게 혼합된 나의 냄새, 나만의 냄새를 어떻게 향기로 바꿀 것인가. 그 질문은 나의 정체성이 없다면 어떻게 나의 새로운 정체성을 창조할 것인가 하는 물음으로 이어졌다. 스피노자는 인간의 격정이나 본능을 하나의 부도덕으로 보지 않고 무더위나 추위, 폭풍우나 우렛소리와 같은 대기의 본성에 속하는 성질과 같은 것이라고 보면서 인간의 모든 행동을 비탄하거나 미워하지 않겠다고 썼다. 그는 인간에겐 서브스턴스, 즉 실체가 없다고 하면서 인간 실존에 앞서 이렇게 살아라 하고 밑줄을 그어 놓은 실체란 없다고 말했다. 아니 없다기보다 여러분 개개인의 존재 양태가 실체 그 자체다. 그러므로 "나는 여기에 있다. 그러므로 존재한다"라는 명제가 생겨난다.

다인종적인 아이덴티티의 부재를 위의 스피노자적 개념으로 뛰어넘고 적극적인 생의 약동이란 개념으로 메우면서 나의 정체성을 창조하려고 노력해 왔고 그것이 다문화주의라는 포스트모던적 조류에 부합되면서 비로소 세상의 주목을 받게 되어 10여 년간이나 베스트셀러 작가가 되는 영광을 얻게 되었다. 나는 나의 운명에 만족하며 행복하다. 행복이란, 스피노자가 말하기를, 쾌락이 있고 슬픔이 없는 것이라고 했는데 슬픔이란 인간의 완전성의 좀더 큰 상태에서 작은 상태로 이행하는 것이라고 하니까, 행복은 곧 자신이 완전성에 가까이 이행하고 있음을 느끼는 것이다. 모든 격정이 이행이며 예술은 그 이행의 한 방식이다. 따라서 나는 한 가지 장르에 묶이지 않는 다장르 예술가가 되었다고 생각한다.

나는 한마디 한마디를 주의 깊게 들었다. 다 이해하지는 못했으나 그녀가 매우 진지한 철학적 배경을 지니고 있으며 싸구려 예술가가 아니고 유럽적인 미학주의자로서 자신의 삶마저 그런 철학적 배경을 가지고 해방시킨 것이라는 생각이 들었다. 그녀의 비디오가 상영되었다. 〈가을의 사각형〉이라는 그 비디오는 모차르트의 피아노 소품곡을 배경 음악으로 하면서 E라는 강변 도시의 가을의 초상을 유쾌하게 담은 것이었다. 전체적으로 즐거움의 정신이 넘쳐흘렀으며 내레이터의 말에 따르면 '가을의 사각형'이란 가을에 나오는 별자리로서 페가수스좌, 즉 하늘로 날아올라가는 날개 달린 말, 즉 '천마'를 뜻하였다. 그렇듯이 즐거운 사람들의 세계가 담겨 있고 가을이라는 조락의 계절의 침몰을 거부하는 밝은 상승의 몸짓들이 화면에 가득 떠올랐다. 내가 찍었던 그녀의 행위미술 장면도 나왔고 타운의 벤치에 앉아 종이 커피를 마시는 나의 모습도 있었다. 우리 모두는 어느새 그녀의 작품에 등장인물이나 소도구로 흡수되어 있었던 것이다. 그녀의 거대한 에로틱의 힘 안으로.

0

그리고 그녀는 떠났다.

떠나던 날 아침, 우연히 기숙사 1층 로비에서 자동판매기 커피를 뽑고 있던 나는 작은 숄더백 하나만을 멘 그녀와 부딪혔다. 그녀는 "잘 있어, 내 친구"하면서 내 뺨에 얼굴을 비볐다. "잘 가~"하고 돌아서는데 그녀가 "아, 잠깐만"하더니 "너 자전거 탈 줄 아니? 내가 타운에 있는 가게에서 자전거를 빌렸는데 아직 대여 기일이 두 달이나 남아 있어. 돈은 이미 6개월 치를 선불했거든. 너 자전거 타는 것 좋아하면 내 자전거 두 달 동안 타고 나중에 그 집에 갖다 줄래?" 하는 것이었다. 엉겁결에 나는 그녀의 자전거 열쇠를 받았고 우리는 다시 볼을 비볐다.

"나중에 만나. 언젠가."

그녀는 말했다. 나는 혼자 마음속으로 중얼거렸다.

'그래, 100년쯤 후에 만나. 100년쯤 후 나는 너로 태어나고 싶다. 내 100년 후의 자아여, 안녕.'

그녀는 그렇게 떠났고 나는 그녀의 은빛 바퀴가 반짝이는 자전거를 타고 강변으로 숲으로, 예전에는 멀어서 가보지 못했던 먼 곳까지 자전거 여행을 갔다. 자기 귀양이 여행으로 풀린 듯한 자유로움, 시인 황동규의 말대로, 폭력 없는 여행의 즐거움을 누리면서 겨울 들판을 달리곤 했다. 그녀의 자전거는 내가 모르는 먼 길까지 나를 데리고 가곤 했다.

추운 겨울바람으로 뜨거워진 얼굴을 강가에서 차가운 물로 씻으면서 나는 창호지처럼 엷게 나의 껍질들이 벗겨져 나가는 것을 느끼기도 했고 자유가 소용돌이치는 바다에는 파도가 없을 수가 없다는 것을 경험하기도 했다.

0 - 1

가끔씩 한밤중에 나는 수도꼭지에서 물이 콸콸거리는 소리를 듣고는 부엌으로 나가 본다. 거기 타리온이 장난으로 수도꼭지를 틀어 놓고 웃고 있는 것을 만난다. 원고가 써지지 않아 침울한 몸으로 가라앉아 있으면 타리온이 긴 머리칼을 출렁 하고 흔들면서 '내가 벽을 허물어 줄까?' 하고 큰 소리를 지르는 것을 만나기도 한다. 거미줄에 앉아 거미의 실을 뽑으면서 '네 시간 안에 무엇을 짜 넣어 줄까. 나는 운명을 짜는 거미 여인이다. …' 라고 장난치는 너를 보기도 한다. 만원버스 안에서, 꽃가게의 쇼윈도 안에서, 지하철 계단을 올라올 때.

0 - 2

다시 '할머니 선재동자'에게로 돌아가 보기로 하자. 그녀는 강가에서 아주 맑은 채소처럼 깨끗한 지혜의 영혼을 헹구고 있는 영적인 선사와 같다. 그런데 나는 오늘 밤 그 맑고 정결하며 밝은 지혜로 가득 차 있고 환희심의 불빛으로 환하게 빛나는 그녀와 맥베스 부인처럼 검은 힘으로 가득 찬 너, 타리온을 구별하지 못하겠다.

'나쁜 여자'를 넘어서

1

외국에서 몇 년 살아본 사람들은 누구나 알겠지만 지역이 달라지면 문화가 달라진다. 문화가 달라지면 행동의 코드가 달라지고 이곳에서는 절체절명의 선(善)이었던 것이 어느 쪽에서는 아닌 것이 될 수도 있고 어느 쪽에서는 죽고 사는 미덕인 것이 어느 쪽에서는 전혀 아무 의미도 만들지 못하는 낡은 관념일 수도 있다는 것이다. 흔한 말로 상대주의적 사고를 하게 된다. 미국에서, 그것도 자유주의자들이 모여 산다는 버클리 지역에서 몇 년을 살면서 내 마음속에 구속으로 남아 있던 몇 개의 이미지들과 터부가 깨어지는 것을 느꼈다. 아니 '깨어지는 것'을 느꼈다기보다는 '아, 어떤 것은 깨어져도 좋겠구나'하는 것을 느꼈다는 것이 더 적절할 것 같다.

자유주의자 미국 여자들의 규범에 매이지 않는 성적 분방함, 생각의 유연함을 바라보면서 나는 우리 먼 고모뻘 되는 여인의 임종 장면을 떠올렸다. 아주 먼 친척이긴 하지만 집에서는 고모라고 불러 왔으므로 앞으로는 고모라고 부르도록 하겠다. 고모는 임종 때 엄마의 손을 잡고 아주 머나먼 과거의 이야기를 하면서 자신의 결백을 호소했다고 한다. 캘리포니아에 머물고 있는 나를 방문한 엄마와 나는 태평양이 바라다 보이는 언덕에 앉아 고모의 이야기를 주고받았다.

"무슨 결백함?"

의아하게 묻는 나에게 엄마는 조금 망설이다가 지금으로부터 40년도 넘은 이야기를 이야기 주머니에서 끄집어 내셨다. 엄마에게는 항상 이야기 주머니가 있다. 또한 그녀가 살아온 시대가 시대이니만치 일본 제국주의 시대 이야기에서부터 일본인 학교 친구 이야기, 6·25 전쟁 때 이야기, 인공 때 이야기 등 역사의 격변에 따른 여인들의 이야기들을 주머니 속에 많이 가지고 계신다. 엄마의 이야기 주머니가 가슴에 있는지 아니면 허리춤에 있는지 알 수는 없지만 그녀의 이야기 주머니엔 기쁘고 밝게 자신의 삶을 잘 살아 낸 사람들의 이야기보다는 어찌어찌해서 자신의 삶을 잘 살아보지 못했다… 라는 사람들의 이야기들만이 잔뜩 들어 있을 뿐이었다.

"고모네 친정 집안이 아주 양반집이기도 했지만 그 집 할아버지가 재산도 많고 게다가 좀 고루해서 딸을 묶어 놓고 키웠어. 여간 눈이 높은 분이 아니었지. 나하고 나이 차이도 별로 없는데 나는 사범학교까지 다녔는데도 그 집 딸들은 간신히 언문이나 익힐까 하는 정도였으니까. 그렇게 딸들을 집에 들여앉혀 바느질이나 음식, 예절, 법도 같은 것이나 가르치고 있는데 그 고모가 워낙 인물이 좋지 않니. 허어연 박꽃같이 인물이 훤했으니까. 그러니까 흠모하는 남자가 왜 안 생기겠니. 고모를 좋아해서 어느 날 밤 담을 뛰어넘은 남자가 있었는데 그 남자와 고모가 마당에서 말하는 것을 들은 할아버지는 그 다음 날로 남자를 찾아 결판을 내려고 갔어. 찾아가서는 이미 '부정한' 딸, '나쁜 여자'이니까 다른 사람에게 줄 수 없다고 그냥 덜컥 그 남자와 고모를 약혼시켜 버렸지 않니.

그 남자를 고모로서도 생전 처음 보는 사람이었고 담을 넘어 들어와 고모 방문을 두드리니까 고모가 겁이 나서 마당에 나가 돌아가라고 이야기를 한 것뿐인데 말이야. 여자의 운명이 그렇게 결정되던 때도 있었단다. 과수원을 한 뭉치 주고 딸을 그 남자에게 보낸 할아버지는 딸과도 인연을 끊고 임종 때에 그 딸과 사위가 와도 바라보지 않을 정도였으니까.”

할아버지는 딸에게 너와 무슨 내통이 있지 않고서야 어떻게 남자가 담을 넘느냐고 호통을 쳤고 고모가 아무리 모르는 일이라고 하여도 할아버지는 듣지 않으셨다고 한다. 고모는 결국 운명에 순종하여 고모부 되는 사람과 아들딸을 낳고 잘 살았다. 과수원을 키워 재산도 많이 모은 고모네는 나이 들어서는 두 분이서 테니스를 치러 다닐 정도로 여유 있게 취미생활도 하였고 금실도 좋았다. 그러니 이제 와서 그 과거가 무슨 문젯거리가 될 것인가. 그리고 누가 그것을 기억이나 하겠는가. 그러나 고모의 마음은 그것만은 아니었던 모양이다. 임종 때 고모가 다른 사람들을 물리치고 엄마에게 말하였다.

“언니만은 나의 결백을 알아 달라”고.

“결백을?”

“자신이 남자를 밤중에 담을 뛰어넘게 만든 ‘나쁜 여자’가 아니라는 것을 믿어 달라는 것이지.”

이야기는 다시 원점으로 돌아가고 말았다. 고모가 평생 가슴속에 담고 지내온 ‘순결 콤플렉스’, ‘나쁜 여자 콤플렉스’가 임종 때까지도 그녀를 가만두지 않았던 것이다. 그녀는 촌수는 멀긴 하지만 그래도 집안의 올케 되는 이에게 자신의 결백에 대해서, 자신은 밤중에 남자를 집에 끌어들이는 그런 ‘부정한’ 여자가 결코 아니었다는 것을, 그 억울함이 평생 마음의 짐이었고 그림자였다는 것을 죽음의 자리에서까지도 기어이 밝히고 싶었던 것이다.

2

우리 집 옆집에 살던, 내 딸의 학교 친구인 백인 소녀 마거릿이라는 아이의 아빠는 마거릿의 엄마와 이혼을 한 뒤에도 바로 그녀의 옆집에 살고 있다. 마거릿의 아빠가 마거릿의 엄마와 살고 있었을 때 그 옆집 여자와 어떻게 해서 사랑을 하게 되어 결국 마거릿 부모의 결혼관계는 깨지게 되었고 드디어 이혼을 했다.

이혼을 한 뒤 그는 옆집 여자와 동거를 하고 있다. 그러나 동거라고는 해도 겉으로 보아서는 결혼한 사람들이나 똑같은 생활을 하고 있다. 그 옆집 여자는, 실내장식 전문가인 첨단의 멋쟁이, 마거릿의 엄마보다 훨씬 멋이 없고 뚱뚱하고 무뚝뚝한 여성인데 사랑은 그런 외적 조건과는 무관한가 보다.

마거릿의 아빠가 쓰레기 봉지를 가지고 나오다 마거릿의 엄마를 집 앞에서 만난다. 그러면 나지막한 관목 울타리 옆에서 둘은 그렇게 이야기꽃을 피운다. 웃음소리가 우리 집까지도 다 들려온다. 마거릿의 엄마가 맛있는 음식을 하면 접시를 들고 그 집 앞에 가서 스티브— 스티브— 하고 부른다. 그러면 마거릿의 아빠는 청소를 하다 말고 팔을 걷어붙이고 나와서 그 음식 접시를 받는다. 음식 접시를 들고 두 사람은 또 이야기꽃을 피운다. 그는 이혼한 전처의 옆집에 사는 것이 매우 만족스러워 보인다. 아이들도 만날 수 있고 아이들의 숙제도 돌보아 줄 수 있으니 행복하다는 것이다. 왜 이혼을 했는지 남들은 알 수가 없을 정도로 다정한 사이다.

마거릿의 엄마에게도 젊은 연인이 있다. 딸의 학교에서 행사가 있어

가보니 마거릿의 보호자로 그 남자가 기타를 들고 참석하였다. 노래도 잘 부르고 사귐성도 좋고 인물도 잘생겨서 학교 선생님도 아이들도 다 그를 좋아하는 듯 보였다.

마거릿의 아빠는 그 옆집 여인과(아니, 참 지금의 옆집 여인은 마거릿의 엄마지) 다정하게 울타리 가에서 일도 하고 나무도 옮겨 심고 신문도 보고 키스도 하고 포옹도 한다. 그 여인의 아이들을 차에 태우고 소풍도 가고 수영장도 가고 그런다. 그러다가 마거릿이 지나가면 하이— 하고 손을 치켜든다. 마거릿의 엄마도 그 젊은 기타리스트와 외출을 하며 다정하게 어깨를 껴안고 지나간다.

마거릿은 마거릿 엄마의 연인인 그 기타리스트가 돌보고 마거릿의 아빠는 그 옆집 여자의 아이들을 돌본다. 두 가족이 같이 수영장도 가고 피크닉도 간다. 이렇게 되면, 이혼을 하면 천추의 한이 남아 평생 다시 만나지 못하는 관습이 있는 나라에서 온 나 같은 사람은 머리가 빙빙 돌게 된다. 그들은 왜 이혼을 했는가? 저것이 과연 이혼인가?

분방한 샌프란시스코 근처의 지역 특성상 게이나 레즈비언 커플들도 주변에 살고 있었다. 그들은 그것을 감추려고 하지 않기 때문에 지붕 위에나 담장 옆에 무지개 사인을 걸어 둔다. 무지개 사인이 걸려 있는 집이나 자동차는 바로 동성애자들의 것들이다. 버클리대학에서 가르칠 때 내가 일하던 학과의 과장 교수가 게이였다. 그리고 캠퍼스 주변에서 게이 친구도 알게 되었지만 단지 성적 취향이 이성애(異性愛)자가 아니라는 것밖에는 별달리 이상한 점을 발견하지 못했다. 무언가 범죄적으로 무시무시한 점이 있으리라는 통념과는 달리 그들이 나와 똑같이 때로는 나약하고 때로는 부드럽고, 때로는 우울하며 때로는 밝고, 공적인 규칙에 따라 사무적인 일을 처리할 수 있는 상식적인 사람들이라는 것을 알고 나는 그 동안 자신을 옭아매고 있었던 '도덕은 하나요 그 도덕은 단군 신화에서 나온다'라고 생각했던 무언가 절대적인 규범의 껍데기들이 파쇄되어 무너지는 것을 느낄 수 있었다. 상대주의 문화가 있을 때 인간은 한 규범의 절대성 안에서 질식감을 느끼지 않을 수 있고 나와 다른 사람들에 대해 그 차이를 인정하는 부드러운 관용의 마음을 가질 수 있게 된다는 것을 알았다.

3

나의 먼 친척 고모. 그 고모의 이야기를 엄마에게서 들으며 마거릿 부모의 밝고 즐거운 얼굴과 선량한 표정으로 열심히 살려고 노력하는 게이 친구들의 얼굴이 떠올랐다. 항상 머리 위를 후려치려고 우리의 머리 위 바로 어느 허공중에 매달려 있는 도덕이라는, 인습이라는, 한 나라의 문화라는 무시무시한 규범의 도끼날. 고모는 문화나 도덕, 인습, 지배 이데올로기라는 것이 아주 상대적이어서 배를 타고 또는 비행기를 타고 조금만 나가 보면 그것들이 별달리 힘을 쓰지 못한다는 그 단순명쾌한 사실을 모르고 돌아가셨다. 인습의, 풍습의, 도덕의 절대성에서 한시도 자유롭지 못하고 남들이 자신을 '나쁜 여자'라고 볼지도 모른다는 '나쁜 여자 콤플렉스'에 빠져 임종의 자리에서까지 엄마에게 그런 고백을 남겼다는 것이 서글프게 느껴졌다.

시카고에서 크게 성공하여 잘 살고 있는 한 선배, 그가 미국으로 이민을 간 것은 자기 아내가 불쌍해서였다고 한다. 그는 한때 막강했던 가문의 17대 종손인데 그가 1년에 지내야 했던 제사가 30개가 넘었다고 한다. 어떤 때는 한 달에 두세 개의 제사가 몰려 있어 자고 나면 제사요 돌아서면 제삿날이 오더라고 했다. 제사 때면 참여자가 보통 어른들만 50여 명이 되어 집이 좁아 마당에 차일을 치고 제사에 참여한 친척들을 맞이해야 했다. 시집 와서 짐승처럼 일에 허덕거리며 숨 돌릴 겨를도 없이 제사 일에 매여 돌아가는 아내가 너무 불쌍하여 어느 해인가는 그가 같은 달 안에 들어 있는 제사들을 한 번으로 합쳐서 한 달에 한 번씩만 제사를 지내면 어떻겠느냐는 의논을 문중의 어른들께 올렸다가 당장 " '나쁜 여자'가 종부로 들어와 우리 문중을 망쳤구나"라는 탄식과 비난을 들어야 했다. 하늘에 계신 조상님들을 부르며 손바닥으로는 땅을 치는 분위기였다고 한다.

그래서 선배는 비통한 마음으로 미국 이민을 결정하였고 미국에 와서는 제사에서 해방되었다고 한다. 제사에서 해방되고 나자 오히려 조상에 대한 정성스러운 추모의 마음이 돌아오더라는 것이다. 돌아가신 부모님 기일에는 향을 피워 혼을 초대한 다음 아름다운 꽃을 놓고 간절한 감사의 마음과 회고의 정(情)을 바친다고 한다. 패악무도한 종손이 되기까지의 끔찍한 그 과정을 말로 해서 무엇 하랴. 단지 그는 사랑하는 아내가 한 달에도 몇 번씩 제사 일에 몸을 다 바쳐 죽어라 일만 해왔는데도 순식간에 모든 친인척들로부터 '나쁜 여자'로 매도되는 그 남성 중심주의적 폭력을 계속 견디기는 어려웠다고 하였다.

4

같은 하늘 아래 살면 같은 것을 믿고 다른 하늘 아래로 가면 다른 것을 믿는다. 지구가 둥글다는 것, 그래서 여기저기로 가면 이런저런 하늘이 있다는 것을 나의 고모는 평생 알지 못했던 것이다. 그것이 그녀의 가장 슬픈 점이라고 할 수 있겠다.

여기에서 악인 것이 저기에서는 극악한 악이 아닐 수 있고 그저 있을 수 있는 인간의 숙명적 약점에 의해 발생한 것으로 치부되기도 하며, 여기에선 절체절명의 선인 것이 저기에선 특별한 강제적 의미를 갖지 못하는 평범하고 사소한 것에 지나지 않을 수도 있다. 어떤 것이 더 좋고 어떤 것이 더 나쁘다는 차원이 아니라 그렇게 우리는 자신을 옭아매고 있는 동아줄의 정체에 대해서 상대주의적 시각을 가지고 의심을 해보아야 진정한 자유와 평화를 얻을 수 있다는 것을 말하고 싶다.

자유란 그저 주어지는 것이 아니라 자기와의 싸움을 통해서 스스로 획득하는 것이다. 그래서 다른 하늘 아래로 자주 왕래하고 타자의 눈으로 자기 자신을 한 번 바라보는 것이 자기 고질(痼疾)을 고칠 수 있는, 자기 개방화를 통해 자유를 기를 수 있는 좋은 방법이라고 생각해 본다.

여기의 나쁜 여자가 저기에선 나쁜 여자가 아닐 수 있고 저기의 나쁜 여자가 여기에선 나쁜 여자가 아닐 수 있는, 그런 상대주의적 관점을 가지고 보면 인생은 그렇게 꽉 막힌 벽의 감옥이 아닐 수도 있을 것 같다.

새롭게 눈뜨는 아침

----◆◆◆◄◄----

아침에 일어나면 다른 얼굴, 다른 목소리가 되어 있다면 얼마나 좋을까
— 그런 것을 꿈꾸어 본 적이 있는가. 그런 꿈을 아주 강력하게 가진 적
이 있었다. 그것은 성형수술을 하고 싶다거나 목소리 변성수술을 받고
싶다는 그런 차원의 것이 아니다. 더 아름다워지고 싶고 더 매력적인 목
소리로 변하고 싶다는 그런 것이 아니고 '딴 사람이 되고 싶다. 현재의
나와는 달라진 나를 보고 싶다'는 꿈일 것이다. 그것은 우렁이 각시의 얼
굴에서 홀연 우렁이 껍데기가 떨어지고 박 씨 부인의 추한 얼굴에서 홀
연 우글우글했던 가면의 살갗이 흘러내려 떨어지는 것 같은 '눈부신' '신
생(新生)의 순간'에 대한 그리움이다.

아침에 일어나면 정말로 거짓말처럼 다른 얼굴, 다른 목소리가 되어
있다면 얼마나 좋을까. 그런 꿈을 꾸어 보지 않은 사람은 아무도 없을 것
이고 만약 그런 사람이 있다 해도 결코 인간으로서 사랑스러운 점을 가
지지 못한 사람일 것이라고 나는 생각한다. 그런 사람이라면 지금-나-
현재의 울타리를 넘어서 가로질러가 보려는 유랑의 마음을 한 번도 가져
보지 못한 사람일 것이기 때문이다. 현재라는 시간을 벽으로 느껴 보지
못한 사람일 것이기 때문이다. 새장이 너무 좋다고 생각하는 사람일 것

이기 때문이다.

아침에 일어나면 다른 얼굴, 다른 목소리가 되어 있다면 얼마나 좋을까라는 꿈에는 유랑의 마음이 들어 있다. 인간은 누구나 자기의 얼굴에 손상을 입히고 일그러뜨리기도 하면서 살다가 세상을 떠나야 하는 존재다. 그런 점에서 얼굴이란 인간에게 몇 안 되는 '절대의 조건'일 수 있고 목소리 또한 그러하다. 세상에 같은 지문을 가진 사람이 하나도 없듯이 그것들이 본질은 아니지만 적어도 '나'의 움직일 수 없는 조건이 된다는 것은 사실이다. 그런 조건, 한계 상황을 수긍하면서도 다른 얼굴, 다른 목소리를 가질 수 있다면… 하는 꿈을 가진다는 것은 좀더 다른 나, 좀더 다른 세상, 좀더 다른 운명을 향한 변화의 욕망을 포기하지 않았다는 것이다.

· 어느 날 아침, 낯선 얼굴로

변화를 꿈꾸고 있는 한 인간에겐 늙음이 있을 수 없고 썩음이 있을 수 없다. 그리고 하늘의 구름과 친구가 될 수 있고 흘러가는 시냇물과 자매가 될 수 있기 때문에 나는 그런 마음을 가진 사람을 사랑한다. 아니 그런 종류의 꿈 따위는 한 번도 가져 본 적이 없다는 표정을 짓고 있는 사람을 나는 경원한다. 믿을 수가 없다. 장롱 같은 사람, 쌀통 같은 사람, 예금통장 같은 사람, 오피스텔 같은 사람을 나는 싫어하기 때문이다.

과연 아침에 일어났을 때 자신이 다른 얼굴, 다른 목소리를 가진 것을 한 번이라도 느껴 본 적이 있는가. 대학시절 내가 좋아했던 니체의 철학책을 읽으며 밤을 거의 새우고 새벽에 잠깐 눈을 붙이고 일어나 언덕 위에 올라 떠오르는 해를 바라보았을 때, 신춘문예 당선 시가 되었던 〈그림 속의 물〉을 쓰고 펜을 놓고 잠깐 잠든 동안 연탄가스를 마시게 되어 아침에 일어났더니 몸 안에 황홀한 현기증이 가득 차 몸이 날개라도 단 듯이 붕— 하고 지상을 박차고 떠오르는 기분이 들었을 때, 첫아이를 낳고 죽은 듯이 잠들었다가 신새벽에 눈을 떠서 그 하염없이 외로운 조그만 아기의 빠알간 얼굴과 송편만 한 발을 아무 생각도 없이 쳐다보고 있었을 때, 그런 때. 그렇게 움직일 수 없는 우리 삶에서 질적 변화를 일으키는 몇 개의 모멘트가 우리의 삶에는 또한 놓여 있기도 하다. 지루한 시간의 권태와 의미를 찾을 수 없는 되풀이의 지속을 구원해 주는 것은 바로 그런 순간들이다. 갑자기 자신이 다른 얼굴, 다른 목소리로 태어나는 것 같은 희열의 순간. 그런 순간들을 징검다리삼아 우리는 가끔은 지루한 시간의 길들을 나풀대며 뛰어갈 수가 있는 것 같기도 하다.

　인생이란 국수처럼 가냘파 보이기도 하지만 의외로 질기디 질긴 지속의 힘을 가지고 있기도 하다. 다른 얼굴, 다른 목소리에 대한 꿈은 나를 멀리멀리 이방의 언어를 쓰는 나라들로 데리고 가기도 했다. 세상에서 가장 아름다운 해변 중의 하나라는 바닷가가 바로 언덕 너머에 있는 도시에서 살아보기도 했고 세상에서 가장 아름다운 다리가 건너다보이는 대학촌에서 살아보기도 했다. 이방의 땅에서 내가 잘 알아듣지 못하는 이방의 말들 속에 있을 때 어떤 면에서 나의 마음은 아주 단순하고도 평화스러웠다고 할 수도 있다. 왜냐하면 언어의 합계가 바로 고뇌의 합계요 현실의 무게의 합계라는 것을 알았기 때문이다. 몇 줌 안 되는 말들만을 가질 때 우리는 몇 줌 안 되는 현실의 무게만을 체감할 수 있게 된다. 그런 가벼운 단순성, 나 자신을 하나의 타인으로 바라볼 수 있게 되는 낯선 체험이 좋기도 했었다.

그리하여, 그런 '새로운' 공허가 좋아서 그 나라의 말을 좀더 많이 배우려는 노력을 별로 해보지도 않았다. 언어 속에는 그 세계의 의미가 부하(負荷) 되어 있고 그 세계의 가치체계가 장전(裝塡) 되어 있기 때문이다. 단순한 언어만 알면 단순한 생각만 하게 된다. 그리고 참으로 사람이 살아가는 데에는 그렇게 많은 말들이 필요치 않음을 나는 알게 되었다. 그것은 다른 얼굴, 다른 목소리를 가지게 된 것만큼이나 신나는 발견이었고 평화였다. 그러나 아무도 귀머거리나 벙어리를 자유롭다고 하지 않듯이 그런 평화, 그런 단순의 미(美) 는 오래 즐길 수는 없었다. 그런 새로움도 있을 수 있다는 것을 느낀 것이 중요하다는 것이다.

· 유랑의 마음아, 살아 있어라

아직도 나는 '내일 아침이면 다른 얼굴, 다른 목소리로 깨어나고 싶다'는 꿈을 가진다. 생활은 이 도시의 한 의자에서 붙박이 정착민으로 꾸려가고 있지만 유랑의 꿈은 언제나 유리창 밖에서 그리운 눈동자처럼 나를 쳐다보고 있다. 그런 순간이면 나는 인터넷을 켜고 해외여행을 한다.

내가 몇 년 동안 한국 문학을 가르쳤던, 캘리포니아의 버클리대학이 보고 싶으면 나는 인터넷으로 들어가 그 대학 홈페이지로 간다. 그립고, 가서 모르는 사람들 속에 섞여 거닐고 싶은 그 대학가가 바로 내 눈앞의 화면에 떠오르고 그곳을 지나가고 있는 '자유라는 이름의 향기'를 뿜어내는 백인 학생들, 흑인 학생들, 아시안 학생들의 움직이는 모습도 볼 수 있다. 〈데일리 캘리포니안〉이라는 이름을 가진 그 대학 신문도 오늘 나온 것으로 당장에 읽을 수 있다. 꼭대기 층에 수천의 종(鐘) 이 있는 연주

실을 가진 시계탑 새더타워가 가리키는 현재 시각까지도 알 수가 있다. 또 캘리포니아 해변으로도 갈 수 있다. 이 시대는 유랑의 꿈을 아주 편리하게 이루도록 해 놓았다. 그러나 그런 방법으로는 다른 얼굴, 다른 목소리로 태어나는 것 같은 존재의 갱신(更新)감, 신생의 희열을 느낄 수가 없다. 다만 거기에는 눈앞에 보이는 과일을 따 먹으려고 하면 수면의 물이 줄어들어 몸이 아래로 내려가기 때문에 결코 그 과일을 따 먹을 수 없는 탄탈로스의 슬픈 갈증이 있을 뿐이다.

결국 무엇을, 새로운 것을 본다는 것만으로는 존재의 갱신이 되지 않는다는 결론을 나는 인터넷 여행으로 얻을 수 있었다. '본다'는 시각적 경험 외에도 현지의 바람의 향기, 소리, 촉감, 미각, 근육감각적 체험들과 더불어 그때 내가 마음속에 가진 고통과 희열, 외로움, 잡념 등 나의 내면이 덧붙여져야 비로소 존재의 체험이 되는 것이다.

다만 나는 아직도 내 마음 속에 유랑의 마음이 줄어들지 않았음을 기뻐한다. 그리고 언젠가 또다시 구름과 같은 유랑을 할 수 있는 시간과 돈이 생기기를 소망한다. 그런 마음이 있는 한 썩지 않는 꿈을 유지할 수 있고 내가 장롱과 같은, 예금 통장과 같은, 쌀통과 같은, 오피스텔과 같은 존재로 굳어지는 것을 방지할 수 있다고 생각하기 때문이다.

그리고 언젠가 유리창 바깥에 흰 구름들이 하나도 없어지는 날 내 마음속에서 그 유랑의 꿈은 멈추리라고 생각한다.

발은 여분이다

-->>>o0o<<<--

보브 위랜드. 베트남 전쟁에서 건장한 두 다리를 잃어버리고 두 팔과 엉덩이만으로 3년 8개월 6일 만에 미국 대륙을 횡단했던 사람. 그 거대한 땅덩이인 미국 대륙을 처절한 인내심과 진지한 용기, 인간의 한계를 돌파하는 초인적 정신력으로 횡단한 후 경악하는 사람들에게 "발은 여분이다"라고 말했던 사람. 어떻게 그 몸으로, 하반신이 없는 그 몸으로 그런 일을 할 수 있었을까? 하고 온 세계가 입을 벌리고 물었을 때 자신의 두 팔과 허리, 엉덩이를 눈빛으로 가리키면서 자랑스럽게 했던 말.

"발은 여분이다."

당신은 발이 있는가? 그래서 어디든 자신이 원하는 곳으로 신발을 신고 자신이 원하는 시각에 출발할 수 있는가? 그렇다면 당신에게 절망이 없다고 그는 말하고 있다. 당신은 꿈이 있는가? 그래서 밤이든 낮이든 그 꿈을 기억하며 어떤 현실의 고통도 어떤 가혹한 상실도 견뎌낼 수 있는가? 그렇다면 당신에게 불가능이란 없다고 그는 말하고 있다. 발이 없다고 가고 싶은 데로 가지 못하는 것. 돈이 없다고 실력이 없다고 집안의 배경이 없다고 또 무엇 무엇이 없다고 삶의 의욕을 중단하고 더 이상 노력을 중단하고 검은 절망 속에 절퍼덕 주저앉는 것. 절망이 얼마나 편한 것이고 희망이 얼마나 고통스러운 것인지를 그는 보여준다.

두 팔과 엉덩이만으로 앉은뱅이걸음으로, 때로는 배로 기어서 보브 위랜드로 하여금 미 대륙을 횡단하게 한 그 희망이란 대체 얼마나 괴물스러운 것인가? 그렇다. 때로는 희망이 괴물스럽고 절망이 편안한 때가 있는 법이다. 어떤 꿈도 더 이상 자기를 괴롭히지 말고 조용히 절망 속에 버려두고 꺼져달라고 울부짖고 싶은 때가 누구에게나 있는 법이다. 그러나 그는 멈추지 않았다. 결코 자기를 그만두지 않았다. 인간은 어떤 불행의 어둠 속에서도 본능적으로 빛을 향해서 가는 향일성의 촉수를 가지고 있다는 것을 그는 온몸으로 보여주었다. 인간은 향일성이다. 어둠보다는 빛을 향해서 가고 싶어 한다.

발은 그래서 여분이다. 두 팔과 엉덩이만으로 3년 8개월 6일 동안 미 대륙을 횡단한 사람에게 발은 있으면 좋겠지만 없다고 해서 자신을 송두리째 절망 속에 주저앉힐 수 있는 절대적인 명제는 아니다. 발이 없기 때문에 갈 수가 없다고 절망 속에 주저앉는다면 그는 그런 모든 핑계를 잃어버린 발에 대고 있는 자기 자신을 용서할 수가 없었기 때문에 가고 가고 또 갔던 것인지도 모른다.

발이 없다고 해서 방 안에만 갇혀 있는 자기 자신이 결코 용서되지 않는 사람이 있는가 하면 돈이 없어서 시간이 없어서 부모가 없어서 좋은 운이 없어서 기회가 없어서 그만 다 팽개쳐버리고 마는 사람들도 있다. 대부분의 사람들은 후자에 가깝다. 나부터도 그렇다. 언제나 시간 타령이고 언제나 운 타령이다. 지금 내가 핑계를 대고 있는 모든 것이 사실은 여분일 뿐이라는 것을 스스로 감추어 준다. 그러므로 실패나 좌절이란 사실은 나와 그 여분의 것들과의 공모이다. 내가 하기 싫기 때문에, 실패가 두렵기 때문에, 게으르기 때문에, 용기가 없어서 못하는 일들을 언제나 그 여분의 탓으로 돌리고 있다. 게으르게 불평이나 하고 마는 것이 더 편하기 때문이다. 희망을 갖는 것이 귀찮기 때문이다. 언제나 핑곗거리는 남아돌기 때문이다.

가만히 생각해보면 나에게는 너무도 과분한 여분이 많이 있다. 그런데도 왜 항상 무엇인가가 부족하여, 왜 항상 무엇인가가 더 그리워서, 왜 항상 무엇인가가 더 탐이 나서 야자수처럼 활짝 편 마음을 가지기를 두려워하고 있는 것일까? 왜 현대인은 모든 것을 미래 시제에다 걸어 놓고 현재를 결핍으로 어두운 것으로 만들어 놓아야만 직성이 풀리고 안심이 되는 삶을 살고 있는 것일까? 왜 현대인은 한 번도 진지하게 현재 있는 것만 가지고 행복과 평화의 사원을 지을 수 있다고 생각을 못하는 것일까?

사질(砂質)의 땅에 큰 날개 같은 양팔을 펼치고 서 있는 키 큰 야자수들을 생각한다. 내 마음에 그 키 큰 야자수들을 몇 그루 초대해 심어보고 싶다. 양팔을 야자수처럼 크게 벌리고 힘을 다해 큰 숨을 내쉬면 나를 가두고 있는 욕망의 악령들이 다 빠져 달아날 것 같다. 악령의 욕망들을 다 내보내고 지금 나에게 있는 것들만으로 무슨 희망을 만들 수 있는지 생각해보고 싶다. 발이 여분이듯이 많은 것이 여분인데 고마움을 외면한 채 언제나 잘난 절망의 집 한 채를 지고 다니는 달팽이의 오만함을 나에게서 발견한다. 그 오만은 너무도 단단해서 쉽게 깨어질 수가 없다.

좋은 음악가이자 좋은 음악교육가이며 시인이기도 한 이강숙 선생님 댁의 강아지 이름이 '감사'라고 한다. 감사하다는 것은 너무도 쉽게 잊힐 수 있기 때문에 하루에 몇 번이라도 '감사'를 기억하기 위해서 애견의 이름을 '감사'라고 지었다고 한다. 그렇다. 있는 것들은 감사하고 잃어버린 것들은 여분으로 돌리면 그만이다. 그 쉬운 것을 그렇게 못한다.

"발은 여분이다."
나의 두 발과 두 다리를 잠잠히 내려다보았다. 거기 건강한 두 다리가, 두 발이 가지런히 놓여 있었다. 그것들은 내 생각과 의지에 따라 어디든지 금세 갈 수가 있다고 말하려는 듯하였다. 미국 대륙도 횡단할 수 있고 유럽 대륙도 아프리카 대륙도 몽고 사막도 다 횡단할 수 있다고 자신의 뜻을 전하고자 하는 것 같았다. 거기 너무도 과분한 '여분'이 건강하게 아름답게 나를 올려다보고 있었다. 그렇다. 나에게는 너무도 많은 여분이 있다.
나는 일어서서 바깥으로 나갔다. 마치 아름다운 한 개의 우표가 된 듯세상 어디든지 생명을 다하여 갈 수 있을 것 같고 세상의 무슨 일이든지 생명을 다하여 막 하고 싶었다. 투명하고 파란 하늘의 칠판 위에다 구름의 하얀 손가락이 멋진 필기체 글씨로 '발은 여분이니…' 라고 쓰면서 유유자적 홀로 흘러가고 있었다.

176

《여성이야기》 2003

엄마와 딸, 그 치명적 사랑

·엄마는 자연의 여인숙?

눈이 많이 내린 날 아침 눈길에 운전하는 것이 마음에 내키지 않아 버스를 타고 학교엘 가기로 했다. 내가 버스를 타고 난 뒤 다음 정거장쯤에서 눈썹 위로 앞머리를 자르고 빨간 모자를 쓴 영리하게 생긴 계집아이 하나와 그녀의 젊은 엄마가 올라탔다. 내가 타고 가던 좌석버스는 사람이 그렇게 붐비지는 않아 대개 2인용 좌석에 혼자씩 앉아 있었고 또 2인용 좌석도 두어 개가 비어 있었다. 버스에 올라탄 엄마가 아이와 함께 2인용 빈 좌석에 앉으려고 하자 작은 계집아이는 "아니. 난 다른 데 앉을 테야"라고 말하며 다른 자리로 가 앉으려고 하는 것이었다.

"너 그러면 다른 사람하고 앉아야 하는데? 이리 와"라고 말하며 엄마가 아이를 자꾸 자기 옆자리에 앉히려고 하는데도 그 조그만 계집아이는 "아니. 나는 다른 사람하고 앉는 게 더 좋단 말이야"라고 말하며 기어코 엄마의 말을 박차고 혼자 앉아 있는 아줌마 옆자리에 털썩 앉아버리는 것이었다.

엄마는 그것이 서운한 듯했다. 그것이 서운해서 계속 자기 아이를 바라보고 있는데도 그 조그만 무정한 아이는 엄마의 시선 따위는 아랑곳하지 않고 연방 창밖을 바라보며 씩씩하게 갔다. 어디쯤 가니까 아이 옆자리에 앉아 있던 아줌마가 버스에서 내렸다. 그러자 마치 그 순간을 포착하려고 애써 기다리고나 있었다는 듯이 아이의 엄마가 재빨리 달려 나가 그 조그만 아이의 옆자리에 앉았다. 드디어 모성이 홈런을 날린 것이다.

그리고선 아이에게 연방 흐뭇한 안심의 표시를 보내건만 아이는 시큰둥해서 자기 엄마 쪽은 바라보지도 않고 있었다. 무정한 어린아이. 눈썹 위로 앞머리를 자르고 눈길이 선명한 그 고집스러운 아이. 혼자 있기 좋아하고, 엄마가 자기 옆자리를 침범하지 않기를 바라는 그 조그맣고 발랄한 아집 앞에서 난 어느 날의 나를, 엄마와 나 그 모녀의 풍경을 떠올리고 있었다.

엄마와 떨어져 앉기를 좋아하게 되는, 그것을 시작하는 나이가 있다.

갑자기 엄마가 나의 산소를 빼앗는 존재처럼 느껴질 때가 누구에게나 온다.

· 우리는 엄마의 무게 아래 신음한다

유태인 중산층 집안에서 태어나 유태인 어머니에게서 엄격한 교육을 받았으나 그 분위기를 못 견뎌했던 시인 애드리안 리치의 말처럼 "우리는 당신의 무게 아래서 신음했다"(애드리안 리치, 〈딸들의 애도를 받는 한 여자〉 중)는 것을 느끼는 순간 갑자기 엄마가 나의 산소를 빼앗는 존재처럼 느껴진다.

만약 모든 모녀간이 그렇다면 엄마란 존재는 과연 무엇인가? 딸들을 자기 방식으로 사랑했다는 죄밖에는 아무것도 모르는 그녀들은?

그 죄는 한 세대에서 또 한 세대로 영원히 이어지고 있는데 모든 딸들이 모든 엄마의 무게 아래서 신음한다고 말하며 엄마와 떨어져 앉기를 고집하는 건 왜일까?

〈날기가 두렵다〉로 폭발적인 인기를 모았던 에리카 종의 시 〈어머니〉에서 모든 딸들이 느끼는 엄마의 무게라는 것이 과연 무엇인지를 엿볼 수 있을 듯하다.

내 집의
지붕 위로 재가 떨어진다.
나는 당신을 충분히 저주했었지
내 시행(詩行) 안에서,
시행 사이에서,
스모그가 가득 낀 하늘에서부터
물탱크 위로
재의 송이들처럼
떨어지고 있는 침묵들 속에서

나는 당신을 증오했다
바다표범 모피 외투 위의
기쁨의 냄새를
내가 기억하기 때문에
그리고 엄마의 피를 받고서도
흘러 다니는 붉은 유빙 위에 앉아 있는
아기 바다표범보다 더 버림받았다고

내가 느끼기 때문에

나는 당신을 저주했다
거리 위 높이 있는
콘크리트 테라스 위에서 걷거나 기도할 때
멍든 하늘로부터
내가 멍든 손을 가지고
내가 잡아당기는 것이 무엇이든 간에,
어떤 사랑스러운 자두가
내 입으로 오든지 간에
당신은 나를 부러워했고,
뱉어내버렸기 때문에

왜냐하면 당신은 당신의 이미지 안에서
나를 보았고
당신은 나를 사랑했고
나를 심판했기 때문에

— 에리카 종, 〈어머니〉 중

　‘왜냐하면 당신은 당신의 이미지 안에서/나를 보았고’, 바로 이 구절
이다. 눈썹 위로 머리를 짧게 자른, 선명한 눈동자를 가진 그 여자아이
가 버스 안에서 어머니와 따로 떨어져 앉으려고 했던 것은. ‘당신은 당신
의 이미지 안에서 나를 보았고/당신은 나를 사랑했고/나를 심판했기 때
문에’ 우리는 자신의 어머니와 버스 안에서 한자리에 함께 앉아 오랫동
안 가고 싶지는 않은 것이다.

・비행기 속 엄마와 딸의 전쟁

그 여자아이를 바라보면서 나에게도 그런 경험이 있었음을 기억해냈다.

지금으로부터 10여 년 전이다.

뉴욕발 서울행 비행기 안에서였다.

처음 엄마와 나는 별다른 자의식 없이 나란히 앉아 있었다. 기내의자에 나란히 앉아 있는 중년의 딸과 어머니는 다른 사람들의 눈에는 그저 사이가 좋은 모녀로 보였으리라. 하긴 비행기가 막 이륙한 그때까지만 해도 장장 열두 시간에 걸친 비행시간 동안 서로 나란히 앉아 온다는 것이 어떤 일을 야기할 수 있는지에 대해선 서로 아무것도 몰랐다.

비행시간 열두 시간. 그것은 엄마와 딸, 그 두 괴물의 내면에 있는 심리의 마그마를 폭발시킬 수 있는 너무나도 긴 시간이라는 것을 아무도 예감할 수 없었던 것이다.

그때 엄마는 뉴욕에 있는 이모 집에 결혼식이 있어서 뉴욕에 왔던 길이었고 나는 일 때문에 아이오와시티에서 3개월을 체류했었는데 그 일을 마치고 뉴욕으로 가서 엄마와 합류하여 귀국길에 오른 것이었다. 엄마와 나는 그런 동행의 시간이 반갑기도 했다. 서울에서야 서로 자주 만날 수도 없을뿐더러 집안 제사나 누구누구 생일 때 북적이는 속에서 만나 이야기도 못하고 금방 헤어지는 것이 고작이므로 뉴욕-서울 간 열두 시간의 비행은 꿈에 그리던 좋은 기회이기도 했다.

그런 좋은 기회를 위스키 두 병 때문에 다 망쳐버렸다는 것을 누가 이해해줄까? 2만 피트 이상의 드높은 창공에서 모녀는 무서운 싸움을 벌이기 시작한다.

유나이티드 항공 검색대에서 짐가방을 화물로 부칠 때 "이 가방 안에 술병이 있느냐?"는 여직원의 형식적인 질문에 나는 "노"라고 대답했다. 누가 화물칸으로 들어갈 짐가방에다 술병을 넣겠는가? 그런데 엄마가 나를 바라보며 짐가방 속에 술병이 있노라고 눈짓을 하는 것이었다. 나는 다시 대답을 수정하여 "짐가방 안에 술병이 있다"고 말했더니 그 병을 꺼내지 않으면 가방을 실어줄 수가 없다고 하는 것이었다.

그때 그 복잡한 공항 바닥에서 시간에 쫓기며 황급하게 두 개의 짐가방을 풀고 다시 쌌던 생각을 하면 지금도 화가 난다. 엄마는 무게 초과가되지 않도록 공평하게 가방 두 개에다 한 병씩 넣어놓았기 때문에 술병을 찾기 위해서는 가방을 두 개나 풀어야 했다. 그것들을 찾아서 꺼내는데 아마도 10분은 족히 흐른 것 같다. 시바스 리갈 두 병.

사랑하는 아들에게 주기 위해 가방 안에 위스키 한 병씩을 넣은 어머니. 술을 너무 좋아하여, 술에 빠져서 허우적대다 이젠 술의 지배와 조종을 받고 술에 끌려 사는 그 미운 아들에게 그래도 위스키를 갖다 주고싶은 모정. 그것을 모정이라고 불러야 할까? 그것을 모정이라고 불러야한다면 모정이란 얼마나 밑도 끝도 없는 부조리이며 파괴이며 백치적이며 악마적인 것인가? 이야기가 이렇게 비약한다는 것이 바로 부조리이며 파괴이며 백치적이며 악마적이라는 것을 알면서도 엄마에 대한 미움은 그치지 않는다.

2만 피트 이상의 고공을 날아가는 비행기 속에서 엄마는 자신의 아들을 변호하기 위하여, 나는 그 무절제하고 끝 간 데를 모르며 너무나 본능에 치우친 모정의 역사를 심판하기 위하여 남들이 들을세라 목소리를 낮추어 무시무시한 충돌의 대화를 교환하고 있다. 언어의 경제법칙을 배운 딸인지라 가장 짧은 단어로 가장 끔찍하고 가장 치명적인 말을 내뱉는다. 바보, 멍청이, 광적 모성이라고. 2만 피트 높이를 날아가는 창공에서.

그러다가 엄마와 나는 드디어 서로에게 아직 칭칭 감겨져 있는 탯줄을 자르려고 가위를 번쩍 높이 들었다. 급한 벨을 눌러 스튜어디스를 부르고 다른 좌석으로 바꾸어 앉을 수 있는지를 물은 다음 황급히 서로에게서 떨어져 멀리 앉았다. 다행히도 앞쪽과 뒤쪽에 비어 있는 좌석이 있었다. 휴우.

엄마는 저쪽 앞자리로 가고 나는 한참 뒷자리로 갔다. 숨 쉴 거리를 서로에게서 구하려는 것처럼. 가위를 번쩍 높이 들어 그 뱀처럼 칭칭 휘감긴 탯줄을 싹둑 끊은 다음 좀 멀리서 마음의 평정을 얻고 엄마와 딸이라는 관계를 복원하기 위하여. 사랑하기 위해서 그렇게 거리가 필수적이라는 것을 그날 새삼 더 깨달았다. 엄마와 딸. 잘못 짝지어진 쌍둥이 혹은 권투선수와 샌드백.

나는 어떤 편에 속하는가 하면 어떤 때는 겉으로 독하고 이기적인 것처럼 굴지만 속으로는 엄마가 아프면 반드시 따라 아프는, 그런 민감한 타입의 딸이다. 내가 초등학교 4학년 때 엄마가 장티푸스에 걸린 적이 있었는데 나도 엄마를 따라 오랜 고열과 복통에 시달려 꼭 엄마가 아픈 기간만큼 나도 아파서 학교를 결석한 적이 있었을 정도다. 엄마가 울면 나는 속으로 더 울고야 마는, 그런 이유기 이전에 산다고 말해도 될 정도다. 나에게 이성이 약한가 하면 그건 아닌데도, 오히려 나는 정감적이고 모성지상주의인 엄마보다는 오히려 지극히 이성적이고 스파르타적인 아버지를 더 닮았음에도 불구하고, 엄마로부터 아직까지도 젖을 떼내지 못하고 있는 그런 타입의 딸인 것이다. 젖먹이형의 딸이라고 불러야 할까?

그래서 나의 문학과 나의 삶에서 엄마는 늘 가장 큰 테마가 된다. 결혼을 해서 이제 부모님과 함께 살았던 세월보다 떨어져서 살아온 시간이 더 길어졌음에도 불구하고 엄마가 어디 아프다거나 극도로 신경을 써야할 다급한 일이 생기면 '배꼽' 근처가 마구 가렵고 아픈, 그런 참으로 희귀한 '배꼽 증후군'조차 앓고 있을 정도다. 내가 밤에 잠을 이루지 못하고 '배꼽'이 아프고 가렵거나 배꼽 단추가 잡아당기듯 아플 때면 반드시 엄마에게 신경 쓸 무슨 일이 일어난 것이다.

그러고 보면 엄마는 아직도 나의 미신이고 우리 사이의 탯줄은 아직도 끊어지지 않았으며 그래서 그녀는 한쪽 끝에서 아직도 나의 탯줄을 청진기처럼 잡고 내 심장박동과 두개골의 혈류에 귀 기울이고 있다는 생각이 든다. 그것은 나 역시 마찬가지여서 나도 청진기처럼 탯줄의 이쪽을 잡고 서서 저쪽 환자의 심장박동과 두개골의 혈류를 진찰하고 있는 것이다. 이러한 딸과 엄마의 관계는 서로가 탯줄-청진기를 놓지 못하고 있기 때문에 환자-의사의 관계와 같고 또 서로 경계선을 갖지 못한 채 서로가 서로를 치료해주려고 덤비기 때문에 부담스러우며 애증이 혼재하는 복잡한 현상을 이룰 수밖에 없다. 에리카 종의 시는 계속 된다.

몇 년 동안
우리는 함께 살았지
똑같은 피부 아래

우리는 모피 코트를 나누었고
서로서로를 증오하기도 했다
영혼이 약해져가는 육체를 증오하듯이
마음이 음식을 원하는 위장을 증오하듯이
연인이 서로를 증오하듯이

나는 발로 찼다
당신의 이론의 주머니 안에서
아기 캥거루처럼

— 에리카 종, 〈어머니〉 중

그렇게 엄마와 딸은 얼마 동안 똑같은 피부 안에 살면서 옷을 나누어 입기도 하고 같이 쇼핑도 가고 음악회도 가고 전시회도 간다. 그러나 한 번 싸우면 그야말로 서로의 존재를 지워버릴 듯이 싸우기도 하는 것이다.

다시 에리카 종은 '나는 당신을 기쁘게 하려고/난센스를 말하기도 했다/가끔씩 그랬다//그것이 형식을, 물론/당신과 싸우는 형식을 가져왔다'라고 계속 쓰면서 드디어 '우리는 화려하게 싸웠다!' 라고 느낌표를 붙인다. 아무리 싸워도 딸은 사실 엄마의 이론의 주머니 안에서 발버둥치는 것이고, 아무리 발로 차고 난리를 쳐도 결국 엄마의 이론의 주머니 안의 발길질일 뿐이다.

캥거루 주머니 안에서 다 큰 딸은 엄마의 배를 발로 차는 것이다. 엄마의 이론을 찢고 밖으로 나가고 싶어서. 그러나 엄마와 딸의 탯줄은 끊어지지 않는다. 캥거루 주머니가 계속 넓어질 뿐이다. 딸에겐 이 세상 어딜 가든 결국 그 캥거루 주머니의 내부일 뿐이다.

우리는 권투선수와
그의 샌드백처럼 싸웠다.
잘못 짝지어진 쌍둥이처럼 싸웠다.
비밀스런 동업자와 그의 망령처럼 싸웠다.

— 에리카 종, 〈어머니〉 중

'권투선수와 샌드백', '잘못 짝지어진 쌍둥이'는 사랑의 관계이자 싸움의 관계라는 뜻일 거다. 사랑의 관계인데 왜 또 싸움의 관계일까?

엄마와 딸의 유사점— 남근, 즉 상징적 권력이나 그 현실적 힘에 접근하지 못하게 부인되어 있는 존재들. 또 하나의 유사점— 남성은 '인간'과 유사한 말이지만 엄마와 딸은 그것이 부인된 비독립적 인격체라는 점. 그런 점에서 모녀는 스스로 자기 빛을 발산할 수 없는 달의 숙명성을 공유한다. 하나의 태양을 에워싸고 있는 달은 여러 개일지라도 그 기능은 하나뿐. 해의 빛을 되비춘다는 것일 뿐. 그런 의미에서 엄마와 딸은 쌍둥이?

· 펜은 젖꼭지, 그리고 또 무엇?

그래서 '딸을 보려면 그 어머니를 보면 된다', '며느리를 고르려면 그 장모를 보고 골라야 한다' 등의 부담스러운 남성중심주의적 담론이 있는지도 모른다. 우리 세대는 "적어도 나는 엄마처럼 살지는 않을 테야!" 라는 '엄마 죽이기 선언문'을 채택한 거의 첫 세대에 속한다. 그래서 엄마처럼 살지 않겠다고 '엄마 부정' 선언으로 발버둥치며 살았지만 그러나 결국 엄마처럼 살지 않을 수가 없고 엄마와 나는 같은 질료로 되어 있다는 것을 깨닫고 '엄마의 몸을 긍정'했던 모순의 세대이기도 하다. 간신히 엄마와의 분리에 성공했어도 금방 또 그 이론의 캥거루 주머니로 되돌아가야만 한다.

이제 우리는 떨어졌다.

시간은 아이를 자궁으로 되돌려 치유하지 않는다.

분리는 사실이고

아이는 자라간다.

한 방울 한 방울 어머니들은

떨어져 사라져버리고,

연인들은 떠나고,

아이들은 옷보다 크게 자라간다.

누구는 만성 불면증에 걸리고

누구는 시인의 질병에 걸려

밤에 앉아

그들의 펜의

젖꼭지들로

양육한다.

나는 뜨거운 우유를 만들었고

당신이 있는 곳에서 당신에게 입맞춘다.

나는 나의 저주들을 저주했다.

공기를 정화했다.

그리고 지금 여기 앉아 쓰고 있다.

당신을 숨 쉬면서.

— 에리카 종, 〈어머니〉 중

에리카 종의 시 〈어머니〉는 이렇게 끝난다. 시간의 흐름에 따라 어머니는 한 방울 한 방울 떨어져 사라져버리고, 아이들을 자궁으로 되돌려 보내서 그들을 고칠 수는 없다. 결국 여인은 스스로 어머니가 되어 '뜨거운 우유를 만들게 되며' 또 누구는 펜대를 가지고 놀면서 '어머니 젖꼭지의 대용'을 만들게 된다는 것이다. 그러나 어머니를 긍정하든 부정하든 결국은 어머니를 호흡하면서 사는 것은 마찬가지다.

· 러시아의 '어머니 인형' 마트로시카 이야기

러시아엘 다녀온 후배가 두 개의 선물상자를 주었다. 하나를 열어보니 어머니 목각인형 마트로시카(Matryoshka)가 담겨 있었다. 그 상자 속에는 한 개의 어머니가 담겨져 있었지만 사실 그는 나에게 '어머니 하나'를 준 것이 아니었다. 어머니 속에 또 어머니가 있고 어머니 속에 또 어머니가 있는 것이 너무도 재미있어 끝까지 열어보니 일곱 개의 어머니가 한 어머니 속에서 나왔다. 채색이 화려한 헝겊 스카프를 머리에 쓰고 빠알간 볼에 검은 눈썹, 그리고 속눈썹까지 정교하게 그려진 통통한 인형을 돌려서 열면 그 안에 또 다른 인형이 나오고 그것을 열면 그 속에 더 작은 인형이 숨어 있다.

큰 어머니 속에 작은 어머니, 더 작은 어머니, 더 더 작은 어머니···. 엄지손톱 크기의 가장 작은 것까지 10개가 넘는 인형이 들어 있는 경우도 있다고 한다. 큰 인형 속에서 나오는 작은 인형은 크기만 다른 것이 아니라 자세히 보면 표정도 조금씩 틀리다. 서로 다른 어머니의 표정이 재미있어 그 일곱 분의 어머니들을 주욱 세워놓고 표정 감상을 해본다. 러시아에는 수천 가지도 넘는 다양한 마트로시카가 있다고 한다. 그 수

천 가지도 넘는 마트로시카를 다 주욱 세워놓고 구경해볼 수 있다면 얼마나 좋을까. 언젠가는 마트로시카 인형을 더 많이 구경하기 위해 러시아엘 한 번 가보아야겠다는 것도 내 꿈 중의 하나다.

마트로시카라는 이름은 러시아어로 어머니라는 뜻의 '마티'에서 나왔다고 한다. 다시 말하면 '어머니 인형'이라는 뜻인데 러시아 농촌에서 다산과 풍요를 기원하여 만들어낸 민속 공예품이라고 해야 할 것이다. 닭이나 곡식을 안고 전통의상을 입은 건강미 넘치는 러시아 농촌 여성을 형상화한 것이 전형적인 마트로시카의 모습이라고 한다. 큰 어머니에서부터 손톱 끝 반달무늬만 한 어머니에 이르기까지, 마트로시카 만들기는 어머니에 대한 사랑이 가슴 깊은 데서부터 우러나오지 않으면 안 될 것 같다.

또 하나의 선물상자를 열어보니 어머니 얼굴 그림이 그려지지 않은 '민자 목각인형'이 나왔다. 그림은 없고 형태만 다듬어놓은 목각인형을 팔기에 나더러 자기 어머니 얼굴을 직접 그려 넣으라고 사왔다고 한다. 그림에 자신 있는 사람들이 이것을 사다가 직접 그림을 그려 넣어 자신만의 마트로시카를 만들어보라는 뜻이라고 하는데 나는 그림에 유난히 자신이 없을 뿐만 아니라 서툰 솜씨로 괜히 아까운 목각인형을 버릴까봐 아직까지 손을 대지 못하고 있다. 얼굴이 비어 있는 마트로시카.

그러나 그것은 나에게 많은 생각을 하게 한다. 닭이나 곡식을 껴안고서 있는 건강한 러시아 농촌 여성 비슷한 어머니상은 나에게는 없다. 농촌에서 일하는 어머니 또는 할머니가 아니었으므로 농경적 상상력으로 내 어머니를, 또 어머니의 어머니를 상상할 수는 없다. 내가 가진 어머니상은 대지적이고 농촌적인 원(原) 마트로시카에 비한다면 보다 도시적이고 보다 근대적이고 보다 개인적인 자아의 욕망과 실의를 가진 갈등의 모습이라고나 할까.

나의 어머니는 그 당시엔 누구 못지않게 신여성이었고 그 신여성의 '신'(新) 자가 자신의 질병이 된 그런 세대의 여인이다. 옥잠화 빛깔 같은 연보랏빛 양장 투피스를 입고 아름답게 채색된 양산을 쓰고 하이힐을 신은 젊은 어머니가 학교에 들어서면 아이들이 와, 하고 창가로 몰려가 구경하곤 했다. 신여성들은 근대적 자아를 각성했음에도 그것을 허락지 않는 시대와의 갈등으로 심한 고뇌와 비애, 분열의 슬픔을 가졌던 것이다.

· 풀지 못한 숙제

빈 얼굴의 마트로시카 인형, 그것은 아직 풀지 못한 숙제로 나에게 남아 있다.

흰 달걀처럼 부드러운 그 맨 목각인형 위에 내가 언제, 어떤 어머니의 얼굴을 그려넣을지는 아직 미지수다. 영원히 그 빈 얼굴을 채우지 못할지도 모르겠다. 그러나 그 빈 얼굴의 목각인형을 돌려서 열면 그보다 작은 빈 얼굴의 목각인형이 나오고 또 그것을 돌려 열면 더 작은 빈 얼굴의 목각인형이 나오고 또 그것을 돌려서 열면 더 작은 빈 얼굴의 목각인형이 나온다. 빈 얼굴의 목각인형 다섯 개를 주욱 세워놓고 그 얼굴들을 상상해본다. 내가 기억하는 모계의 가장 상위 존재는 외할머니다. 증조할머니의 얼굴을 나는 모른다. 그러니까 외할머니부터 할머니, 나, 내 딸의 얼굴을 생각하면 네 개의 마트로시카 인형의 얼굴을 어쩌면 그릴 수도 있을 것 같다. 그러나 마지막 남은 다섯 번째의 마트로시카 인형의 얼굴은? 신비에 가려져 있는 아직 현실화되지 않은 얼굴이다.

어쩌면 내 얼굴을, 내 딸의 얼굴을 조금 닮을 수도 내 외할머니를 조금 닮을 수도 내 어머니를 조금 닮을 수도 있을 그 다섯 번째 맨 얼굴의 마트료시카 인형. 한 시인의 시가 떠오른다.

내 피의 1/4은 할머니 피다

허리가 기역자로 꺾였던

할머니 뼈는 내 굽은 등뼈가 되었다.

나를 안아준 나를 팽개친

내 뺨을 갈긴 이들이 내 속엔

함께 산다

내 속에서

국을 끓이는 이

못을 박는 이

춤을 추는 이

할머니다

창 아래 오종종 피어난 채송화

내 눈엔 이쁜 것도

촛대를 닦고닦아 꽃불을 피어올린

할머니 피 때문이다

내 피의 1/4은 또 할아버지다

할머니 죽던 날

할아버지 마당만 쓱쓱 쓸었다 한다

억울하게

능멸당하면

벌레가 되어 울다가

독버섯으로 피었다가
뱀처럼 가늘어지고 싶은 거
할아버지 피 때문이다
매맞아 고막이 터져 한쪽 귀가 멀었던 할머니
세상의 굉음들이 아득한 먼지 뒤에서
할머니 귀 속에서
소용돌이치며 울던 피 때문이다

— 최정례, 〈피〉

   빈 얼굴의 마트로시카 인형 다섯 개를 바라보며 내가 생각하고 있었던 것도 피였다. 피의 유전이라는 거였다. 이상하게도 나와 나의 어머니도 자기 어머니의 얼굴을 닮지 않았다. 내가 어머니의 얼굴을 닮지 않은 것처럼 내 어머니도 자신의 어머니 얼굴을 닮지 않았고 내 딸도 나의 얼굴을 닮지 않았다. 나는 아버지의 얼굴을 닮았고 내 딸도 자기 아버지의 얼굴을 닮았고 내 어머니도 자신의 아버지의 얼굴을 닮았다. 그렇다면 내가 그려야 할 마트로시카 인형의 다섯 번째 얼굴은 아직까지는 전혀 미지수라고 해야 할 것이다.
   같은 피가 흐르고 있지만 얼굴은 다 다르다. 그만한 외로움이 또 어디에 있을까? 제각각 얼굴이 다른 4대의 여인들. 그러나 각각 사과 속에 사과씨가 있고 그 사과씨에서 또 사과가 나와 사과씨가 되고 또 그 사과씨에서 사과가 나오는 것처럼 그 안에 탄생하여 파생된 존재들. 마트로시카 인형에서 어머니가 나오고 또 작은 어머니가 그 안에서 나오고 또 더 작은 어머니가 작은 어머니 안에서 나오는 일은 영원히 끝나지 않을 피의, 대지의, 과수원의, 강물의 드라마를 연상시킨다.

〈봉투〉라는 맥신 쿠민의 시가 생각난다. 맥신 쿠민의 시집 《악몽 공장》에 수록된 작품이다.

> 그것은 진실이다. 마틴 하이데거여, 당신이
> "나는 끝내기가 두렵다"라고 쓴 대로, 내 죽음의 시간에
> 내 딸들이 나를 흡수해버릴 것을 알면서도,
> 그들이 그들의 내부에, 영원히 나를 운반해 가리라는 것을
> 알면서도, 하나의 체포된 태아, 나조차도
> 내 어머니의 유령을 배꼽 아래 배고 있을 때조차도, 신경질적인
> 작은 양성적인 사람, 하나의 기적이
> 연꽃 자리마냥 접혀져 있다.

> 배(梨) 모양 생긴 러시안 인형들처럼, 열면
> 중간에 다른, 또 다른 것이 보이는, 콩깍지만 하게 작아지기까지 하는,
> 돌이킬 수 없는 극미(極微),
> 뱃속에 우리 엄마들을 담고 나아갔으면.
> 원컨대 우리가 우리의 딸들에 의해 앞으로 태어나
> '거의-영원'의 봉투 안에 이어졌으면,
> 그 사슬 편지는 그들 삶의
> 다음 2만5천 날 동안 유효하리라.
>
> — 맥신 쿠민, 〈봉투〉

맥신 쿠민도 러시아 인형 마트로시카를 알았던 것일까? 배 모양의 둥근 얼굴을 가진 마트로시카 어머니는 작아지고 작아지고 작아져서 콩만한 크기가 되고 더 작은 극미(極微)인이 되어서 딸의 뱃속으로 돌아가

딸의 생애 동안 함께 사는 것을 꿈꾼다. 영원이라 해도 극대의 영원을 꿈꾸는 것이 아니라 딸의 한 생애 동안, 68세 정도의 시간 동안만 영원을 더 달라는 것이다.

배꼽 아래, 그 연꽃 자리에 우리는 모두 다 자기의 어머니를 모시고 다닌다. 그때 어머니는 잘잘못을 떠나 종교가 되고 어쩔 수 없이 우리는 분리를 위해 그토록 발버둥쳤던 그 이유(離乳)의 반항기를 접고 어머니의 피의 사슬 편지를 받기 위해 엎드리게 된다.

"누가 날 낳아 달렸어?"

힘들 때면 딸들은 어떤 말이 어머니를 가장 아프게 하는 줄을 알고 그 말을 내뱉는다. 그 말에는 당신이 한 남자와 쾌락을 가졌기 때문에 그 쾌락의 대가로 인해 어쩔 수 없이 내가 태어난 것이니 나의 의지와는 아무 상관이 없노라는 심판이 들어 있다.

사춘기 지난 딸들은 그 말이 얼마나 무서운 말인지도 모르고 그런 말을 지껄인다. 아니, 어쩌면 그 말이 얼마나 무서운 말인지를 알기 때문에 흉기를 휘두르는 심정으로 그 말을 휘두르는 것이다. 아버지는 정자한 마리로, 어머니는 난자 한 개로 축소시켜 버리겠다는 엄청난 삭제 의지를 그 말은 담고 있다. 당신의 존재의 무게를 견딜 수 없고 나의 존재의 무게도 견딜 수 없다는 염세주의 선언이다.

주디스 햄스메이어라는 미국 여성시인도 그런 말을 자기 어머니에게 내뱉었었나 보다. 그녀의 어머니는 단호하게 답변한다. 〈튤립 꽃잎들〉이란 시 속에 그녀는 어머니의 답변을 쓰고 있다. "그래, 네가 낳아달라고 애걸했었잖아."

튤립의 꽃잎들.

196

개화하기 직전의

양수막.

희끄무레한 베일로 뒤덮인

줄기를 뚫고 마지막으로 진한 자줏빛 에너지를

그들이 잡아당기고 있을 때

나는 그때의 그들을 가장 좋아한다:

그들은 태어나기 전 달의 나다

어머니가 병원에 그저 누워 있기만 하던 그 달

내가 찾아낸 방법

한 번, 우리의 싸움 중 8라운드에서

나는 그녀에게 야유를 보냈다.

"난 태어나게 해달라고 한 적이 없어!"라고.

그러자 그녀는 머리를 뒤로 젖히고 울부짖었다.

기억하면서.

"네가? 네가?

그 여름은 무척 더웠고

난 몇 주 동안이나 너한테 매달려

거기 누워 있어야만 했는데.

네가? 네가 태어나게 해달라고 간청하고 있었잖아!"

— 주디스 햄스메이어, 〈튤립 꽃잎들〉 중

딸과 어머니의 말은 서로 문맥이 다르다. 딸은 어머니에게 내가 원하지도 않았는데 왜 이토록 힘든 세상에 나를 태어나게 했느냐고 대드는 것이고 어머니는 출산이라는 생물학적 과정에서 태아가 태어나려고 발버둥을 쳤다는 이야기를 하고 있는 것이다. 그 어긋남이 우습기도 하면서도 동시에 반어적 진실을 담고 있다고 느끼는 것은 비단 나 혼자만의 생각은 아닐 것이다. 어쨌든 어머니는 낳으려고 애썼고 딸은 어서 빨리 태어나게 해달라고 빌고 있었던 것이다.

· 가장 이상적인 이웃, 어머니

어머니와 딸이 너무 멀지도 않고 너무 가깝지도 않은 거리에서 사는 것이 가장 이상적이라면 그것은 어떤 형태가 될 수 있을까? 박완서 선생은 가장 이상적인 어머니와 딸의 거리는 '스프가 식지 않을 정도의 거리면 된다'고 어디엔가 쓰셨다. 스프가 식지 않을 정도의 거리라면 아파트로 치면 옆 동 정도가 되겠고 개인주택으로 치면 옆 동네 정도가 되겠다.

그러나 사람들이 사는 것은 심리적인 의지대로만 살 수 있는 것은 아니고 경제적인, 또는 직업적인 형편에 따라 살게 되기 때문에 그 이상적인 거리를 유지한다는 것은 쉽지만은 않을 것 같다. 어떤 딸은 어머니와 너무 가까이 살기도 하고 또 어떤 딸은 너무 멀리 떨어져 살기도 한다. 어머니와 너무 가까이 살면 화상을 입고 너무 멀리 살면 동상에 걸린다는 농담이 있기도 하지만 어떤 딸은 생활상의 이유 때문에 또는 남편의 직장 때문에 어머니 멀리서 살 수밖에 없기도 하고 또 어떤 딸은 어머니에게서 살림, 육아 등 생활상의 도움을 받기 위하여 너무 가까이 살기도 한다.

　미국에 사는 한 친구는 미국인 남편과 함께 여행사를 경영하고 있다. 캘리포니아에서 요세미티나 그랜드 캐니언, 라스베이거스 정도를 오가는 관광코스를 주로 다니고 있는데 친구가 여행가이드를 겸하고 있기 때문에 그들 부부는 집을 비우는 경우가 많다. 딸 하나를 두었는데 아이를 혼자 둘 수도 없고 그렇다고 그녀가 집에서 양육만 하고 있을 형편도 아니기 때문에 남편의 어머니, 즉 시어머니와 함께 사는 것을 고려했다고 한다.

　프랑스계 미국인인 시어머니는 남편을 먼저 저세상으로 보내고 혼자 살고 계시다. 그러나 그녀는 손녀딸을 돌보는 것은 좋지만 결혼한 아들과 한집에 사는 것만은 절대로 허락할 수가 없다고 난색을 표하더라는 것이다. 친구가 남편과 함께 시어머니께 사정을 하여 결국 방과 후의 손녀딸을 돌보고 밤에 재워주는 것까지는 허락하였지만 결코 같은 집에 살지는 않겠다고 했다고 한다. 아들네 사정을 완전히 외면할 수 없다는 것을 인정한 시어머니는 자신의 독립적인 사생활도 침해받지 않고 손녀딸도 돌볼 수 있는 방법을 고심한 끝에 모빌 홈이라는, 여행할 때 자동차 뒤에 매달고 다니는 침실 차를 친구네 집의 마당에 두고 거기서 기거하기로 결정을 하였다.

　그리하여 친구네 집 마당에는 시어머니의 모빌 홈이 세워져 있고 시어머니는 식사는 물론 빨래나 목욕까지도 모두 자신의 모빌 홈에서 해결한다. 손녀딸을 돌볼 때만 아들네 집에 들어가고 아이가 잠들면 다시 자신의 모빌 홈으로 돌아가 바흐나 비틀스도 듣고 향기 나는 거품 목욕도 하고 빨래도 하고 그런단다. 모빌 홈에 사는 할머니라니!

　푸른 눈동자의 할머니는 원래 꿈이 집시처럼 멀리 멀리 돌아다니며 자유롭게 사는 것이어서 지금 모빌 홈에 사는 것을 자기 인생 최대의 멋이라고 생각한다는 것이다. 게다가 사랑하는 아들과 그야말로 스프가 식지 않을 정도의 거리를 유지하기까지 하고 있으니 더할 나위 없이 행복하다고 한단다.

나도 들어가 보았지만 그야말로 할머니의 모빌 홈은 침대며 싱크대에서부터 훌륭한 수세식 시설을 갖춘 화장실과 욕조 목욕을 할 수 있는 시설까지 갖추고 있어 《걸리버 여행기》의 소인국처럼 아기자기 재미있었다. 할머니는 아직도 시력과 건강에 문제가 없어서 아들 내외가 집에 돌아와 묵을 때면 혼자 모빌 홈을 운전하여 캘리포니아 해변으로 캠핑을 떠나시기까지 한단다. 캠핑 여행의 제목도 가지가지라고 하는데 어떤 때는 캘리포니아 주화(州花)인 퍼피꽃이 피는 것을 보러, 어떤 때는 사막의 야생화를 보러, 또 어떤 때는 가까운 곳의 마을 축제를 구경하러, 또 어떤 때는 골동품 손잡이 장식이나 오래된 시계, 망원경, 조명시설을 구하러 멀리 로스앤젤레스까지 가기도 한단다.

건강도 건강이지만 그녀의 멋진 삶은 큰 욕심이 없다는 것과 젊을 때의 자신의 꿈을 잊지 않고 즐기고 있다는 것과 그러면서도 자식들의 요구를 외면하지 않고 타인을 최대한 배려하면서도 자신의 독립을 포기하지 않는다는, 바로 그것들의 절묘한 조화에 있는 것 같다. 사실 생각해 보면 모빌 홈 하나면 우리의 일상생활은 충분한 것이 아닐까? 언젠가 한 신부님이 "컨테이너 박스 하나만 있으면 우리의 집은 충분하다"라고 말씀하시는 것을 들은 적이 있었다. 나는 속으로 신부님은 자식이 없으니까 저런 말을 하실 수 있는 거야, 라고 생각했는데 그 할머니의 집을 보니 정말로 간소하고 날렵하고 청빈하고… 그야말로 최고의 낭만적인 집이라는 생각을 하게 되었다.

"대부분 현대인들은 '홈'에 살지 못하고 '하우스'에 산다"라는 말은 현대인들의 사랑 상실을 말하고 있다. 사실 컨테이너 박스 하나의 집이더라도 사랑이 있어 홈을 이룰 수만 있다면 그것이 최고의 주거일 것이라고 나는 할머니의 모빌 홈을 보며 생각하였다.

어머니와 자식의 거리를 생각해볼 때 푸른 눈의 할머니의 모빌 홈 생활은 가장 이상적이면서도 현실적이고 또 독립적이면서도 사랑이 있고 낭만적이기까지 한 예를 보여주고 있다. 나이 들어 아이들이 각자 가정을 꾸려 집을 떠나고 나 또한 직장에서 물러나는 날이 오면 나도 그런 생활을 해보고 싶다. 그러려면 그때까지 모빌 홈이 수입되어야 할 것이고 나 또한 좋은 시력과 운전을 할 수 있는 체력을 갖추고 있어야 할 것이다.

모빌 홈을 자동차 뒤에 끌고 강원도로 전라도로 여기저기 다니다가 쉬고 싶으면 딸이나 아들의 집 마당에 잠시 모빌 홈을 주차해두고 독립적으로 살면서도 가족 간의 정을 나누기도 하는 그런 생활. 유랑과 사랑이 함께 있는 현대판 집시 할머니의 생활. 그럴 수만 있다면 어머니와 자식 간의 사랑 속에 언제나 들어 있는 치명적인 독성도 다 없어지고 말 것이다. 모성에서 독성을 빼는 일이 한국의 어머니들에게선 무엇보다도 시급하다. 모성의 독성을 가장 잘 보여주는 것이 극성 엄마들의 과보호 내지는 교육열이고 그 과잉보호, 과잉열성이 아이들을 벼랑 끝으로까지 내몰고 있는 것을 우리들은 이러저러한 사회현상에서 보고 있다. 모성에서 독성을 빼면 무엇이 남을까?

마지막으로 마지 피어시라는 시인의 〈내 엄마의 소설〉이라는 시의 일부를 소개해보고자 한다.

나는 그녀의 유일한 소설이다.

플롯은 멜로드라마틱하고

뜨거운 연인들은 잡목 숲에서부터 튀어오르고,

그것은 당신을 많이 울게 만들었다.

혁명적인 영웅다움과

가정식 수프를 잘 만들기 사이에서.

이해한다: 나는 내 어머니의

소설-딸: 나

는 그것을 수행할 의무를 가진 것이다.

— 마지 피어시, 〈내 엄마의 소설〉 중

프리다 칼로, 고통과 초현실의 환상

처음 시를 쓸 때 나는 시 못지않게 음악과 미술에 빠져 있었다. 당시로서는 드물게도 나는 인상파에서 시작하는 일본판 세계 화가들의 화집 시리즈를 가지고 있었고, 낡긴 했지만 독일제 앰프도 가지고 있었다. 비틀스를 좋아하고 살바도르 달리의 그림을 좋아했던 예술지상파 외삼촌이 있었는데 그가 한국의 폭력적인 문화가 싫다고 1972년 가을 하와이로 이민을 가면서 나에게 주고 간 것들이었다. 언어가 막히면 그림을 보았고 생각이 막히면 음악을 들었다. 아니 마구마구 먹어버렸다고 말해야 더 옳을 것 같다. 화가마다 하나의 세계였고 음악마다 하나의 상상적인 우주였다.

천부적 재능을 타고나지 못한 가공적인 시인이라서 그런지는 모르겠지만 언어라는 것은 무언가 나에게 잘 순종하지 않는, 다루기가 어렵고, 의지만으로 만나지지가 않는, 그런 고집불통의 완고한 면이 있었다. 그래서 이상도 말했을까. '절망은 기교를 낳고 또 기교는 절망을 낳는다'고. 그러나 그림이나 음악은 나에게 그냥 막 왔고, 마구 흘러들어오는 그런 액체적 유입이 나는 좋았다.

마구 흘러 들어와서 그냥 막 내가 되는 것. 대상과의 액체적 만남, 혹은 미각적 만남이 그림이나 음악에는 있는 것이다. 특히 나는 모차르트와 파가니니의 바이올린 곡들과 바흐의 파르티타 곡들을 홀린 듯이 들었고 고흐와 고갱, 루오, 마티스의 강렬하고 어지러운 그림들을 좋아했었는데 그것들은 액체화의 강렬성과 더불어 나를 '지금-여기'에서 홀려내 '멀리-다른 데'로 끌고 가기 때문이었을 것이다. 그리하여 음악의 환상은 액체가 되어 피 속을 돌아다니고 색체의 환상은 미각이 되어 몸속으로 직접 여러 색체의 파도를 퍼뜨리는 것 같았다.

요즈음엔 '귀신'같이 나를 끌고 멀리 능선 너머로 달아나는 바이올린 곡보다는 선명하고 분절이 분명한 피아노곡이 더 좋고 고흐나 고갱보다는 프리다 칼로나 조지아 오키프, 주디스 시카고 등 여성화가들의 작품을 더 좋아하게 되었으니 참으로 시간의 변화와 더불어 인생을 바라보는 시각과 취향의 변화도 크다고 말하지 않을 수가 없다.

나의 데뷔작인 시 〈그림 속의 물〉은 어떤 신기한 음악의 힘에 의해서 저절로 쓰인 것이다. 그 시를 썼던 새벽 아침, 전날 밤부터 켜둔 에프 엠 라디오에서(당시엔 밤 12시면 FM 방송이 중단되었다가 새벽 4시에 방송이 다시 시작되곤 하였다) 신기하게도 모차르트의 〈플루트와 하프를 위한 협주곡〉이 흘러나오던 것을 지금도 선명히 기억하고 있다. 꿈결에서부터 그 음악은 나를 불러 저절로 나를 일어나게 하고 저절로 나에게 펜을 들게 하고 저절로 나에게 상상의 이미지들을 연결시키도록 했던 것만 같은 희유한 체험이다.

신춘문예 마감날이 다 되었기 때문에 그 전날 밤에도 그 전전날 밤에도 편한 잠을 이루지 못하고 있었고 언어가 깔깔한 모래처럼 혀 안에 뭉쳐서 목을 막고 있어서 숨쉬기에도 벅찼던 그런 밤이었다. 다른 신문들은 다 마감을 했고 오직 〈경향신문〉만이 조금 마감날이 늦었던 것으로 기억한다. 바로 마감날 새벽이었을 것이다. 나는 꿈결에 그 음악을 계속 듣고 있었는데 일어나자마자 책상 앞으로 가서 그 시를 단숨에 썼다. 아니 어쩌면 〈플루트와 하프를 위한 협주곡〉의 선율에 밀려 물결처럼 흐르면서 책상 앞으로 갔던 것 같기도 하다. 그 시를 썼던 것은 어쩌면 내가 아니라 모차르트의 〈플루트와 하프를 위한 협주곡〉이었을 것 같기도 하다.

지금도 나의 데뷔작 〈그림 속의 물〉을 읽으면 플루트와 하프의 선율들이 바닷가에서 타고 있는 하얀 햇살과 더불어 눈과 귀 속에 떠오르곤 한다. 지금도 누가 나에게 가장 유토피아적인 이미지를 말해달라고 한다면 '아름답고 밝은 해변가에서 모차르트의 〈플루트와 하프를 위한 협주곡〉을 들으면서 아무 생각도 하지 않고 하늘을 바라보며 맨발로 앉아 있는 것'이라고 말할 수 있다. 하얀색 해변, 파아란 하늘, 플루트는 푸른색, 하프는 금빛… 그런 아름다움과 무상(無想)의 조화. 그것이 나의 상상적 낙원의 기억, 아니 상상적 미래라고나 할까.

80년대 말이었던가. 나는 여성의 상처와 고통, 분열과 원초적 환상을 초현실주의적 색채로 이글이글 그려낸 프리다 칼로를 좋아하게 되었다. 그녀는 스페인 혈통과 토착 인디언의 혼혈을 가진 집안에서 태어났는데 아버지는 멕시코시티 중심부에서 사진관을 하는 사진사였다. 그녀는 흔히 멕시코의 살바도르 달리라고 불린다. 아니 오히려 살바도르 달리의 강렬하고도 해체적인 화풍보다 더 비극적이고 더 분열적이고 더 강렬하며 더 발언이 강했다. 나는 그녀의 초현실적이면서도 강렬한 발언이 있는, 처참한 상처와 분열이 있으면서도 무한정 풍부한 초현실의 아름다움을 가진 그 매력에 반하고 말았다. 지금도 나는 이런 생각을 한다. 최소의 예술이란 발언과 동시에 그것을 가로지를 수 있는 초현실이 있는,

처참한 고통과 동시에 풍부한 희열이 있는 어떤 강렬한 것이 되어야 한다고.

결혼을 하고 아이들을 기르며 대학원 공부를 했던 나에게 여성으로서의 삶이란 쌍봉낙타가 걸어가는 사막처럼 벅찼고 모든 것이 힘들기만 했다. 집안일과 공부, 학교일을 함께 해야 하는 나의 팔과 어깨, 등에는 언제나 하얀 신신파스가 우표딱지처럼 덕지덕지 붙어 있었다. 내 육체는 나의 것이 아니었고 내 것이 될 때는 언제나 신신파스를 잔뜩 붙이고 있는, 수취인에게서 딱지를 마고 반송되어온 너절한 소포와도 같은 형상을 하고 있었다.

또한 마초적인 정치적 억압과 단성(單聲)적 문화가 만들어내는 부자유스런 분위기, 지금처럼 다양성이 없었던 그 시대, 우리가 몸담고 살고 있는 문화라는 것에 대한 질문과 반성, 휘날리는 전복성 같은 것이 힘을 얻지 못하고 있었기에 남근중심적, 가부장제 문화의 폭력성이 더 위력을 떨치고 있었던 그때, 나는 〈달걀 속의 생〉이라는 연작시를 썼던 참이었다. 반여성주의적 문화 속에서 살면서 여성이 앓고 있는 질병의 이름조차 확실하게 알지 못하고 있었던 그런 무렵, 프라다 칼로는 나에게 왔다. 그녀의 모든 그림은 다 자화상이었다.

버스를 타고 가다 사고가 나는 바람에 버스 강철 기둥이 그녀의 척추를 꿰뚫고 들어간 고통의 체험 속에서 항상 그 상처를 현재진행형으로 만들면서 그녀는 작품을 그렸다. 몸의 앞쪽에 현을 가진 첼로와 같은 철근 기둥이 박혀 있고 그 철근 기둥을 압박붕대로 감은, 못이 박힌 온몸에서 피가 흘러나오고 있는 〈부서진 기둥〉, 하얀 시트가 깔린 병원 침대에서 두 다리를 벌린 어머니의 자궁을 뚫고 자신의 머리가 막 나오는 순간을 그린 〈생일날〉, 몸은 아기처럼 작지만 성숙한 여인의 가분수 얼굴을 한 프리다가 검은 얼굴과 검은 머리칼, 거대한 검은 몸을 가진 유모의 품 안에 안겨 오른쪽 젖을 빨고 있는 모습을 그린 〈유모와 나〉, 오른쪽 젖 꼭지는 빨고 있는 입술의 힘으로 인해 유방 위로 젖줄이 수맥(樹脈)처럼 퍼져 올라가고 있고 왼쪽 젖꼭지에선 하얀 두 방울의 젖이 방울져 떨어지고 있는 그림이다. 유모의 등 뒤와 양 옆으론 해저 식물처럼 신비한 식물들이 너울거리고 있고 하늘에선 젖 같은 방울, 아니면 하얀 눈 같은 것들이 흩어지듯 떨어지고 있다.

〈유모와 나〉라는 그림이 말해주듯 프리다는 서구문명적인 세련됨이나 지성적 창백함보다는 토착 인디언적인 강한 대지의 어머니를 혼 속에서 꿈꾸었던 듯하다. 〈두 개의 프리다〉는 유럽풍의 드레스를 입은 프리다의 얼굴을 한 여인과 멕시코 원주민풍의 강렬한 색채의 옷을 입고 프리다의 얼굴을 한 강인한 인디언 여인이 나란히 서서 서로 수혈을 해주는 장면을 담고 있다. 그러나 주삿바늘에선 핏방울이 방울져 흘러내리고 있다. 그런 분열의 틈새에서 그녀의 강렬한 초현실풍의 꿈은 진실로살아갈 힘과 절실한 육체의 발언을 얻는다. 나에게도 그런 '검은 유모'의 힘이 필요했다. 프리다 칼로, 그녀는 공옥진과 더불어 나의 검은 유모라고 해야 할 것 같다.

프리다 칼로에게서 나는 여성이 자기의 상처를 말하는 법을 배웠다. 정직함과 그럼에도 어쩔 수 없는 과장된 그로테스크와 초현실과 대담한연상과 삭제와 과장과 두려움과 욕망과 물결치는 리듬과 고백. 시집《세상에서 가장 무거운 싸움》속에 수록된 〈아네모네 꽃이 핀 날부터〉라는 연작시를 쓸 때 나는 그녀의 힘을 강하게 느끼고 있었다.

언제 기지촌 여성 윤금이가 죽었던가? 아네모네 꽃이 핀 것을 보았을 때 나는 그 거무스레 붉은, 귀기 어린 아네모네 꽃의 얼굴에서 윤금이의 혼을 보았다. 어쨌든 나는 마이클 이병이라는 정신병자 미군에게 처참하게 얻어맞아 얼굴이 으깨지고, 음부에 콜라병이 박히고 창자에까지 우산대가 박힌 채로 살해당한 윤금이의 죽음에 대해 무언가를 써야겠다고 느끼고 있었으나 너무 큰 고통은 쉽사리 시가 되지 않았다. 창자에까지 우산대가 꿰어 들어간 채로 죽은 윤금이는 이상하게도 버스 철근 골조가 척추를 꿰뚫고 들어갔다는 프리다 칼로의 몸의 괴로움을 연상시켰고 아네모네 꽃잎 위에다 나는 여성들의 상처와 그 상처가 일으키는 성대한 게르니카의 환상 이야기를 겹쳐놓았다.

외국으로 여행을 가면 나는 꼭 그 도시의 현대 미술관을 들른다. 몇 년간 캘리포니아에 살았을 때 많은 전위 미술들을 보았고 화가들의 천국이라는 뉴멕시코의 산타페에서도 무수한 젊은 화가들의 그림들을 보았다. 샌프란시스코 현대 미술관에 특별 초청 전시된 프리다 칼로와 그녀의 남편 디에고 리베라의 그림을 보았다. 멕시코의 신화적 화가인 디에고보다는 나는 역시 같은 원형질을 가진 여성화가 프리다가 좋았다. 그녀의 불안과 욕망, 상처와 생명, 멕시코적인 것에 크게 기대고 있는 거친 원시성 등은 서구 문명에 질식감을 느끼는 영혼들에게 큰 힘과 정열을 회복시켜 줄 것이다.

나는 시를 쓰기 위해서도 힘을 필요로 하지만 살기 위해서도 힘을 필요로 한다. 살기 위해서 음악을 듣고 살기 위해서 그림을 본다. 아직도 언어는 나에게 자연스럽게 다가오지는 않는다. 그런 순간을 기다리고 기다리지만 언어가 마구 흘러넘치며 육화되어 나에게 스며들어 솟구치는 그런 순간은 많지 않다. 그러나 그림과 음악은 나에게 액체화되어 영혼 속으로 스며들고 미각으로 몸 안에 흡수되고 원색적인 생명의 춤 그 자체를 몸속으로 직접 돌게 해준다.

문학의 마음

우리 시대는 성공신화의 시대, 그것도 물질적 성공의 시대다. 그래서 히
딩크와 축구가 우리 시대의 화두다. 우리 시대는 성공하는 사람을 좋아
하고, (그것은 아마 미국이나 기타 다른 서구적 문화의 세례를 받은 나라들
도 마찬가지겠지만) 성공만을 너무나 강조하는 시대가 되다 보니까, 실패
한 사람에 대해서는 관심을 기울이지 않는다. 어느 문예지에서 월드컵
에 관한 시 특집을 꾸민 것을 보았는데 물론 월드컵 4강 신화는 훌륭한
것이고 우리 시대 혹은 다음 시대에도 다시 볼 수 없는 어려운 일인 줄은
알지만, 만약 월드컵에서 한국이 16강에 진출을 못했어도 이렇게 히딩
크, 그리고 축구 선수에 관심을 가졌을까를 생각해보고 그것에 질문을
던지는 것이 문학이다. 문학은 그렇게 남들이 다 우우, 와와 하고 쏠려
가는 바람의 한 켠에서 다른 것을 보는 사람이 아닌가 한다. 우리 시대의
화두가 성공이고 성공신화라면 시인은 아마도 그 반대편에 비켜서서 아
름다운 실패에 대해 생각하는 사람이 아닐까. 시인들은 그렇게 풍요한
시대에 사람들의 풍요에 딴죽을 걸면서 "시만 가지고 못 산다는 것을 누
구보다도 잘 알면서도/시 없이는 못 사는 이상한 족속"인지도 모른다.
함민복 시인의 시처럼 '선천성 그리움'을 가지고 있는 사람이 시인인지도

모릅니다.

> 사람 그리워 당신을 품에 안았더니
> 당신의 심장은 나의 오른쪽 가슴에서 뛰고
> 끝내 심장을 포갤 수 없는
> 우리 선천성 그리움이여
> 하늘과 땅 사이를
> 날아오르는 새떼여
> 내리치는 번개여
>
> — 함민복, 〈선천성 그리움〉

그렇다고 시인이 마음이 착한 사람이란 뜻은 아니다. 다만 시인은 한 시대가 맹목적으로 가지는 집단적 사고에 대해 홀로 생각하고 '반성하는' 사람인 것이다. 집단적인 것은 때로 반성 없이 뜨거운 신화를 세우기도 한다. 그 신화는 너무나 뜨거워서 아무도 그것을 잡아 냉철하게 생각을 못하게 한다. 가령 예를 들어 축구 신화, 히딩크 신화, 영어 신드롬, 해외연수 신드롬, 성공 신드롬… 그런 것들에 대해 누가 무슨 반성의 말을 할 수가 있을까. 아마도 문학만이 그것들을 반성하는 꿈을 꿀 수 있을 것이다.

그러므로 시인의 마음은 언제나 그 시대의 상처, 곪은 곳, 즉 환부에 대해서 생각한다. 가령 우리 시대는 모든 것이 유행이나 패션, 좋아보이는 남의 것을 따라가는 편승심리가 굉장하다. 그러한 유행이나 편승 심리를 거부하는 마음을 보여준 시인으로 김영승을 들 수 있다.

고장난 작은 차가 큰 차에 끄을려 가고 있다
나는 저렇게는 살지 않겠다.

— 김영승, 〈반성〉

　이 시는 견인되어 가는 작은 차를 바라보면서 그것에 우리의 삶의 모습을 투사해본, 그리하여 우리의 삶을 다시 한 번 새로 바라보게 해주는 시다. 시란 이렇게 우리가 당연하다고 생각하는 삶의 모서리들에 대해 새롭게 바라보게 해준다. 우리는 마치 커다란 견인차에 끄을려 가고 있는 고장난 작은 차처럼 자기 의지대로 살지 못하고, 또는 자기의 의지가 무엇인지 알지도 못한 채 큰 차에 이끌려 가는 작은 차처럼 수동적이고 맹목적으로 끌려가는, 순응적 삶을 살고 있지는 않은지. 〈반성〉이라는 이 시의 제목처럼 바로 시인의 시선은 우리의 그러한 편승되어가는 삶에 대해서 '반성'하게 해준다는 점에서 우리 자신에 대한 반성이요 시대에 대한 반성이다. 이 시대의 꿈과 욕망은 그렇게 나보다 더 큰 어떤 것에 서로서로 끌려서 어디로 가는지도 모른 채 견인되어 간다. 그리고 그 꿈과 욕망은 대부분 물질에 관한 것이고 엄정하게 말한다면 나의 꿈이라기보다는 내 이웃의 꿈이고 시대의 꿈이고 한국의 꿈이기 쉽다.

　우리는 자신의 꿈조차 잃어버린 시대에 살고 있는지도 모른다. 우리 시대는 매스 커뮤니케이션의 발달로 온 세상 사람들이 동시적으로 같은 것을 생각하게 된 유례없는 시대다. 그런 시대에 창조적, 독창적 사고를 한다는 것은 매우 어려운 일이고 외로운 일일지도 모른다. 이 시인은 또 말한다. "선풍기를 발로 끄지 말고 공손하게 두 손으로 끄자"고. 그 순간 우리는 선풍기라는 하찮은 물건이 얼마나 고마운 존재인가를 바라보게 된다. 그렇게 시인이란 하찮은 것들의 껍질을 벗겨서 본질을 새롭게 보게 해주는 존재다.

가령 김준태 시인이 "어릴 적엔 감꽃을 셌지/전쟁통엔 죽은 병사들의 머리를 세고/지금은 엄지손가락에 침을 발라 돈을 세지/그런데 먼 훗날엔 무엇을 셀까 몰라" 라고 노래할 때 우리는 우리의 삶을 한 번 돌아다보게 된다. 정말 나는 무엇을 세고 있는 거지, 라는 생각을 독자들이 할 때 시인의 경험은 자기 자신의 체험을 넘어 보편적 체험이 된다. 그것은 시인 개인만의 체험이 아니라, 전쟁을 겪은 역사적 인간의 보편적 체험이고 돈을 버느라 고생고생하며 살아야 하는 근대 사회인들의 보편적 체험이기 때문이다.

또 최영미 시인의 시 중에 〈어떤 족보〉라는 시가 있다. 성서는 전세계에서 가장 많이 읽힌 책이고 소리 없는 베스트셀러라고 하는데 아마도 성서를 읽다가 이런 생각을 해본 시인은 그녀가 처음이 아닐까, 생각된다.

> 아브라함은 이삭을 낳고 이삭은 야곱을
> 야곱은 유다와 그의 형제를 낳고
> 유다는 다말에게서 베레스를 낳고
> 베레스는 헤스론을 헤스론은 람을
> 람은 아미나답을 낳고
> 다윗은 우리야의 아내에게서 솔로몬을 낳고
> 솔로몬은 르호보암을 낳고 르호보암은 아비야를…
> (허무하다 그치?)
> 어릴 적, 끝없이 계속되는 동사의 수를 세다 잠이 든 적이 있다.
>
> ― 최영미, 〈어떤 족보〉

새롭게 성경을 읽는 것처럼 우리 사회와 문화에서 당연하다고 생각되는 '아버지 중심주의' 같은 것들을 새롭게 읽는 것은 1980년대 이후 여성 시인들이 꾸준히 작업해왔다. 시인의 마음은 이렇게 우리 사회, 문화 속에서 이상하다고 생각되는 당연한 것들을 새로운 시각으로 읽어서 우리로 하여금 반성하게 한다. 끝없이 아버지가 아들을 낳는 성서 속의 족보가 이상하다고 생각해본 적은 없었는데 이 시인의 시를 읽고 성서 속의 인물들은 모두 단성 생식인가, 그런 생각을 해본다. 이런 시를 읽으면 반성과 더불어 웃음이 나오고, 웃음을 통한 깨달음, 자기반성, 이런 것들을 우리는 해학이라고 부르기도 한다.

나는 우리 시대가 미국의 60년대 후반, 히피즘이 발생하던 때와 비슷하다고 생각한다. 후기 자본주의의 발달과 물신숭배, 정신의 고갈, 세속적인 성공 고취, '돈이 말한다'는 표현에서 드러나듯 돈에 대한 집착. 그런 시대에 미국은 두 종류의 시인들로 나뉘었다. 앨런 긴즈버그와 같이 뉴욕 번화가에서 벌어지는 마약과 물질에 취한 미국의 꿈을 고발한 울부짖는 시인 계열과 게리 슈나이더처럼 고요하고 평화로운 정신의 가치를 믿고 산으로 들어가 불교적 명상과 자연을 자기 절로 삼은 그런 시인으로. 이렇게 자본과 권력과 성공의 헤게모니에 도취한 시대에 눈에 보이는 것만이 꼭 헤게모니를 가지는 것이 아니라는 것을 가르쳐줄 사람이 우리에게도 필요하다. 왜냐하면 우리 시대의 모든 사람이 자본과 권력의 힘만을 맹신하고 우리를 밀어붙이는 사이 우리의 정신은 그런 시대의 미신에 따라서 썩어가고 황폐화되니까 말이다. 그런 것을 시인은 새로 보게 해준다.

1920년대 비트 시인들이 바로 그런 일을 했다고 말할 수 있다. 그들은 낭만적인 투쟁정신을 가지고 '사랑 없는 신'인 기계문명이 인간성을 먹어

치우는 것에 저항했다.

> 몰록 그의 이름은 전적인 기계! 몰록 그의 피는 줄줄 흐르는 돈!
> 그의 손가락은 열 마리의 군대! 몰록 그의 가슴은 식인종의 발전기! 몰록 그의 귀는 연기 솟는 무덤!
> 몰록 그의 눈은 천 개의 눈먼 창! 몰록 그의 마천루는 긴 도로를 따라서 무한한 여호와처럼 서 있다! 몰록 그의 공장들은 안개 속에서 꿈꾸며 깩깩거린다! 몰록
> 그의 굴뚝과 안테나가 도시를 뒤덮고 있네!
> — 앨런 긴즈버그, 〈포효〉 중

이것이 현대 자본주의 사회에서 기계와 제도가 인간성을 억압하는 희생제의 풍경이다. 몰록은 긴즈버그가 창조한 '사랑 없는 신'의 모습이다.

> 헤게모니는 무엇보다도
> 우리들의 편한 숨결이 잡아야 하는 거 아니에요?
> 무엇보다도 숨을 좀 편히 쉬어야 하는 거 아니에요?
> 검은 피, 초라한 영혼들이여
> 무엇보다도 헤게모니는
> 저 덧없음이 잡아야 하는 거 아니에요
>
> 우리들의 저 찬란한 덧없음이 잡아야 하는 거 아니에요?
> — 정현종, 〈헤게모니〉 중

이것을 무슨 헛소리나 귀여운 중얼거림으로 보는 어른들이 대부분이

214

겠지만 그러나 가만히 들여다보면 이 시는 자본과 권력, 성공만을 굳세게 믿고 있는 사회적 척도에 대해 질문을 던진다는 점에서 우리의 가치관을 한 번 되돌아보게 해준다. 이렇게 가볍게 한 번 자기를 뒤돌아보게 하는 것, 그것을 문학이 아니면, 시인이 아니면 누가 할 수 있을까.

요즈음은 흙을 밟으며 걷기도 어려운 일이 되었지만 가령 우리가 지나가다가 흙길을 한 번 보았다고 하자. 그 흙을 보고서 왜 흙은 무너지지 않는가, 에 대해 한 번 생각해볼 때 "알겠네 내가 더러 개미도 밟으며 흙길을 갈 때/발바닥에 기막히게 오는 그 탄력이 실은/수십억 마리 미생물이 밀어 올리는/바로 그 힘이었다는 걸!"이라고 쓴다면 인간은 그 수십억 마리의 미생물들의 힘에 의하여 흙 위에서 삶을 영위해갈 수 있다는 것을 비로소 알게 되는 것이다. 소외당하고 사소하고 이름도 없는 그것들이 사실 우리 생존을 받쳐주는 중요한 생명의 자원이라는 것을 깨닫게 되면서 우리는 우주와 생명의 고마움에 눈뜨게 되는 것이다.

이렇게 오늘날 정신주의시 혹은 생태시, 생명시라고 불리는 시들은 아까 이야기한 게리 슈나이더의 시처럼 고도로 발달한 문명의 한편에서 정신적 가치를, 우리의 인간적 심성을 억압하는 것들을 새롭게 보여주고 깨닫게 하는 역할을 한다. 가령 강옥구 시인이 "길을 가다가 한 송이 꽃을 보았네/이름은 모르기에 그 고움만 보았네" 라고 노래할 때 우리는 우리들이 얼마나 많은 이름에 의해서 본질을 잊어버리고 살고 있나를 느끼게 된다. 꽃의 고움은 바라보지 않고 우리는 그 이름만 보고 지나가는 일이 너무 많지 않은가? 이름들— 일등, 꼴등, 부자, 가난한 자, 부자 아빠, 가난한 아빠, 좋은 학생, 나쁜 학생 등, 우리는 그런 이름들의 포로로 살고 있다고 해도 틀린 말이 아니다. 그러나 시인은 그런 이름이 가짜라는 것을, 우리가 얼마나 가짜를 떠받들고 살고 있는가 하는 것을 일시에 보여준다. 정말 그런 이름들은 다 박제에 불과하다. 박제된 이름들을 자랑하며 '고움'은 보지도 못하고 살아가는 불쌍한 우리 현대인들의 비극을 이 시는 보여주는 것이다.

시가 축구처럼 재미있지도 않고 붉은 악마의 응원처럼 쓸모 있거나 뜨겁지도 않고 참고서처럼 유익하지도 않은데 왜 우리는 문학을 읽어야 하는 것일까. 시야말로 우리에게 새로움을 주고 우리 자신을 우리 자신에게 돌려주기 때문이다. 지배적인 생각의 대열에서 벗어나 자기를 반성해보고 남들이 내버린 것을 생각할 줄 아는 사람다운 가슴을 지니고 살아야 하기 때문이다. "시만으로는 살 수 없지만 시 없이도 살 수 없다"는 어느 시인의 말처럼 시는 이 시대에 히딩크가 국가대표 선수들처럼 크게 쓸모가 되는 일을 할 수 없을지 몰라도 시 없이는 인간의 가슴이 병들기 때문에 시 없이도 살 수 없다, 라고 말하는 것인지도 모른다.

저 몇 발자욱

~~~~>>ΘΦ≪<~~~~

풍문으로만 알고 있던 심장의 존재를 오늘 나는 느껴보았다 심장이 공격해 오기 전까지 나는 그것의 존재를 모르고 있었다 모르고 있었다 모르고 있었다 강한 바람이 부는 걸까 단단하게 묶인 것으로 보였던 붉은 달리아 꽃받침이 뿌리치듯 위태로이 흔들리면서 급한 숨을 몰아쉬며 쉬면서자, 나와 함께 이제 썰물을 탈 시간이라고 말하려는 듯 벌거벗은 두 팔을 내밀며 내밀며 달려들 때 … 하얀 계엄령 도미노처럼 고요히 무너지는 저 심. 장. 마. 비 …

… 전차를 타고 가다 유리 지바고는 유리창 밖에서 걸어가는 라라를 보았다 헤어진 지 몇 년 만에 우연히 보게 된 라라는 긴 머리를 날리며 햇빛 속을 무심히 걸어가고 있었다 전차는 달리고 지바고는 달리는 전차 유리창을 손으로 마구 두드렸다 라라는 길을 걷고 있었다 햇빛 속에 가방을 메고 천천히 걸어가고 있었다 전차가 멈추자 그는 전차에서 내려 라라를 향해 달려갔다 향해 달려갔다 달리는 그의 눈동자 바로 앞에, 저기 앞에 라라의 어깨가 라라의 등이 라라의 긴 머리가 바로 저기, 저기에 있었다 바로 저기 잡을 듯이 보였다 라라 라라 그는 소리치려고 했다 소리쳐 부르려고 했다 소리는 나오지 않았다 라라는 햇빛 속을 무심히 걸어가고 있었고

그는 가슴을 감싸안고 길바닥에 쓰러졌다 …

　조용한 살육이, 만나지 못한 육신 위에 닿을 수 없는 라라가, 영원의 계엄령이, 아아 마지막 침묵의 고요한 계엄령이, 언제나 라라는 그렇게 가고 있을 것이고 언제나 지바고는 그렇게 몇 발자국 그녀의 뒤에서 쓰러지고 있을 것이다, 언제나 그렇게 우리에게 닿을 수 없는 몇 발자국은 남아 있을 것이다, 그렇게, 닿을 수 없는 몇 발자국은, 가고 싶은 몇 발자국은, 닿고 싶은 몇 발자국은 … 도미노처럼 고요히 심장마비가 오고 그렇게 쓰러질 것이다, 아무데서나, 아무데서나, 그리고 쓰러진 빨래 같은 누구나의 육신 위로 바람은 불고 하늘엔 허공이 떠 있을 것이다, 바람은 불고 …

　　　　　　　　　　　　　　　　— 김승희, 〈사랑·0_저 몇 발자국〉

〈시안〉에 발표되었던 이 시는 몇 년 전 캘리포니아에 살던 시절에 썼던 것이다. 캘리포니아의 낯선 침대에서 잠들기 직전이나 잠에서 깨어나기 직전, 나는 가끔 심장의 혼란스런 공격을 받았다. 그리고 〈닥터 지바고〉의 마지막 장면, 전차를 타고 시내를 가던 유리 지바고가 몇 년 동안이나 생사를 알지 못하고 그리워하던 라라가 유리창 밖에서 걸어가고 있는 것을 발견하고 마구 전차 창문을 두드리는 장면, 전차가 멈추지 않자 다음 정거장에서 내려 저만치 앞서 걷는 라라를 찾아 뛰어가는 장면, 그러나 갑작스런 심장마비로 그만 길가에 쓰러져 가슴을 부둥켜안고 홀로 죽어가는 장면… 그런 꿈이 계속 꾸어졌다. 그런 꿈에서 땀에 흠뻑 젖어 일어나면 먼저 본능적으로 아이들의 방으로 달려가서 아이들이 잘 자고 있나를 확인한 뒤 집 밖으로 나가 새벽 유칼립투스 나무의 쓰디쓰고 진한 향기를 맡으며 오랫동안 흐린 회색의 물가를 헤매곤 하였던 것이다.

혹시 나에게도 유리 지바고와 같은 심장마비의 증상이 일어나려고 하는 것은 아니었을까? 당시에도 그랬지만 지금도 가끔씩 잠들기 직전이나 잠에서 깨어나려고 하는 순간, 심장이 그렇게 물결같이 흔들리며 조여드는 압박의 고통을 받는 순간이 있다. 처음엔 그것이 무서웠지만 이제 되풀이되니까 생사불이(生死不二)의, 밀물과 썰물 같은 어떤 자연의 리듬을 느낄 뿐이다. 그 리듬이 이 시의 리듬이 되었다는 생각이 든다.

타지에 나가 살면 누구나 그렇게 되듯이 나도 그때 죽음이란 무엇인가, 사랑이란 무엇이며 꿈이란, 욕망이란, 욕망과 꿈의 차이란 또 무엇인가… 등의 투명한 질문에 사로잡혀 있었다. 확실히 타지에서의 삶은 아주 유용한 데가 있다. 일상에 사로잡혀 불투명해진 인간 본연의 실존적 질문들을 투명하게 보여주는 데가 있는 것이다. 어떻게 생각해보면 내가 그때 캘리포니아에 몇 년 동안이나 나 자신을 부려두고 이것도 저것도 아닌 불확실한 생활을 하고 있었던 것은 피치 못할 내면을 따른 것이 아니었을까.

나는 본시 경계선이라는 것을 몹시도 싫어하였고 지금 생각해보면 정신적으로 우리 문화 속에 들어 있는 38선 같은 제도의 금들을 무겁게 느끼고 있었다. 시집 《세상에서 가장 무거운 싸움》을 출간할 무렵이었다. 재미없게도 박제가 되어간다고 생각 중이었다. 모르는 땅, 낯선 곳에서 유목민적 주체로 다시 태어나고 싶었다. 너무나도 파시즘적인 이 금과 금을 넘어서자. 유교주의적 주체, 자본주의적 주체, 웅녀적 주체(아니 타자성)를 떠나 한 번 방랑의 길을 세워보자. 고정관념이 없는 새로운 자유를 한 번 실천해 보자꾸나. 즉, 그것은 이상이 〈날개〉의 마지막 문단에서 "날자 날자 한 번만 날아보자꾸나. 한 번만 더 날아보자꾸나"라고 소리 높여 외친, 그것의 절실한 실천에 다름 아니었다. 아이 둘과 나, 그리고 여섯 개의 트렁크가 내가 가진 전부였다.

이어령 선생과 나는 태평양을 건너 참으로 많은 메일을 주고받았다. 선생은 말도 통하지 않는 타지에서 내가 아이들을 데리고 집시의 방랑을 실천하고 있는 것이 몹시도 걱정이 되셨나보다. 바쁜 시간 중에도 그때는 그렇게 메일 답장을 신속하게 주시더니 내가 서울에 돌아와 집에 정주를 하고 나자 응답전화 한 번을 못 주실 정도인 것을 보면 그때 선생의 근심이 참 컸다는 것을 느낄 수 있다.

어느 날 선생께 전자메일을 드리면서 그 꿈에 대해 썼다. 잠들기 전과 잠에서 막 깨어나기 전 그 증세와 꿈이 너무 고통스럽다고 했다. 심장 폐색증의 기운이 있는 것 같다고, "이 무슨 공포일까요?"라고도 썼다. 선생은 누구나 뿌리칠 수 없는 실존적 조건인 불안과 개구리 왕자가 자아를 결박하고 있는 개구리의 껍질을 벗고 연꽃잎 위에서 눈부신 인간의 육체로 변모하여 도약하는 그 순간의 아름다움에 대해 썼다. 그런 고유한 순간은 불안을 견딘 끝에 도달하는 일순의 희유한 환희의 순간이라고.

바로 그런 순간, 도스토예프스키가 간질 발작을 앞두고 이글거리는 황홀한 벼랑 위에서 최고의 창조적 상상력을 벼락처럼 느꼈다는 바로 그런 순간. 인생의 모든 봉합들은 찢어지고 지붕을 고요히 벗기는 생의 푸른 틈새가 나타나는 그런 순간. 가끔씩 심장폐색의 기운을 느낄 때마다 나는 내가 생의 가장 황홀한 벼락 같은 그 벼랑 위에 서 있음을 인식한다. 그때만 나는 삶을 느낄 수가 있고 삶은, 사랑은 닥터 지바고의 마지막 꿈으로 내 무의식의 극장에서 상영된다.

지바고가 그 사랑하는 라라를 눈앞에 두고서 쓰러져 죽어야만 하는 것. 심장마비로 쓰러지는 지바고와 가을 햇살을 머리카락과 어깨에 받으면서 무심한 마음과 눈부신 걸음으로 걷고 있는 라라 사이에 존재하는 그 몇 발자욱. 그 절대적 거리. 그것은 소월이 〈산유화〉에서 "산에/산에/피는 꽃은/저만치 혼자서 피어있네" 라고 말한 '저만치'의 거리이기도 하며, 아무리 가까운 거리라고 하더라도 인간으로서는 도저히 넘어가지 못할 심연의 거리이자 신과 인간의 거리이기도 한 것이다. 모든 사랑, 모든 욕망, 모든 갈구, 모든 관계에는 반드시 '그 몇 발자욱'이 개입되어 있을 것이다. 그런 불가능이 개입되지 않은 사랑이나 인생은 없을 것이다. 그것은 허무인 것 같지만 능동적 유목의 꿈을 끌고 가는 기본 마력(馬力)이며 죽음 앞에 선 인간만이 알 수 있는 비애의 가장 눈부신 페이지, 즉 황홀일 것이다. 지바고는 라라의 몇 발자국 뒤에서 필연적으로 쓰러지면서 아마 아주 기쁜 미소를 홀로 짓고 있었을 것이라고 이제 나는 생각하게 되었다.

젓가락과 사랑

언제나 우리들의 밥상에는 젓가락이 두 개씩 놓여 있다. 물론 숟가락도 있어야 하지만 밥을 떠먹을 때도 숟가락보다는 젓가락 사용을 더 많이 하는 편이니 어떻게 생각하면 국을 떠먹을 때 외에는 숟가락보다 젓가락이 더 긴요한 것인지도 모른다. 평생을 사용해온 젓가락이면서도 어느 날 문득 젓가락 두 개를 무심코 바라보았다. 그날은 웬일인지 기분이 무겁고 우울해서 식구들에게조차 대답도 하고 싶지 않을 정도로 암담한 기분이었다. 그러다 젓가락 두 개를 바라보는 순간 한없이 아래로 떨어지려는 기분이 조금 누그러지면서 새삼스러울 것은 없었다. 그러나 그날의 젓가락은 나에게 어떤 추억을 연상시켰기 때문이다.

먼 이국에서 살 때 주말이면 나는 반 시간 정도 운전을 해서 한인 타운의 한국 식당에 가서 매운 한국 음식 먹기를 즐겼다. 아무리 미국이 다인종, 다문화 사회여서 슈퍼마켓에서 모든 것을 살 수 있다고 하여도 집에서 해먹는 한국 음식은 무언가 재료의 부족으로 인해 제맛이 나지 않기 때문이다. 혀의 욕구에 따라 바쁜 와중에도 그렇게 달려갔던 것을 생각하면 인간의 감각 중에서 가장 보수적인 것이 미각이라고 했던 말이 아닌 게 아니라 맞다는 생각을 하게 된다.

어느 날 이른 저녁 무렵이었는데 내 식탁 바로 앞에서 미국인 부부가 어린 아들을 데리고 와서 음식을 먹고 있었다. 부부는 둘 다 백인이었는데 아이는 황인종이어서 나의 눈길을 끌었다. 그런 경우 대개가 입양아일 확률이 높기 때문이다. 부부는 아이에게 무언가를 계속 말하면서 아이의 젓가락질을 바로잡아 주려고 노력하고 있었다. 아이가 잘못 하더라도 계속 인내심을 가지고 고쳐주려고 하는 것이 서양 부모들의 기본자세이다. 우리 식탁에 음식이 아직 나오지 않았기 때문에 무료하게 기다리는데 앞쪽 식탁의 백인 여자가 우리 식탁에 다가오더니 실례한다고 말하며 자기의 부탁을 하나 들어줄 수 있느냐고 물었다. 나는 무엇인지 몰라도 그러겠다고 했다.

자기 아들은 한국에서 입양을 해온 아이인데 자기 부부는 아이가 자신이 태어난 나라의 문화에 대해 알아야 한다고 생각을 하기 때문에 주말이면 아이를 데리고 한국 식당에 온다는 것이었다. 음식 맛을 알아야만 그 다음에 다른 전통문화에 대해 이해를 할 수 있다고 생각하면서. 그러나 자기들이 젓가락질을 가르쳐도 아이가 잘하지 못하니 아무래도 자기들의 젓가락질 방법이 좋지 않은 것 같은 생각이 들어 나에게 부탁을 한다는 것이었다.

아무튼 그때 나는 열과 성을 다하여 그들 부부와 그 까아만 눈동자의 황인종 아이 앞에서 진지하게 젓가락질을 하는 시범공연을 해보였다. 아이의 젓가락질이 이제는 능숙해졌는지 어떤지 모르겠지만 내 마음속 깊이 남은 것은 나의 시범을 본 다음 그 백인 어머니의 말이었다. 나의 젓가락질을 자세히 본 다음 그 어머니는 아이가 쉽게 이해하고 기억하라고 "젓가락은 두 개로 이루어져 있지? 그러니까 음식을 집어먹기 위해서는 꼭 두 개의 젓가락이 평형을 이루어야 한다. 알았지?" 라고 요약을 해

주는 것이었다. 그러나 그날 무언가를 배운 것은 그들이 아니라 바로 나였던 것 같다. 인생에 대한 진지한 자세와 더불어 사랑이라는 것의 성실성에 대해 나는 오히려 그들로부터 배웠다.

그녀의 말처럼 젓가락은 말할 필요도 없이 두 개가 한 쌍이고 그것이 평형을 이루어서 음식을 집을 때 우리는 그 음식을 입 안으로 넣을 수 있다. 그렇기 때문에 하나만 가지고서는 아무것도 입으로 들어가지 못하고 또 두 개가 평형을 이루지 않으면 입속으로는 아무것도 넣을 수가 없다. 인생이란 것도 젓가락과 마찬가지의 원리로 이루어진 것은 아닐까.

일찍이 불가에서 말한 것처럼 생은 사와 더불어 이루어져 있고 희망은 절망과 더불어서, 기쁨은 슬픔과 더불어서, 성공은 실패와 더불어서, 늙음은 젊음과 더불어서 있는 것이다. 크게 본다면 그 둘이 크게 다를 것도 없고 또 싫다고 해서 둘 중 하나를 쫓아내버릴 수도 없다. 무엇보다도 그 둘 사이에 젓가락질을 할 때처럼 심리적 평형을 이루는 것이 중요할 것이다. 그래야만 우리는 그 무엇보다도 가장 집고 싶은 행복이라는 양식을 집어 마음속에 넣을 수가 있지 않을까. 이런 말이 생각난다.

"당신이 할 수 있는 일만을 해도 아무도 당신을 낙오자라 부르지 않을 것이다."

위험한 가을 담담한 모자

---·→→←←·---

가을의 시작에 나는 모자 하나를 샀다. 여름은 유난히도 혹독하게 더웠고 견디기 어려웠다.

"아, 죽기 전에 이런 여름을 몇 번이나 더 견뎌야 하는 것일까."

사람들이 모두 한마디씩 그런 말을 했다. 매미는 여름 한철 노래를 부르면 그것으로 목숨이 다한다. 여름이 한 생애다. 매미는 다음 여름을 모른다. 그렇게 타는 듯한 목숨의 붉은 언덕을 넘어가 가을이 오고 나야 비로소 사람은 자기 자신을 돌볼 생각을 하게 된다.

그렇게 지긋지긋한 여름이 가고 가을이 와서 나는 조금 한적한 바다를 보러 해안 마을에 갔다. 김과 참치 통조림 하나를 구하러 들어간 시골 쇼핑센터에서 나는 우연히 모자 하나를 발견했다. 약간 어두운 베이지색의 펠트천 모자인데 챙 윗부분에 한 줄로 단순하게 이집트풍의 기하학적 무늬가 둘려 있고 챙 가장자리를 돌려가며 재봉틀로 거칠게 끝단을 박았는데 마치 오랜 시간을 거쳐 낡아오기라도 한 듯 올이 어슷비슷 거칠게 풀려 있는 그런 모자였다. 말하자면 컨트리풍의 그런 거친 느낌의 모자라고 할 수 있다. 딸아이가 "엄마, 저건 '거지모자'야. 사지마"라고 말했음에도 불구하고 나는 그 모자를 샀다. 평소에 언제나 딸의 판단과 선택을 따르는 나로서는 예외적인 일이었다.

"아니, 살 거야. 모자는 '거지모자'가 좋은 거야. 또 내 모자는 내 모자야."

그렇게 그 모자를 사고 바닷가 마을 쇼핑센터에서 나와 머리에 그 모자를 얹고 마을을 좀 걸어보았다. 끝단의 올이 풀어져 너덜너덜한 그 모자의 거칠고 황량한 느낌이 그렇게 좋았다. 이상하게도 그 모자를 쓰면 어딘가 '나도 모르는 담담한 나 자신'이 내 몸 안쪽에서부터 늠름하게 사지를 펴고 우러나오는 것 같은 느낌이 들었다. 정말이지 난 그 '담담한' 느낌이 그렇게도 좋았다.

때때로 우리는 우리 자신에게도 투명하지가 않다. 내 속에 나도 모르는 불투명한, '소용돌이 모양의 바람'의 악마, 욕망의 구렁이가 살고 있는 것을 누구나 느낀다. 그리고 그것 때문에 인생은 가끔 접촉사고를, 몇 중 추돌사고를 일으키게도 된다. 그것 때문에 인생은 언제나 숨이 차고 초조하고 쫓기며 마조히즘과 사디즘을 오락가락하게 되는 것이다.

한계령의 단풍처럼 못 다한 목숨을 불태우려고 그렇게 위험하기조차 한 가을. 그 초조한 가을을 위하여 산 나의 담담한 모자.

그 모자는 나에게 보헤미안적인 담담함을 가르쳐준다. 공일이나 반공일이면 그 모자를 쓰고 동네를 한 바퀴 걸어본다. 또한 시를 쓸 때 그 모자를 처억 하니 머리 위에 얹어놓는다. 그러면 답답한 이 세상의 제자리걸음을 훌쩍 떠나 바람을 타고 담담하게 모든 사라지는 것들을 서늘한 눈빛으로 바라볼 수 있게 된다.

나에게 소망이 있다면 이 가을 단 며칠이라도 이 모자를 머리 위에 얹고 보헤미안풍의 여행을 떠나고 싶은 것이다. 모르는 길이면 좋다. 국도가 아닌 길이면 더욱 좋다. 내 작은 차가 터지도록 바흐의 〈무반주 바이올린 파르티타〉나 빌라 로보스의 〈브라질풍의 바하〉가 울리면 더욱 좋겠다. 담담한 자유, 담담한 시선, 담담한 우수가 있는 가을 길.

《그래도라는 섬이 있다》2007

우리 마음속의 '델마와 루이스'
아가씨, 아줌마, 할머니
무지개 너머 어느 곳
엄마의 밥상에선 슈퍼 배추가 피어나네
굽이굽이 펼치는 여자의 옷
능동적 섹슈얼리티와 매니큐어
세 여자, 혹은 봄날 오후 세 시 반
나는 나의 잡초를 사랑해야 한다
부리와 모이의 거리

우리 마음속의 '델마와 루이스'

-----··◦⊙◦◦·-----

"제가 제 아이를 죽였어요."

밤늦게 김치찌개를 끓이려고 부엌에서 두부를 자르고 있는데 텔레비전에서 문득 이런 말이 들려온다. 한 젊은 여성이 119 구급대에 전화를 걸어 울먹이면서 이런 말을 하고 있다. 여인은 우울증을 앓아왔다고 했다. 그러나 남편은 아내가 아이를 사랑하는 평범한 여자였다고 했다. 하얀 두부를 자르던 칼에 순식간에 피가 흘렀고 희디흰 두부의 살에는 아네모네 꽃잎 같은 핏방울이 송이송이 배어들고 있었다. 우리 모두는 보통 두부처럼 연약하고 평범하고 말랑말랑하며 유순하다. 그렇게 보인다. 그러나 평범한 여인의 평범한 손가락에도 가끔 그런 무서운 일이 발생한다. 평범은 이미 절망한 자의 위장이거나 때로 심한 자포자기의 우울이기도 하다.

내 후배 하나는 '스트레스 해소방'이라는 곳에 몰두한다. "신세대의 레포츠", "권총 20알 ○○○○원, 장총 50알 ○○○○원"이라고 쓰인 문 뒤에서 바람머리 젊은이들과 함께 괴성을 지르며 열심히 화면에다 총알을 난사하고 있는 평범한 기혼 여성인 후배의 모습은 그 자체가 하나의 타오르는 물음표다. 보통 때는 그저 두부 한 모처럼 연약하고 평범하며 유순하기만 한 그녀의 어디에서 저 괴성이, 저 괴력이 돌발하는 것일까? 김치찌개 냄비 안에서 두부는 끓어오르며 부들부들 떨고 있다. 그러나 후배의 그런 스트레스 해소법도 오래가지는 못하였다. 그 '스트레스 해소방' 주인이 나이 든 아줌마가 자주 오니까 젊은이들이 자기 가게를 기피하는 것 같다고 후배에게 출입금지 권고를 내린 것이다.

"난 어째 내가 자꾸 두부가 되어가는 것 같아. 응고가 잘된 딱딱한 두부 말고 왜 손두부나 연두부처럼 흐물흐물한 것 말이야. 아무 칼이나 쓰윽 쓱 등에 들어오지. 두부 한 모에도 자기를 지키려는 꿈이 있을까? 아니 그럴 힘이 있을까? 내가 예전에 가장 싫어했던 말이 '고분고분' '말랑말랑'이었는데…. 그래서 행복의 반대말은 불행이 아니라 우울이 되는 거야. '스트레스 해소방'에 가서 보면 젊은이나 나이든 사람이나 남성이나 여성이나 우리 사회의 사람들이 어마어마한 마음속 총알과 괴성을 가지고 있다는 것을 알게 돼."

후배는 자조의 한숨을 내쉰다.

"만약 나처럼 평범한 여성들이 자기에게 다가오는 일상의 분노들을 피하지 않고 고스란히 표출한다면 아마 〈델마와 루이스〉 같은 영화 한 편이 되고 말 걸? 난 웨이트리스로 일하는 독신 여자 루이스보다는 답답한 남편을 가진 중산층 여인 델마에 가깝지만. 영화 〈델마와 루이스〉를 보면 일상의 작은 분노가 얼마나 엄청난 폭력을 일으키는지를 리얼하게, 아니 환상적으로 보여주고 있잖아? 분노를 참지 않고 그냥 그냥 일상 속에서 직설적으로 그것을 방출한다면? 하는 여성 내면의 통렬한 판타지를 그 영화는 잘 보여주고 있어."

델마와 루이스, 평범한 그녀들은 매일 똑같은 지겨운 일상의 분노와 우울에서 작은 즐거움을 느껴보려고 둘이서 주말여행을 떠난다. 오클라

호마에서 텍사스로, 뉴멕시코로 가기 위하여 차를 몰고 길을 떠났지만 그 여행길은 다시는 집으로 돌아가지 못하는 운명의 길이 되고 만다. 잠시 춤을 추며 해방감을 즐겨보려던 그녀들을 폭력적으로 강간하려던 남자, 성적인 모욕을 주는 남자, 돈을 훔쳐 간 남자, 그녀들의 차를 따라오며 계속 성희롱을 하는 트레일러 운전사. 남성중심주의 문화가 일상적으로 제공하는 그런 작은 분노들을 참지 못하여 평범한 그녀들은 그만 살해범이 되고 권총 강도가 되고 유조차 폭파범이 되어 경찰에 쫓기는 도주의 여인들이 된다. 경찰의 추격 끝에 그랜드 캐니언의 절벽 끝에 몰리게 된 두 여인. 뒤로 돌아가기에는 너무 죄목이 많아 어쩔 수 없이 환상적인 붉은 색채의 그랜드 캐니언 계곡 속으로 푸른 차를 몰아 뛰어들고 만 두 여인. 두부처럼 연약하고 평범하고 유순하던 그녀들에게 어떻게 그런 어마어마한 폭력의 판타지가 실현된 것일까?

그러나 우리 모두는 그저 평범한 두부 한 모의 표정을 하고 '마음속의 델마와 루이스'를 감추고 안으로 분노를 참고 살아가다가 우울증이 되고 가학이 되고 피학이 되고 때로는 자살이, 어마어마한 타살이, 치매가 되기도 한다. 어떻게 해야 이 피할 수 없이 다가오는 분노의 질곡들을 5월 단옷날 푸른 하늘 높이 솟구치는 아름다운 그네와 같은 사랑과 상승의 힘으로 바꿀 수 있을까?

아가씨, 아줌마, 할머니

벽 위에 걸린 달력이 앙상하게 한 장만 남았다. 이런 시간에는 '나이'라는 절대 숫자에 대하여 조금은 쓸쓸해진다. 여자와 남자 모두 나이를 먹지만 남자보다는 여자가 더 나이에 대해 민감하다. "나이란 숫자에 불과하다"는 달콤한 광고도 있었지만 나이란 인간의 힘으로 어쩔 수 없는 절대 순수, 절대 고독, 절대 권력과 같은 것이다. 당신이 소녀였다가 어느 날 갑자기 '아가씨'라고 불렸던 그 빛나는 순간, 당신이 '아가씨'라는 빛나는 이름으로 불리다가 어느 날 갑자기 '아줌마'라고 불렸던 그 어색한 순간, 당신이 '아줌마'라는, 매력은 없지만 안정된 이름으로 불리다가, 어느 날 갑자기 '할머니'라고 불렸던 그 기막힌 순간을 아마도 당신은 잊지 못하고 있을지도 모른다. "나이란 소득세와 같아서 그 계산법이 다 다르다"라는 말처럼 그 인지의 시간표는 누구나 조금씩은 다르겠지만.

단발머리를 갓 벗어난 어느 시간에 우리는 '아가씨'라는 말을 처음 듣게 된다. 그런 말을 처음 들었을 때의 당신은 조금은 수줍고 조금은 자랑스러웠을 것이다. 그러나 당당한 '아가씨'인 당신은 그런 종류의 수줍음을 떨치고 멋진 두 팔로 인생이라는 바다를 헤엄쳐나갈 충분한 힘과 빛나는 긍지, 뜨거운 열정을 가지고 있다. 모든 불가능한 것이 가능하다.

그러나 어느 날 당신은 어김없이 '아줌마'라고 불리게 된다. 결혼했다고 하여 금세 '아줌마'라고 불리는 것은 아니지만 어느덧 '아줌마'라고 불리는 시기는 기습적으로 온다. '아줌마'라고 점원이 불렀을 때 일부러 외면하고 그냥 지나친 반발의 기억을 누구나 가지고 있다. 언젠가는 으리으리하게 차려입은 멋진 독신 친구와 상점에 갔는데 점원이 그 독신 친구에게도 '아줌마'라고 부르는 것을 듣고 한참 전부터 이미 아줌마였던 나의 마음속으로 고소한 안도의 감정이 스쳐 지나갔던 기억을 가지고 있다. 아, 저렇게 멋진 독신 여성도 '아줌마'라고 불리는구나, 하고. '아줌마'의 시간은 자기 시간이 아니고 가족을 위해 불철주야 노력하는 이타적인 시간이고 발바닥에 불이 붙어서 산발(散髮)하고 뛰어다니는, 몸 안에 하얀 젖과 풍요의 난자가 흘러넘치는 달의 여신의 시간이다.

그러나 어느덧 '할머니'의 시간이 온다. 얼마 전 집에 가스레인지가 고장이 나서 며칠 동안 요리를 하지 못하고 지냈다. 가스레인지를 고치려고 수리 기사를 불렀는데 그 기사가 점검해보더니 이건 가스레인지의 문제가 아니라 도시가스 공급의 문제인 것 같다고 하면서 도시가스 회사에 전화를 걸어보라고 하였다. 그래서 도시가스 회사에 전화를 걸었는데 무엇을 자세히 물어도 내가 답변을 잘 못하니까 그럼 가스레인지 수리기사를 바꾸어달라고 하는 것이었다. 그래서 그 기사를 바꾸어주었는데 수화기를 든 그 기사 왈, "여기 할머니만 계셔서 아무것도 모르는 것 같아요" 하는 것이었다. 집에는 분명 나 혼자 있는 참이었다. 그럼 그 수리기사가 말하는 할머니란 바로 나? 아니 정말, 나?

불시에 '할머니'라는 말을 들은 나의 모습을 살펴보니 세수도 하지 않은 데다가 남편의 헌 운동복 바지에 딸이 버리라고 내던진 헐렁한 브이넥 스웨터를 입고 흰머리가 뻗친 모습이었으니 과연 그럴 만도 하다고 수긍했다. 잠시 서운했지만 이상하게도 '할머니'라는 단어를 내가 수긍하자마자 몸속으로 달의 여신과 해의 여신이 동시에 사지를 쭈욱 펴며 늠름하게 들어오는 것을 느꼈다. '할머니'라는 말은 이상하게도 담대한 자유의 감정을 주었으며 무엇인가, 이제 가부장제의 틀을 한 번 '뛰어넘은' 것 같은 해방된 기분을 주었다. 할머니, 그 이름은 '소녀'라는 이름과 마찬가지로 가부장제 바깥에 존재하는 순수하고 용감한 여신들의 성채라고 할 만하였다.

영화 〈디 아워즈〉에서 맨해튼의 성공한 편집자 클라리사(메릴 스트립)가 아름답고 지적인 딸(클레어 데인즈)에게 이렇게 말한다. "20대의 어느 날, 난 그 아름다운 순간이 완성되어 있음을 느꼈어. 그러면서도 그 순간이 더 절정을 향하여 발전해나갈 것이라고 상상했지. 그러나 난 알게 됐어. 그것은 발전의 문제가 아니라 그 자체로 완성된 것이었다는 것을. 그것이 전부야"라고. 〈30세〉라는 단편에서 잉에보르크 바흐만은 이렇게 말하였다.

"일어나서 걸어라. 나이를 먹었다고 하여 나이만큼의 다리뼈가 부러진 것은 아니니…."

무지개 너머 어느 곳

·····✦✦✦✦✦·····

연구실 문을 여니 발밑에 하얀 사각봉투 한 장이 떨어져 있다. 봉투를 여니 붉은 태양이 꿈틀거리고 푸른 새 한 마리가 마악 그 태양 속으로 날아 들어 가고 있는 그림 카드가 있다. 발신인을 확인하고 나의 눈에는 물기가 지나간다. 지난해 어떤 이유로 인해 누구보다도 가장 많은 고통을 받은 제자 K가 보낸 카드다. 어른들의 잘못으로 아이들이 고통받는 것을 보는 것이 세상에서 가장 고통스러운 일이다. "새해에는 Love, Laugh, Live하시라!"(사랑하고 웃고 살라) 는 아름다운 말. 내가 너에게 이런 말을 건넸어야 하는데 어떻게 어린 네가 먼저 이런 말을 나에게 해주는 것인지. 그 성숙함과 용기가 아름답다. 그런 순간의 '마음-무지개'에 매달려 우리는 이 무섭고도 기막힌 삶의 사막을 팍팍하게 걸어간다.

수첩을 정리하다가 지난여름 잠시 귀국했던 친구의 명함을 발견한다. 그녀는 맨해튼, 엠파이어스테이트 빌딩의 57층 변호사 사무실에 취직이 된 국제변호사다. 국내 사립 명문대에서 영문학 박사학위를 받았지만 교수 자리를 구할 수 없었고 또 10년 넘게 다녔던, 아주 괜찮은 직장에서 비전을 발견할 수도 없었던 그녀는 과감하게 박사학위와 직장을 내던지고 법대 대학원에 진학하기 위해 42세의 나이로 필라델피아로 떠났다.

그때 사람들은 다 그녀에게 미친 것이 아니냐고 했다. 그러나 그녀는 미친 것이 아니었고 단지 '무지개 저편'의 어느 곳을 꿈꾸었고 두 손으로 무지개를 잡을 뜨거운 용기와 실력이 있었던 것이다.

세상에는 두 종류의 사람이 있다. 하나는 무지개 저편을 꿈꾸면서 그곳에 도달하여 꿈을 이루고자 하는 사람과 또 하나는 무지개 저편의 꿈의 나라를 무지개 이편으로 끌어와서 이 땅에다 그것을 이루고자 하는 사람, 앞 경우의 사람을 낭만주의자라고 부른다면 뒤 경우의 사람을 액티비스트라고 부를 수 있다. 그러나 내 친구는 낭만주의자인 것만은 아니다. 이상하게도 낭만주의와 현실주의가 기묘하게 결합된 그녀에게서 나는 낭만적이기 위해서는 더욱더 냉철하게 현실주의적이어야 한다는 것을 배운 것 같다.

새벽 버스를 타고 안개 속을 가는데 버스 안에 이런 노래가 흐른다. "무지개 너머 어느 곳, 높이 가는 길/언젠가 한 번 내가 자장가에서 들었던 곳/무지개 너머 어느 곳, 하늘이 파랗고/힘들게 꿈꾸었던 꿈들이 진짜 이루어지는 곳/ …… /모든 고통들이 레몬즙으로 녹아 흐르는 곳 …." 주디 갈란드, 혹은 타코의 목소리인지? 원래는 〈오즈의 마법사〉에 나왔던 아이들 노래였지만 지금은 재즈풍의 편곡으로 어른들이 더 좋아하는 노래가 된 〈무지개 너머 어느 곳〉(Somewhere Over the Rainbow) 이란 노래다.

어린 시절 공원에서 놀다가 갑자기 내린 소나기 때문에 바위에서 미끄러져 턱 아래가 날카로운 바윗돌에 찢겨 줄줄 피를 흘리며 아버지 등에 업혀 병원을 달려간 적이 있다. 그때 갑자기 거짓말처럼 비가 그치고 우리의 앞으로 솟구치던 성대한 무지개. 아버지의 등에 업혀 바라보았던 그 숨 막히는 무지개의 아름다움을 잊지 못한다. 지금도 아버지를 생각하면 피 흘리는 나를 등에 업고 무지개를 향해 뛰어가던 그때의 그 젊은 아버지가 생각난다.

아버지는 나에게 영원히 그날의 아버지다. 그날 이후의 아버지는 무력하고 소시민적인 그저 그런, 보통의 한국 아버지일 뿐이었다. 그 후 나는 '나의 무지개'를 만들어야 했고 아버지가 보여주던 무지개와 내가 만든 무지개 사이에는 엄청난 차이가 있다는 것을 깨달았다. 아버지의 무지개가 딸의 무지개는 아닌 것이다. 어쨌든 그날의 나는 무지개를 바라보느라고 생살이 찢어져 피 흘리는 그 아픔을 잊어버렸던 같다. 인간들은 그렇게 무지개 때문에 고통을 잊어버리기도 하고 무지개 때문에 오히려 고통을 받기도 한다.

정말로 사랑하는데, 진실로 사랑하고 도와주고 싶은데도 상대를 위해 할 수 있는 일이 아무것도 없을 때가 있다. 그런 일이 참으로 많았던 한 해였다. 다만 '무지개 너머 어느 곳'을 꿈꾸며 그곳에서는 '하늘이 푸르고 파랑새가 날아다니며 고통들이 레몬즙처럼 녹아 흘러내기를' 기원해 본다. 그리고 우리 모두 '사랑하고 웃고 잘사는' 새해가 되었으면!

엄마의 밥상에선 슈퍼 배추가 피어나네

가끔 당신은 자신의 배꼽을 기억해본 적이 있는가. 배꼽이 아픈 시적인 느낌을 가져본 적이 있는가. 배꼽이 무어라 말하려고 웅얼거리는 것을 들은 적이 있는가. 배꼽에서 희미하지만 분명한 어머니의 목소리가 들려온다고 생각해본 적이 있는가. 배꼽은 나의 우주의 중심이며 과일 꼭지처럼 모든 것이 출발하며 완결되었던 곳, 내 몸에 남아 있는 어머니의 흔적이자 그녀 자궁의 일부이며 내 것이면서도 내 것이 아닌 이상한 소유물. 배꼽은 나의 태초이자 나의 미래. 그리하여 보이지 않는 탯줄은 항시 우리의 배꼽에 남아 우리의 발길을 잡아당기고 있다.

　시댁에서 차례를 지낸 다음 대부분의 딸들은 어머니의 집으로 달려간다. 아버지의 집이 아니다. 딸에게 친정은 항상 어머니의 집이다. 한시가 급하다. 어머니의 집, 어머니의 부엌, 어머니의 밥상, 어머니의 김치가 그리운 것이다. 배꼽에 아직도 잔존해 있는 보이지 않는 탯줄이 마구 당긴다. 보잘것없는 초라한 노인의 밥상일지언정 거기에는 싱싱한 슈퍼 배추가 순식간에 꽃피어난다. 아니 흰머리 노인의 슬하에 오종종 둘러앉은, 잘날 것도 없는 자식들이 그 쪼그라든 백발 어머니의 영원히 싱싱한 슈퍼 배추인지도 모른다. 시래기가 다된, 씹다가 만 풍선껌 같은 못

240

난 자식들이 사계절 싱싱하게 자라는 슈퍼 배추처럼 클 수 있는 것은 바로 어머니의 꿈 때문이다. 어머니는 언제라도 꿈과 사랑을 포기하지 않기 때문이다.

어머니의 집에 가면 방금 전까지 올케였던 여자가 금세 시누이로 '직함'이 바뀐다. '직함'이 바뀌면 말투, 눈빛, 행동양식, 안색까지도 달라진다. 늙은 어머니는 며느리의 눈치를 조금 살피면서도 "여기 큰고모 식혜 좀 떠오련. 큰고모가 원래 차가운 식혜를 좋아한단다" 운운 딸에 대한 애정을 감추지 못한다. "아니야, 올케, 내가 떠다 먹을 테니 그냥 둬요" 등등 나도 미안한 기색을 보이기는 한다. 그러나 결국 시댁 부엌에 서 있던 여자가 친정 안방에서는 철퍼덕 앉아서 밥상을 받는다. 그 여자가 그 여자인데도 황송한 것도 모르고 당연히 받아먹는다. 자신이 시래기에서 푸르른 슈퍼 배추가 된 것 같은 느낌도 온다.

예전에 나는 시누이들이 집에 오면 일을 좀 거들어주지 않고 그냥 안방에서 밥상을 받아먹는 것을 서운하게 생각했던 적이 있다. 같은 여자인데 일을 좀 나눠하면 안 되나, 시대가 변한 것도 모르나 하고. 대부분의 여자에게 명절의 불만이란 그런 사소한 데서 출발한다. 사소한 불만이 걷잡을 수 없는 사이코드라마를 낳는다. 그러나 지금 생각해보면 여자들이 친정에 가면 이상하게도 몸이 축 늘어지면서 쌀 한 톨도 무거워 감당하기 힘든 무기력감이 오는 것 같다. 따끈한 온돌방에 젖은 빨래를 펴놓듯이 그냥 퍼져서 오그라든 뼈를 쭈욱 펴서 고슬고슬 말리고 싶은 심리가 친정에 간 여자에게는 존재한다. 올케를 좀 도와주고 싶은데도 아무 일도 하기 싫은 그런 것. 이 모순은 기후와 같아서 억지로 바꾸려고 해도 잘 되지 않는다. 모순인 줄 알면서도 모순에 빠지게 된다. 올케와 시누이가 결국 한 여자인데도.

어머니의 집에는 또 언제나 무슨 슬픔 같은 것이 잔잔한 배경음악처럼 깔려 있게 마련이다. 가난과 질병, 홀로 설 수 없는 늙은 여자에게 그것은 모조리 부담되어 있다. 그래서 자기 올케에게 잘못된 일인 줄 알면서도 어머니를 잘 당부하는 잔소리를 또 하게 된다. 비겁하고 치졸했다고 후회가 된다. 떡국 상을 앞에 놓고 둘러앉아서 보면 아, 이 가족은 시댁 가족과 달라 '배꼽 가족들'이라는 편안함이 몰려온다. 잘났건 못났건 다같이 한 어머니의 자궁에서 갈라져 나온 것이니 배꼽에 묻은 어머니의 '같은 자궁 살점'을 공유한 사람들인 것이다. 긴장이 풀리면서 아늑한 졸음이 몰려온다. 아마 남편들도 자기 본가에 가면 같은 이유로 조금도 일하기가 싫고 그냥 맥없는 졸음이 아늑하게 쏟아져오는 것은 아닐까.

그러나 인간이란 때로 배꼽 이상의 존재가 되지 않으면 안 된다는 생각도 한다. 배꼽의 아늑한 욕망에만 따르는 것은 본능이다. 배꼽은 배꼽 바깥의 사람들을 배척하고 칼끝으로 상처를 입힐 수 있다. 배꼽이 원하는 것 이상의 것을 생각하고 베풀려고 노력하는 것이 문화가 아닐까? 피는 물보다 진하다는데 그 진리만 되풀이 말하고 있으면 가족은 배꼽과 핏줄의 노예가 되어 반사회적이고 고립된 폐쇄집단이 될 수도 있다.

어쨌든 사랑은 어떤 때 매우 비합리적인 것이며 작고 초라한 어머니의 밥상에선 3대에 걸친 '자궁 가족'들이 와글와글 모여들어 싱싱하고 푸르른 슈퍼 배추들이 꽃피어나고 있었다. 삶의 모든 난관에도 불구하고 그 풍경이 우리 1년치의 살아갈 힘이 된다는 생각이 몹시도 큰 힘이 되었다.

굽이굽이 펼치는 여자의 옷

꽃삽을 들고 엄마는 빌라 입구에서 일을 하고 있다. 공동주택에 사는 처지라 손바닥만 한 땅도 없지만 겨울 내내 실내에만 있던 수십 개의 화분을 햇빛 속에 내놓고 꽃삽을 든 그녀를 보니 벌써 봄이 온 것 같다. 겨울 내내 관절염에 위염에 병원 신세를 지기까지 한 75세의 그녀는 "봄 햇빛이 너무 아까워서" 병상을 떨치고 화분을 밖으로 옮겨 '햇빛 + 바람 목욕'을 시키고 있다. 그녀의 빌라 입구엔 '백발 소녀의 가든'이란 명패가 붙어 있다. 화분이 늘어서 있는 입구가 아름다운 정원처럼 보인다고 근처 공사장의 한 인부 아저씨가 나무 조각에다 '백발 소녀의 가든'이라고 새겨서 걸어준 것이 유래가 되었다. 갖은 녹색 식물에 철철이 토종화초로 꾸며진 그 작은 정원은 삭막한 공동주택 생활을 하는 사람들에게 위안을 준다. 봄이니 이제 그 병든 백발 소녀는 '백발 소녀의 가든'을 위해 두 팔을 걷어붙이고 있다.

할 말이 있다고 해서 잠깐 들른 참이었다. 녹차를 내놓으며 그녀는 올 음력 2월에 윤달이 들었다고 말한다. "그래서?" "윤달에 수의를 장만하면 장수한대잖니." 애써 내 눈을 피하며 찻잔을 만지작거린다. "음력 2월이면 아직 한 달이나 남았잖아?" 무거운 주제는 피하고 싶다. 그러나 큰딸이니 이런 말도 '들어주어야 한다'고 생각은 한다. 다섯 마리의 강아지들이 반짝이는 털을 나부끼며 우우우, 하고 우리 주위를 몰려다니고 있다. 다섯 마리의 강아지들이 움직일 때마다 먼지와 털이 나부껴서 공기정화기가 우르릉 우르릉 하고 소리를 내며 작동한다. 정신이 하나도 없다. 저 많은 식물들 하며 저 많은 강아지들 하며…. 이 많은 생명을 거느리고 어떻게 속 편히 살아가나. 어쨌거나 나보다 그녀가 훨씬 더 생명의 복판에 가까이 있는 듯 느껴진다.

　"윤달에는 하늘과 땅의 신이 사람을 감시하지 않기 때문에 신의 눈을 피해 인간이 할 일을 하는 거란다." 그녀의 말에 "기독교 신자가 별말을 다 해. 그런 때는 꼭 또…." 말을 끊으며 돌아서려고 한다. "나는 예전부터 생각했는데 내 수의는 고구려 여자 복식으로 하고 싶다. 고구려 복장이 왜 여자도 바지를 기본으로 하잖니. 활달하지. 살아서 치마 입고 네 활개 한 번 펴보지 못하고 너무 오그리고 살았어." "바지폭보다 치마폭이 넓다는 것 몰라? 좁은 바지폭보다 넓은 치마폭으로 많이 감싸면서 살았잖아. 관용이랄까, 품어주는 것, 젊어서는 몰랐는데 산다는 게 큰소리치고 남 위에 활개치고 산 것이 남는 게 아니라 결국 남의 아픔 품어주고 끝없이 기도해주고 그런 것이 남는 것 같아. 엄마는 충분히 그렇게 치마폭 넓은 값을 했잖아." 이야기는 그저 맴돈다.

　"왜 고구려 벽화에 나오는 스타일 있지? 허리까지 내려오는 긴 저고리에 하얀 A라인 잔주름 치마 입은 것. 잔주름의 흰 치마 아래는 옥색 바지를 받쳐 입지. 검정 저고리에는 진홍빛, 아니 진한 노을 색으로 띠를 두르고, 물결무늬 같은 것이 잔잔하게 퍼지는. 비단이 좋은데, 너무 비쌀까…." "아예 활과 화살도 세트로 넣어줘?" 이야기가 농담조로 비껴간다. "아니 성경책 넣어주면 돼."

꿈은 꿈이고 현실은 현실인데 수의만큼은 꿈과 현실이 뒤섞인 환상의 옷이다. 시어머니가 돌아가실 때 본 수의는 그녀가 남몰래 혼자 키우고 있던, 내세에 의탁하는 이글이글한 꿈과 뜨겁고 활달한 기상을 전해주었다. 내세에서 나는 그녀가 그녀 자신의 수의 디자인대로 꼭 그렇게 활달하고 화려하게 살아가리라고 상상한다. 한국 여인들은 모두 다 그렇게 남몰래 지니고 있는 못 다한 꿈을 자기 주검 옷에 펼쳐 보이는 고유한 '수의 디자이너'인지도 모른다. 한평생 가슴속에 서리서리 묻었다가 죽음의 자리에서 굽이굽이 펼쳐 보이는 찬란한 자기만의 이야기. 오그라들었던 삶에 대한 보상 심리요 극락에 부치는 아름다운 기도 같은 것?

'백발 소녀의 가든'을 등 뒤로 하고 걸어 나오며 국문학자 고(故) 성현경 교수님의 묘비에 적혀 있던 말을 생각했다. "비록 낙원을 떠나 살고 있는 삶이나마 그 출발점은 어디까지나 낙원 세계였고, 그 종착점 또한 낙원 세계인 것이다. 이렇게 실낙원한 그들은 마침내 복원함으로써 원향으로 되돌아가고 있는 …."

능동적 섹슈얼리티와 매니큐어

------◆◆◆◆◆------

매니큐어를 칠한 긴 손톱은 게으른 손이다. 일 안 하고 놀고먹는 퇴폐적인 손이다. 공부 열심히 하는 성실한 학생의 손이나 부엌에서 물 쓰는 일을 계속하는 사람과 노동의 손은 매니큐어 칠할 여유가 없다. 매니큐어가 칠해진 긴 손톱은 손을 앗아가버린다. 매니큐어 칠한 긴 손톱은 정직, 성실, 지적 엄격성, 노력 등과는 거리가 멀다. 그러나 이것은 확실히 옛날이야기인 것 같다.

요즈음은 공부 잘하는 학생들도 손톱에 화려한 매니큐어를 칠하고 있는가 하면 가정주부들도 손톱에 화려한 색채 화장을 하고 있는 것을 쉽게 볼 수 있다. 또한 요즈음은 아예 탈부착할 수 있는 인조 손톱이 나와, 화려한 색채가 칠해진 가짜 손톱을 붙였다 뗐다 하기도 한다. 여학교 다닐 때 손톱이나 머리카락의 길이까지 '복장 검사'를 받아야 했던 세대들에게는 비교적 생소한 이야기다. 그러나 성실, 근면한 사람은 화려한 멋을 부리지 않고 소박하다는 것은 지나간 시대의 흑백논리에 지나지 않는다.

얼마 전 한 카페에서 본 장면이다. 한 쌍의 남녀가 옆자리에 앉아 있는데 여성은 화려한 긴 가짜 손톱을 붙이고 있었다. 그 인조손톱은 바탕이 짙푸른 녹색이었는데 불꽃 같은 황금빛 방울이 흩뿌린 듯이 그려져 있었고 남자는 그 황금빛 불꽃을 만지작거리고 있었다. 그러다가 손톱이 툭 부러져 떨어졌다. 그러자 여자가 떨어진 가짜 손톱을 줍더니 후후, 하고 먼지를 불고 다시 자기 손톱에 철컥 하고 끼우는 것이었다. 여자가 마치 늠름한 마술사처럼 보였다. 그러자 아무 일도 없었다는 듯이 그 남자가 다시 그 가짜 손톱 속의 황금빛을 어루만지는 것이었다. 살기 힘든 마음의 추위를 그 가짜 손톱의 황금빛에서나마 위안을 받고 싶어서였을까? 힘을 얻고 싶었을까?

그러자 여자의 손이 남자의 손을 능동적으로 잡는다. 자기표현의 시대인데 손톱까지도 하나의 캔버스처럼 자기표현을 담고 있다. 손톱 안에서 황금빛 정열이 활활 타오른다. 일을 할 때는 화려한 인조 손톱을 떼고, 애인을 만날 때는 화려한 인조 손톱을 붙인다. 예전에는 무겁게 치장한 사람을 보면 충족되지 않은 외로움을 느꼈는데 요즈음엔 그것이 성공적이고 자신만만한 자기 연출로 느껴진다.

그 카페 장면을 보고 있자 신현림 시인의 〈립스틱과 매니큐어〉라는 시가 떠올랐다. "… 립스틱과 매니큐어를 바꾸고/ 〈사랑을 할 거야〉를 부르며/사람들에게 열심히 꽃 바치고// …… //올 겨울엔 나도/빨랫줄에 간신히 매달린 흰 치마 같은/금욕의 처절함을 해제하고/이글이글한 정사를 치러볼 것이다//어떻게-슬픔의 체위를 바꾸면서/어디서-헤어지지 않을 곳에서/누구랑-헤어지지 않을 사내랑/왜-헤실헤실 웃는 아기를 가질까 해서/뭔가 꽉 잡고만 싶어서."

슬픔과 절망을 처리하는 여성의 능동적 섹슈얼리티를 잘 보여주는 시다. 누구에게 보이기 위해서가 아니라 스스로 자신의 슬픔을 바꾸어보고자 '립스틱과 매니큐어'를 바꾸는 적극적인 자기변신. '뭔가 꽉 잡고 싶은' 이글이글한 현대 여성의 욕망의 에너지. 화려하게 매니큐어 칠한 손톱은 그런 자기 변신의 신화와 슬픔에 대처하는 능동적인 에너지를 보여준다. 우리 시대의 화두는 힘찬 변신이라고 하지 않는가. 김선우의 시 〈얼레지〉는 더욱 능동적인 여성 섹슈얼리티를 보여준다.

"옛 애인이 한밤 전화를 걸어왔습니다/자위를 해본 적 있느냐/나는 가끔 한다고 그랬습니다/누구를 생각하며 하느냐/아무도 생각하지 않는다 그랬습니다/벌 나비를 생각해야만 꽃이 봉오리를 열겠니/되물었지만, 그는 이해하지 못했습니다/얼레지…" '얼레지'의 꽃말은 '바람난 여인'이라고 한다. 시는 계속 이어진다. "얼레지의 꽃말은 바람난 여인이래/바람이 꽃대를 흔드는 줄 아니?/대궁 속의 격정이 바람을 만들어/봐, 두 다리가 풀잎처럼 눕잖니/쓰러뜨려 눕힐 상대 없이도/얼레지는 얼레지/참숯처럼 뜨거워집니다."

현대 여성 시인들의 시는 이렇게 여성 섹슈얼리티의 열린 능동성을 보여준다. 소극적으로 남성의 사랑을 받고서야 존재했던 그런 성이 아니다. 대상이 문제가 아니라 내 안의 뜨거운 무엇이 문제가 되는 이러한 자생적이고도 독립적인 에로틱. 이러한 뜨거운 에로틱의 힘은 남녀 간의 사랑에서만이 아니라 자신의 인생에서 타인에 의존하지 않는, 자생적으로 일어서는 이글이글한 실존의 힘이 될 것이다.

세 여자, 혹은 봄날 오후 세 시 반

오후 3시 반. 점심을 먹기엔 늦은 시간이고 저녁을 먹기엔 아직 이른 그런 시간. 그 슬픈 어정쩡한 시간 속에 여자 셋이 봄 햇빛을 받으며 식당 마당에 놓인 식탁에 앉아 있다. 여자들은 40대 초반, 50대 초반, 50대 후반으로 보이는 그런 초로(?)의 여자들이다.

멋을 부리지는 않았지만 어딘가 지성미가 있다. 그녀들은 나이를 격(隔)하여 친구다. 나이에 상관하지 않고 친구로 지낼 수 있다는 것은 무엇보다도 그녀들이 개방적인 마음을 지녔다는 증거다. 여자들 주위에는 산수유 꽃나무와 목련 꽃나무, 무리지어 꽃피어난 진달래꽃, 한 울타리로 올라가며 피어나는 개나리꽃 뭉텅이들이 있는데 그런 봄꽃들의 만발한 개화가 그녀들을 어딘가 어둡게 보이도록 한다.

안톤 슈낙이 지은 〈우리를 슬프게 하는 것들〉이란 에세이 속에 '오후 3시에 점심을 먹는 사람이 우리를 슬프게 한다'라는 구절이 있었던가? 오후 3시에 점심을 먹는 사람이란 아마도 주방장이나 설거지에 바빴던 주방 아줌마, 음식 접시를 들고 테이블 사이로 이리저리 뛰어다녔던 사람들이다. 배고픈 손님들이 다 물러갔으니 이제 주방 사람들이 식탁으로 나와 앉아 손님 자리를 차지하고 밥을 먹는다. 봄이니 마당 식탁으로 나와 잠시 꽃나무 아래서 호사를 해본다. 오후 3시의 식탁이란 그렇게 음지와 양지가 서로 바뀌는 그런 시간이다. 그 마당 가설 식탁에는 그리하여 세 여자와 식당 사람들, 그렇게 두 팀이 밥을 먹고 있다.

자신만만, 첨단, 커리어우먼 등의 단어가 어울리게 보이지만 사실 사업이 점점 기울어 근심이 많은 40대 초반의 여자가 어느새 꽃이 다 져버린 산수유 꽃나무를 보며 말한다. "요즘에 부쩍 도시에도 산수유 꽃나무가 많아진 느낌 안 드세요? 옛날엔 산수유꽃이라고 하면 직접 보지는 못하고 시에서나 들어본 것 같은데. 요즈음은 산수유 차가 그렇게 인기래요. 강장제, 활력제로 좋다고. 제가 산수유 차 좀 가져왔어요. 한 봉지씩 나누어드리려고."

40대 초반의 여자가 그렇게 말하자 50대 후반의 여자가 미소를 짓고 말한다.

"꽃이나 열매를 약으로 생각한다는 것 자체가 나이 들어간다는 증거래. 젊은 때는 꽃을 꽃으로만 보지 않았어? 풀도 풀로만 보고. 그런데 나이 들면 꽃도 그렇고 풀도 약초로 인식하기 시작한다는 거지. 이제 ○○씨도 확실히 나이가 들어간다는 건가 봐요."

세 여자들은 나이를 초월하여 사귄다고 하면서도 다들 경어를 사용한다. 50대 초반의 여자는 '약'이라는 말을 듣고 문득 홀로 생각한다. 그녀는 지난해 그야말로 청천벽력을 맞은 여자다. 건강하던 남편이 갑자기 뇌졸중으로 쓰러져 투병중이어서 그녀는 언제 어디서도 앰뷸런스 소리가 귓가에 가득 들려온다.

사랑해서 결혼했지만 결혼한 이후 하도 살기가 어려워서 '사랑'이란 것을 따로 생각해보지 않았다. 산다는 것, 그것이 항상 긴급 명제였다. 그러다가 갑자기 남편이 쓰러지고 나서야 그녀는 "당신이 없으면 나는 내가 아니다" 라는 것을 절실하게 깨닫고 있는 중이다. 어떻게 그런 일이 있을 수 있을까? "당신이 없으면 나는 내가 아니다" 라는 것을 결혼 25년 동안 어떻게 의식하지 않고 살아올 수가 있었던가 말이다.

진실이란 그렇게 어처구니없이 일상 속에서 상실되는 것인가? 40대 초반의 여자와 50대 후반의 여자는 모두 50대 초반 여자의 남편을 위해 열심히 기도하고 있다. 세 여자들은 자주 만나지는 못해도 그렇게 서로를 위해 진심으로 기도하는 사이다.

50대 후반의 여자는 밥을 먹으며 생각한다. 몇 년 전 남편이 직장암으로 세상을 떠난 후 그녀는 밥알이 꼭 소금 알갱이 같다고 느낀다. 그녀 남편은 한동안 하복부에 인공 항문을 매달고 있었다. 그런 종류의 쇠락, 해체, 무너짐이 너무나 싫어서 그녀는 하느님을 원망하기도 했었다. 사람의 육체를 소금인형이나 설탕인형처럼 만들어서 죽어가는 고통 없이 녹아 그냥 사라지게 만드시지 않고 왜 그토록 생생한 붕괴의 아픔을 주신 거냐고. 아이들은 모두 외국에 나가 살고 있고 그녀는 혼자 살고 있다. 담담하게 자기 고독과 맞서며 호스피스 봉사를 하고 있는 그녀에게서 두 여자는 어떤 숭고미를 느낀다.

그녀들은 무언가 말을 많이 나눈 것 같지는 않다. 내면을 많이 고백한 것 같지도 않다. 그러나 황홀하도록 아름다운 봄꽃의 만개 옆에서 슬프도록 늦은 점심식사를 먹고 황황히 각자의 혹독한 일상 속으로 헤어지는 그녀들에겐 분명 무언가가 있다. 고통으로 눈멀지 않게 하기 위하여 마음을 다하여 손을 잡아주는 어떤 힘. 고통의 횡포에 맞서 작은 위로를 건네는 캄캄한 영원 속의 한 방울 작은 스냅 사진.

나는 나의 잡초를 사랑해야 한다

―――∙∙∙∙∙◦◦◦∙∙∙∙∙―――

나의 유일한 땅, 나의 유일한 부동산, 베란다에 놓인 스무 개 남짓한 화분 속의 땅이 나의 유일한 땅이자 유일한 부동산. 그만치밖에 없다. 그만치밖에 없다고 서러워하거나 더 욕심낸 적도 없다. 다만 그렇다는 것이다.

그런데 얼마 전부터 보라색, 흰색으로 투명한 재스민 꽃이 만발하여 온 집 안에 향기가 가득하다. 애지중지 키운 것도 아니고 겨우내 그냥 햇빛 가득한 베란다에 버려둔 것인데 봄이 되었다고 14층 허공중에 아름다운 재스민 꽃잎들이 하늘하늘 피어난 것이 너무도 신기하여 베란다 가운데로 그 화분을 모셔놓고 식구들에게 보라고 자랑한다. 참으로 고마운 일이다.

재스민 꽃이 만발하고 나서야 다른 화분들도 좀 둘러보았다. 철쭉도 베고니아도 아이리스도 벌써 피었다. 그런데 이건 참 큰일 났다. 죽은 채로 귀퉁이에 버려두었던 큰 동백나무와 커다란 파키라 화분에 넘실넘실 푸른 이변이 발생했다. 하얗게 죽은 두 개의 고사목(枯死木)을 에워싸고 화분 속에 푸른 잡초들이 저절로 자라나 출렁출렁 나부끼고 있었던 것이다.

하얀 고사목 아래 푸른 풀들의 향연. 아름다웠다. '저절로' 자라나 '저절로' 존재하는 것은 아름다웠다. 들여다보니 냉이, 명아주, 질경이, 팽이밥, 클로버 잎들 같은 것이었다. 무수한 클로버 잎들을 하나하나 다 조사해보았지만 전부 다 세잎 클로버였다. 아직도 마음은 네잎 클로버를 찾고 있었던가? 하긴 '세잎 클로버가 행복이다' 라는 광고 카피도 있지 않던가. 우리는 네잎 클로버의 행운을 찾느라고 대부분의 시간을 '세잎 클로버의 진짜 행복'을 보지 못하고 허송해버린다. 햇김치를 담갔노라고 시 쓰는 후배가 봄김치 항아리를 들고 왔다. 식구들에게 재스민 꽃을 보라고 자랑하던 내가 오늘은 후배에게 고사목 주위에 저절로 자라 스스로 무성한 푸른 잡초들을 보라고 자랑한다.

"세상에. 이 높은 곳까지 어떻게 이 잡초들의 풀씨가 날아올라 왔을까? 내가 키운 것도 아닌데 이 아름다운 잡초들, 냉이, 질경이, 팽이밥, 클로버들 좀 봐. 색깔도 오묘하지 않아? 이 작은 금빛 꽃들은 또…. 참 예쁘고 눈물겨워."

후배는 그것이 아니고 흙 속에 잡초들의 씨앗이 이미 들어 있던 것인데 화분을 장악하고 있던 큰 나무가 죽어서 뿌리가 힘을 못 쓰게 되니까 '잡초들'이 기를 펴고 자라는 것이라고 했다. 가령 동백이나 파키라가 화분 가득히 뿌리를 죽죽 뻗어 자라나고 있으면 흙의 힘이 잡초들에게까지 미치지 못한다고.

"에머슨이 말했잖아요? 잡초란 우리가 아직 그 좋은 점을 발견하지 못한 화초라고. 나는 잡초를 확확 뽑아버리는 손을 보면 무서워요. 실내나 마당에 잡초가 크면 집에 우환이 생기거나 복이 달아난다고 다 뽑아버리잖아요? 잔디를 키우는 집은 더 하죠. 잡초 박멸에 하루를 거니까. 그런데 난 화초보다 잡초가 좋아요. 자기를 내세우지 않고…. 또 나물을 무처 먹을 수도 있고. 말도 그렇죠. 본론보다도 잡담이 왜 더 재미있고 즐겁잖아요. 잡초를 제거하려는 미국의, 국제 질서의, 이 사회의, 이 교실의 강박증들 … . 그런 건 무서워요. 시인이니 더욱더. 시인이 바로 이 시대의 잡초 아닌가?"

《주홍글자》를 쓴 너대니얼 호손의 단편 중에 〈배내 반점〉(The Birth-Mark)이라는 것이 있다. 에일머라는 이름의 과학자가 조지아나라는 이름의 아름다운 여인을 사랑한다. 그가 그녀의 사랑을 얻으려고 열망한 동안, 그는 그녀의 아름다움이 완벽하다고 생각했지만 결혼한 후에는 그녀 왼쪽 뺨 가운데 있는 붉은 손처럼 생긴 작은 반점이 마음에 항상 걸렸다.

'그 반점만 아니라면 완벽한 아내'를 보면서 그것이 인간의 불완전함과 가사성(可死性)을 상징하는 신의 실수처럼 여겨져 그는 강박적으로 괴로워한다. 에일머가 하도 그녀의 반점에 괴로워하니까 조지아나는 "어떤 위험이 있더라도 상관없으니 자기 반점을 제거해 달라"고 간청한다. 그리하여 에일머는 '반점만 아니라면 완벽한 아름다움을 가진' 아내 조지아나의 반점을 약으로 제거하는 데 성공하지만 아내는 거울 속으로 반점이 사라지는 것을 바라보며 죽어간다는 그런 이야기다.

붉은 반점이 없는 조지아나는 조지아나가 아니듯 잡초가 없는 정원이나 잡초가 없는 인생은 없는데 생의 잡초를 뽑으려고 너무 강박적으로 인생을 살균 소독하면 조지아나의 비극처럼 된다는 것을 인간은 아예 모르거나 혹은 너무 늦게 깨닫는다. 우리 모두는 대부분 에일머. 사랑하는 대상에게서 잡초를 뽑으려고만 하는 것이다. 재스민 화분 옆에 잡초 화분을 올려놓고 다시 그것들을 본다. 서로 어울려 있으니 서로서로 더욱 아름답다.

부리와 모이의 거리

무더운 여름이다. 사방이 무언가 칸칸이 막힌 듯 무더위에 포위된 갑갑한 집안을 둘러보다가 문득 상큼한 단어 하나가 떠올랐다. 미니멀리즘! 그래. 앞으로는 미니멀리즘으로 살아야겠다. 뭐 이렇게 많은 짐들을 가지고 복잡하고 갑갑하게 살 필요가 있는가. 그런 쿨한 결심을 하고서 집안의 물건들을 먼저 버리기로 작정하고 우선 버릴 것들을 고르기로 하였으나 늘 그랬듯이 언제나 책더미 앞에서 나의 '미니멀리즘의 명제'는 금세 좌절되고 말았다. 책이란 문학인에게는 분신과 같은 것이어서 제 책이든 남의 책이든 버리기가 쉽지 않은 것이다. 마구 내다버릴 수가 없는 것이다. 그래서 헌옷이나 낡은 커튼 등을 몇 개 내다버리는 정도로 나의 '미니멀리즘 실천'은 싱겁게 막을 내리고 말았다. 쓸데없는 많은 물건들을 그래도 버리지 못하는 것은 그것들이 우리의 의식주와 관련이 있기 때문인데 미니멀리즘의 실천이란 필요 없는 것을 버리는 것이 아니라 필요 있는 것을 과감하게 버리면서 시작되는 것이 아니겠는가.

신동엽 시인의 〈시인 정신론〉이란 시론을 보면 닭의 세계관에 대한 재미있는 비유가 나온다. 그는 일단 닭의 세계관을 '부리와 모이의 거리'를 반지름으로 한 원의 크기라고 하였다. 부리에서 모이까지를 반지름으로 하여 원을 그리면 그 원이 닭의 세계관이 된다는 것이다. 시인의 비유를 풀어보자면 세속적인 인간의 정신세계도 그와 같아서 부리와 모이의 거리를 반지름으로 하여 그린 원이 인간의 정신세계의 크기가 된다는 것이다. 그런데 현대인의 시야는 모이만을 쫓는 닭과 같아서 그 정신세계가 매우 본능적이고 협소하다고 시인은 말하면서 그러한 소원(小圓)의 정신세계를 가진 사람을 "한낱 문명수에 붙은 잡초와 같다"고 정의한다. 그렇게 모이만을 바싹 뒤쫓고 있는 각박한 생활을 하다 보니 "현대에는 대지에 뿌리박은 대원(大圓)적인 정신은 없다. 모두 자기 모이만을 추구하는 닭의 시야 이상도 이하도 아닌 소원적인 관심에만 집착되어 있을 뿐"이라고 시인은 쓰라린 자조(自嘲)를 남긴다.

아닌 게 아니라 작은 물건조차 버리지 못하고 의식주의 끄트머리에 매달려 번잡한 지구의 꽁무니를 따라가고 있는 나를 보며 닭의 세계관을, 소원의 정신세계를 얼핏 들킨 듯하여 가슴이 답답하였다. 1960년대에 신동엽 시인은 어떻게 오늘날의 신자유주의 하의 처절한 인간세계를 꿰뚫어 본 듯이 이런 통렬한 글을 쓸 수가 있었을까. 그의 말대로 시인이란 예언자적인 지성을 갖추고 현재와 미래를 꿰뚫어 보는 전경인(全耕人)적 존재인가 보다.

신자유주의의 휘몰아치는 명령 아래 오늘날 우리는 시야에 모이밖에 안 보이는 닭의 생활을 하고 있다. 다른 것은 볼 겨를이 없고 다른 것은 안 보인다. 아니 다른 것을 보면 큰일 난다. 지금 이 시대는 가치의 세계가 아니고 욕망의 세계이기 때문이다. 모이의 명령을 쫓아서 매일매일을 분주하게 돌아다니고 모이의 욕망과 환상을 따라 하루하루를 비오듯이 땀을 흘리며 수고하고 그렇게 모이를 바싹 뒤쫓으며 부리로 겨냥하여 콕 찍었건만 결국 모이를 놓치고 마는 일도 비일비재하지 않는가. 그런 상실감과 허탈감이 사회 전체에 만연해 있고 젊은이들의 분노와 좌절은 끝 간 데를 모른다. 그렇다면 더 많은 모이를 모으는 것을 목표로 하는 닭의 세계관을 우리의 것으로 삼을 수는 없다. 부리와 모이 사이의 거리에는 가도 가도 허망한 욕망의 사막과 갈증만이 있을 뿐이니까. 부리와 모이 사이의 거리에 꽂혀 있는 닭의 세계관을 나부터 먼저 정리할 필요가 있다, 그런 생각을 하며 한강변을 좀 걸었다. 하늘을 쳐다보았다. 장마철의 하늘이라 비가 언제 또 오려는지 하늘에도 답답한 그 무엇이 덮어 씌워진 듯하였다.

시인은 〈누가 하늘을 보았다 하는가〉라는 시에서 "누가 하늘을 보았다 하는가/구름 한 송이 없이 맑은/하늘을 보았다 하는가. //네가 본 건, 먹구름/그걸 하늘로 알고/일생을 살아갔다. //네가 본 건, 지붕 덮은/쇠 항아리, /그걸 하늘로 알고/일생을 살아갔다. //닦아라, 사람들아/네 마음속 구름/찢어라, 사람들아, /네 머리 덮은 쇠 항아리"라고 노래하면서 닭의 세계관을 가진 이들에게는 하늘조차도 먹구름 — 쇠항아리로 가리어진 것일 뿐이라고 슬퍼하였다. 그러기 위해선 부리와 모이 사이에 걸려있는 세계관에서 빠져나와 "대지에 뿌리박은 대원적인 정신"을 회복해야 한다는 것이다.

나는 먹구름이 지나간 쾌청한 내일의 하늘을 상상하면서 조금 더 한강변을 걸었다. 하늘처럼 미니멀리즘을 보여주는 것이 또 있겠는가. 하늘은 언제나 하늘이고 하늘을 가로막는 것은 '나의 닭의 세계관' 외에는 아무것도 없다. 쏟아지는 비나 지나가는 구름이나 비행운 같은 것들도 금세 지나갈 뿐이다. 왜? 하늘은 자기의 것을 내세워 하늘에 쌓아두지 않으니까. 갈급한 닭의 세계관을 고쳐 줄 약이 있다면 바로 매일매일 우리가 머리에 이고 사는 하늘이 아니겠는가? 역(逆)으로 닭의 세계관에만 매몰되어 있으면 티 없이 맑은 하늘을 결코 볼 수가 없다는 것이다. 그런 저런 생각을 하면서 아무리 바쁘고 힘들어도 부리와 모이 사이의 거리에 푸르고 넓은 하늘을 걸어두는 것을 잊지 말자는 다짐을 해본 여름 산책 길이었다. 그 와중에 혹시라도 부리와 모이 사이의 거리가 너무 멀어 혹시라도 모이를 구하지 못하여 배가 고프게 되면 어떻게 하나…와 같은 쓸데없는 걱정도 좀 끼어들었다는 것을 살짝 고백해야 하겠다.

체념의 조형

김우창 문학선

《체념의 조형》은 문학뿐 아니라 역사, 정치, 예술, 철학 등 인문학 전반을 아우르는 무변광대(無邊廣大)한 김우창의 사유(思惟) 50년의 궤적이다. 문학과 인간과 사회에 대한 깊이 있는 성찰을 행하는 이 책은 한국문학사에서 고전으로 길이 남을 것으로 평가된다. 《체념의 조형》은 다시 출간하는 나남문학선의 첫 번째 책으로, 이는 문학에 쉬이 접근할 수 있는 수단으로 활용되어, 문학과 담을 쌓았던 현대인들에게 다시금 참된 문학을 일깨우는 장을 열 것이다.

신국판 | 752면 | 32,000원

흰 나무 아래의 즉흥

김승희 문학선

시적 언어의 에로틱스, 그 찰나의 눈부신 현현!
문학 인생 40년, 김승희 시세계의 정수를 만나다.
등단 40주년을 기념하며 김승희 문학선이 출간되었다. 초기 시인의 시편을 지배하던 강렬한 태양, 불과 물, 초현실주의적 신화 이미지들은 뚜렷이 구분되는 김승희만의 문학세계를 창조하였고, 이후 점차 현실과 밀착하면서 일상과 여성, 문명과 자본주의와 같은 키워드로 그 외연을 확대해나갔다. 이 책에 실린 200편가량의 시편들과 세 편의 소설은 시인이 자선(自選)한 것으로, 김승희의 시세계와 그 변화, 성장을 들여다보는 데에 부족함이 없다.

신국판 | 608면 | 28,000원

사람향기
그리운 날엔

오태진(조선일보 수석 논설위원)

행간에서 사람향기, 글향기가 난다.

바쁜 기자생활에 쫓겨 앞만 보고 달리던 어느 날, 갑자기 닥친 아내의 투병과 수술, 비로소 깨달은 일상의 소중함 … 그리고 '특별한' 주말을 위해 우리 땅과 시의 아름다움을 찾아 떠난다. 마음은 잠시 내려놓고 저자의 발길 따라 이 땅의 아름다움을, 남도의 허름한 주막과 꾸밈없이 살가운 인심을, 그리움의 알큰한 향기를 맡아 보라.

신국판 | 448면 | 18,000원

참외는 참 외롭다

김서령 산문집

신문과 잡지에서 인터뷰 전문기자로 오래 일한 칼럼니스트 김서령의 산문집. 외로움에 값싼 '센티멘털'과 '당분'이 가미된 지금, 참-외로움, 그 꼿꼿한 다릿심과 싱그러운 땀내, 청량한 고요를 다시 되찾게 하는 아름다운 글들을 모았다. 사소함 속의 위대함을 발견하고, 낡은 것의 고결함을 사모하는 저자의 섬세한 시선은 무미해진 당신의 일상을 다시 값지게 만들어 줄 것이다.

신국판 | 근간